メグ動物病院

～愛情物語～

後藤あや
GOTO AYA

幻冬舎 MC

メグ動物病院

―愛情物語―

［主な登場人物］

メグ　千葉恵　（株）メグ動物病院院長　（株）メグ不動産社長
真野朱美　（→千葉朱美）　メグのパートナー
柳田元央　（株）メグ設計事務所社長　メグの親友
北村裕司　（株）メグ動物医薬社長　メグの親友
後藤あや　F大生→久松社員（語り部）　真一（父）　春香（母）
後藤カナ　F大生→久松社員　雄一（父）　秋子（母）
久松信夫・和子　中華「久松」経営　通称おじちゃん　通称おばちゃん
宮本彩　メグ動物病院受付・経理担当　（合同会社）メグ会計事務所共同社長
小野恵美　（合同会社）メグ・ワンニャン教室代表　美幸　妹・トレーナー
片岡峰子　メグ・ワンニャン教室アルバイト
宮前由美　（合同会社）メグ・トリミンググルーム代表
山辺真澄・純一　（合同会社）メグ・ペットタクシー共同代表
山尾英美　（合同会社）メグ・ペットショップ代表
山崎隆・美央　（合同会社）メグ・クリーニング店共同代表
遠藤巧・京子　（合同会社）メグ・動物車いす工房共同社長
高橋豊　研修医
山根琴美　看護師長
安田道子　獣医学部在籍　アルバイト　通称　卵ちゃん
石井信二　獣医学部在籍　アルバイト　通称　卵ちゃん

メグ動物病院
MEGU Animal Hospital

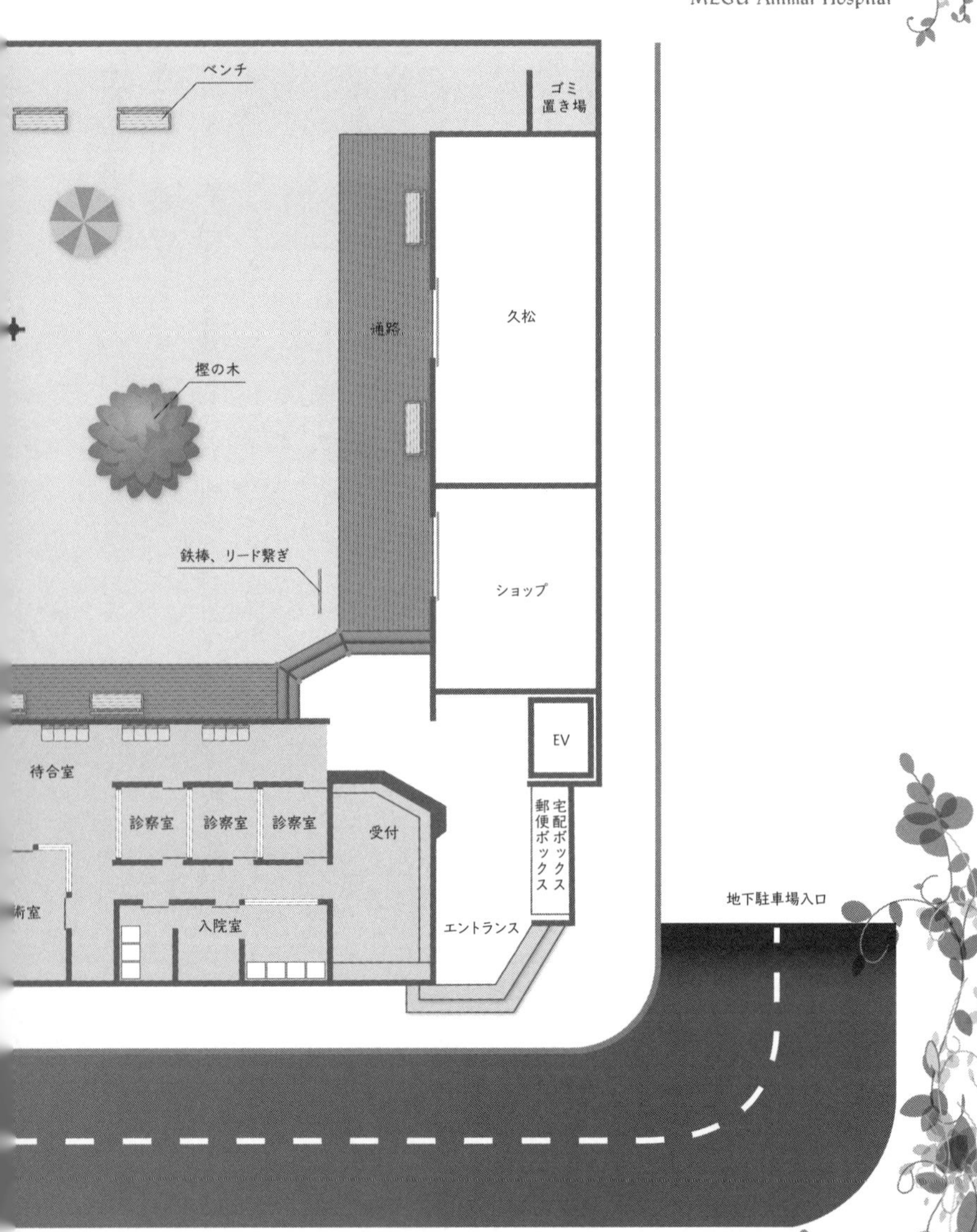
ベンチ
ゴミ
置き場
通路
久松
樫の木
鉄棒、リード繋ぎ
ショップ
EV
待合室
診察室
診察室
診察室
受付
宅配ボックス
郵便ボックス
術室
入院室
エントランス
地下駐車場入口

↓コンクリ厚み高さ 40cm、フェンスはコンクリから 5cm、高さ 2m、防犯カメラ４台

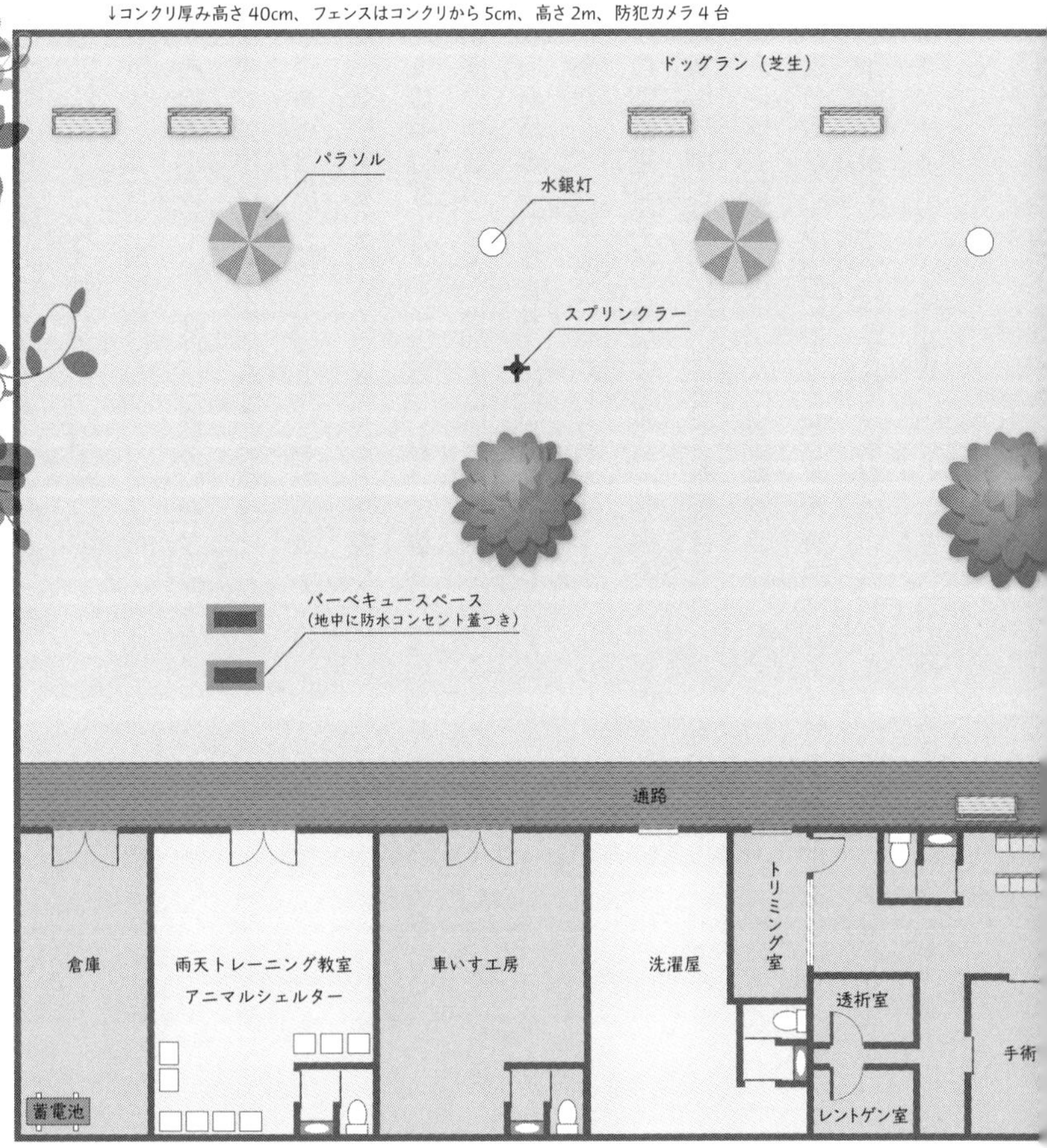

5階建て1部屋 60～70 ㎡　2～5F 全 70 室　　ペット優先賃貸（ドッグラン付き）

気になるイケメンは獣医

あの人、毎日のように午後六時過ぎに来る。百八十センチを超える上背。いつもジーンズにTシャツ。冬はトレーナーの上に革ジャン着てくる。体はガッシリ、筋肉質で胸板も厚くて腕も太い。お腹は引き締まってる。でも、ボディビルダーみたいじゃない。なんかほっそりとも見える。分け目なしでふんわりとした短髪。

かなりのイケメン。多分、誰にも嫌われない顔してる。いつもニコニコしてる。歯がとっても綺麗。話しても楽しい。あたしのこと、あやちゃんって、すぐ覚えてくれた。いつも何とも言えない石鹸みたいな香り。何つけてんだろう。

あたし、後藤あや、このお話の語り部になるね。

ここは東京駅から普通電車で一時間ちょっとの、とある町。山から海、川まである。町には緑も多い。駅前はずいぶん開発されたけど、それでも高層ビルがあるわけではなくて、温暖で気候もいい。大学までの途中の中華料理店「久松」でのバイトが一年経とうとしてる。

もともと、市内に住んでるし、電車通学と言っても大学までだって一駅、ドア・ツー・ドアで三十分もかかんない。本校は東京にあるF級私立大学で、二年前、地元の山側にできた文系キャンパスに通っている。塾通いもして、真面目に勉強してきたつもりなのに成績は今一つ。いつも、真ん中よりだいぶん下。何でかなあ。

うちは典型的なサラリーマン家庭。両親は同じ有名私立大学の出身。ママはいろんな趣味にはまって、忙しくしてる。パパは大手電機メーカーの人事部長。パパが買った八十平米のマンションで暮らしている。あたしは、いわゆる、そこそこの〝いいとこの娘〟になるんだろう。

でも、お小遣いくらいは自分で稼がなきゃ親に申し訳ない、と思ってバイトを始めた。バカだけど、真面目なんだ。

「それは嬉しいけど、彼氏ぐらい、いないの？」と両親は別な心配している。

バイトに選んだのはちょっと古い町中華「久松」。だって家庭教師なんて、あたしが教えてもらいたいくらいだし、コンビニは機械化が進み過ぎてて、何だか怖い。お札、機械に入れて、お釣りもボタン押して、自分で袋に入れるなんて嫌だな。やっぱり人には接していたい。

久松は土日休みで営業時間は午前十一時から午後八時まで。途中一時間の休憩。大学の先輩たちがバイトでずっとお世話になってるって聞いたから、気楽に応募した。

いつも愚図なあたしだけど、一番乗りだったらしく、おじちゃん、おばちゃん、何のためらいもなく、受け入れてくれた。おじちゃん、おばちゃん、若い頃は美男、美女だったろうなと思える人。もうすぐ六十歳。でも、話すと田舎者丸出し。そのギャップが凄い。

もう三人、大学の先輩がアルバイトに来てる。やっぱり市内の人たちで、二年生の時から来てるんだって。

「ここはお客さんたちもいいの。Ｆ大生もいっぱい来るよ。教授とか職員の人もよく来るの。それにバイトも都合が悪くて来れない時は、友達に頼めばいいって言ってくれる」って先輩が言う。

「夜は八時まで大丈夫？　お昼は絶対来て。あとは授業がない隙間時間とか授業が終わった後に来てくれれば助かる。昼も夜もまかないは出すからね。そこの大きなシフト表に来れる時間帯に色塗ってくれればいいから。誰かしら三人は来てくれればいいから、その辺は四人で話し合ってね。来れない時は友達に来てもらってくれればいいから」っておばちゃん大雑把。でも、「授業は絶対に休まないで」って念を押された。時給は世間相場よりちょっといい。日払いでありがたい。

あたしの出勤初日からあの人が六時過ぎにお店に入ってきた。

「メグ先生いらっしゃい」っておばちゃん嬉しそうに言う。

「お昼に朱美ちゃん、卵ちゃんと一緒に来てくれたのよっ」て言うと、

「うん、ご飯がなくなっちゃったんだ。昼前って言うのに、元央と裕司がお握り食わせろって、女房も連れてきた。子供が学校行ってる間のデートだそうだ。朱美も働いてたから、お好きに作ってなんて言ったら、ご飯空っぽ。俺は家で待機してなきゃならないから、朱美だけここに来させて、俺はジャガイモの茹でたのを二つに塩辛ですませた。ああ腹減った」

メニューなんて見ないで、

「今日はサンマーメンが無性に食べたい。それから半チャンと餃子二人前ちょうだい」

「あいよ、あんたー、メグ先生、サンマーメンに半チャン、餃子二人前」っておばちゃん言うと、厨房からおじちゃんが、

「昼は芋だけだったんだって、朱美ちゃん心配してたよ。すぐ作っから」

本当に美味しそうに食べる。先輩たち、じっと見ている。モリモリ食べるけど、食べ方は下品じゃない。そしたら、

「みんなも食うか？　御馳走するよ。旨いぞ」

「いえいえもう、まかない頂いたんで」って先輩が言ったら、

「今日は何だった」って聞かれたから、

「パイコー麺」って言ったら、

「明日はそれにしよ」って笑った。

「あれっ？　朱美ちゃんは？」。おばちゃんが聞いたら、

「英美に仕入れに連行された。あっ、危ね、忘れるとこだった、酢豚だけ、お土産に作っといて、あとスープも。七時過ぎには帰ってくるって言うから。ご飯は炊いたらしいから」

帰った後、おばちゃんに、

「もう長いんですか？」って聞いたら、

「病院できた頃からだから、もう三年くらいかな。でもその前からちょくちょく。いつもスタッフが入れ替わりにきてくれてとても助かるの」

「どこの先生なんですか」って聞いたら、先輩が
「何よ、あや、知らなかったの？　学校に行く途中にあるじゃない、高いフェンスに蔦を絡ませた五階建てのマンション。広いドッグランがあるマンションの中にある動物病院の院長さんだよ」と教えてくれた。

通学路から、ちょっと離れた奥まった場所にあるらしく、気づかなかった。でも、正直、獣医なんて、人間を診るお医者さんよりも低所得で、頭も良くないなんて勝手に思い込んでいた。

「独身なの？」

なんて自分でも予想してなかった間抜けな質問。そしたらおばちゃん、

「あやちゃんも気になるの？」

あたし真っ赤になったことが分かった。

「今日は会えなかったけど、メグ先生には朱美ちゃんっていう人がいるの。あの病院で、あっちこっち手伝ってる。何でもするの。籍は入れていないらしいけど一緒に暮らしてる。もう長いらしいよ。いつも一緒に来るよ。明日の晩には会えるよ。そうそう、誕生日も同じ日なんだって」

ある日、驚いたのは、

「ホットドッグが食いたい」って無理なことを。ここは中華だよ？

「俺三本、朱美は二本でいいのか？　野菜モノも出して。トマトサラダにジャージャー麺の上だ

けかけて。それからコーヒー」

　でも、おばちゃん、おじちゃん、

「あいよ」って、嬉しそうに冷蔵庫の中から食材を出してくる。コッペパンに、それに長さを合わせたようなウィンナ、それを何とフライパンの上でこんがり焼いて、コッペパンの底にレタス敷いて、ウィンナを挟んで、その上に、たっぷりの玉ねぎのみじん切り乗せて、ケチャップ、マスタードをシュシュッとかける。

「朱美ちゃんのはチーズ挟まなきゃ」なんておじちゃん独り言。

「どうしてここのコーヒーはこんなに旨いんだろうな。豆だって特別じゃないのに」ってメグ先生。

「そりゃ愛情よ」っておばちゃん。

「愛してる？」

「そりゃ愛してるわよ」なんて話してる。

　ホットドッグはとてもシンプルなのに、あたし、

「美味しそう！」って思わず口にしたら、

「後で作ってやっから」っておじちゃんに笑われた。

　何でもサッサと食べる。

「おじちゃん、おばちゃん、美味しかった。ありがとう」と二人で言って、いつも、そそくさと

出ていく。あの人のこと、貧乏だと思ってたけど、いつも余計におカネを置いていく。

「あ、お釣り」と呼びかけると、

「取っといて、いつも無理言ってんだ」と手を上げ笑う。

「メグ先生はいつもそうなの、必ず多めにくれるの」って、おばちゃんは笑う。あの人、じゃない、もうメグ先生ってあたしも呼ばなきゃ。

二人の世界

メグ先生の動物病院は水・木曜日がお休み。土日開いていると、会社勤めの人がペットを連れてこられやすいからなんだって。祝日も病院、朝九時から夕六時まで開いてる。急患も診る。夏休みも正月休みも四日だけ。

翌日がお休みの火曜日の夜だけ久松で朱美さんと二人でゆっくりする。この時だけ、メグ先生は朱美さんといつもノンアルじゃない瓶ビールの大瓶を一本飲む。

朱美さんは整った顔、韓国女優のチェ・ヒョジュによく似てて、背はそれほど高くなくて、とても可愛い。でも、化粧っ気がないから、目立たないかもしれない。いつも髪を後ろでゴムで結ってお団子にしてる。肌は綺麗だ、小麦色っていうのかな、少し陽に焼けている。先生と同じ、歯が真っ白。

「歯は大事にっていつもいうの。歯ブラシに、糸ブラシ、いつも持たされてるの。歯磨き粉がなければ、塩でぶくぶくしなさいって、ほらね」って朱美さん、ポケットから犬の絵が付いたポシェット出して見せてくれた。メグ先生も朱美さんも虫歯になったことがないんだって。

メグ先生の肌も小麦色。大リーグの大谷翔平選手に似てるっちゃ似てる。でも顔はもうちょっとシュッとしている。いつもニコニコしているから優しい感じがする。

二人ともいつも見つめ合って話してる。メグ先生を見る朱美さんの目はいつもウルウルしているように見える。火曜日の夜は嬉しそうに、ゆっくり、メグ先生にビールを注いでる。

「ビールでいいのか？　明日は休みなんだから好きなの頼めよ」って言いながら、メグ先生、朱美さんからビール瓶をもらって、グラスに注いであげてる。

「私たち、ずいぶん味わって飲むようになったわよね。メグなんて日本酒ぐいぐい飲んでたのに」

「朱美も俺に合わせているうち、だいぶ飲めるようになったよな」

「でもこのペースの方がお酒の味が分かるようになったみたい。足りない時はノンアル飲めば十分だもん」

「これ旨いな、食べたことあったっけ。何だろ。ちょっと食ってみ。おじちゃん、これなあに」

「辛子レンコンを揚げたヤツ、ほれ、休みの日は女房と一緒にアンテナショップ行くべ。そこで見つけた」

「これ定番で出しなよ」ってメグ先生。

「これもアンテナショップのなの？　こっちも美味しい、ちょっと食べてみて」って、朱美さん、昆布の巻物、小皿に取り分けてる。

「たらこが巻いてある。あまじょっぱい。おせちにもいいわよ」なんて言って、お皿で交換したり、時にはお互いの口に運んでる。それが自然で、お互いを気遣う老夫婦みたい。いけないんだけど、いつも見ちゃう。

「アンテナショップって毎週行くの？」

「いや、月一、二回。いろんな県が出してんだ。面白れぇよ。気に入ったのは通販で送ってもらってる」

「そうなの。勉強熱心だね」

「これしかできねえし、楽しみだからよ」っておじちゃん。

「俺が無理言って頼む洋食もメニューに加えればいいのに」

そう言いながら、メグ先生と朱美さん、すぐ二人の世界に入っちゃう。毎日、飽きないのかな、なんて思っちゃうけど、毎日話題が変わる。今日はガーデニングの話してる。

「お母さん好きだったポーチュラカはもうすぐ終わりね。次、どうしようか」

「紫陽花は親父が好きだったんだけど、俺はあまり好きじゃない。枯れちゃったから、他のに植え替えよう。おばあちゃんが好きだった芝桜、あれだけは上手くできないよなあ。プランターじゃ難しいって裏の農家のおじいちゃんに言われちゃった。秋冬にも咲くのって何がある？」

「とにかくカラフルなのがいいのよね、メグは。パンジーは定番ね」なんて、花の図鑑なんて広げて話してる。いつも何らかの図鑑とか雑誌を持ってきて話してる。

メグ先生はいつも酔った雰囲気はない。久松で付き合いで飲む時は、お酒も、焼酎もお店でお水を出すコップ一杯だけ。二杯目はノンアルコールにしてる。だけど楽しそうに話してる。うちのパパなんて、いつもだらだら飲んでて、テレビ見ながらソファーで寝ちゃう。ママはいつも、「またやってる」って寝室まで連れてくのに。

「朱美、アルコールも少し飲んでいきなよ。俺は帰って勉強しなきゃ」

「ううん。飲みたくなったらノンアルがあるから。私もやることあるから帰る」

お会計の時、あたし、

「大人でも勉強するんですか？」って聞いたら、

「あやちゃんだって好きなものがあったら、一日十分でもやるといいよ」って。ああ、あたしが勉強できないのは、それだったんだと思った。

「動物は大きいやつからマウスまでいっぱいいるだろ？　動物病院って言っているからには、対応範囲を広げなきゃならないんだ。でも、小さいのはあまり付き合ったことがなくて、勉強してるところなんだ。勉強は限りないよ。大きい子はたくさん経験してるんだけどね。この前の休みには水族館に行ってイルカの診察を教えてもらったんだ。イルカはまるで犬みたいだったなあ。象なんて懐くと久しぶりに会うと泣くんだ。こっちも泣いちゃったり」

先輩たち、

「かっこいい」って思わず叫んだら、

「かっこ良くなりたいよ」って。朱美さんも笑って手を振って、先生の手を掴んで、二人とも暖簾をくぐって帰っていった。

おばちゃんに、

「朱美さんは晩ご飯作らないの?」って聞いたら、

「朝、昼はメグ先生はもちろんだけど、自宅に来た人の分をささっと作ってるよ。出入りが多いんだよ、先生のうちは。でも決まって、朝はトーストとコーヒーと山盛りサラダに納豆。ベランダで先生とお野菜いっぱい作ってる。お昼はお握りとサラダとお味噌汁。メグ先生が子供の頃からそうなんだって。休みの日に何度も食べさせてもらったけど、お店では味わえない、家庭料理の見本みたいよ。でも、『朱美も働き詰めなんだから、休みの日以外の夜は、豪華レストランでディナーしよう』ってメグ先生が。あっ、豪華レストランって、ここね」っておばちゃん、ぺろりと舌を出す。

「休みの日はきちんと晩ご飯も作ってるわよ。それにうちが休みの土日も」

「朱美ちゃん、メグ先生が休みの水木も料理の仕方をよく聞きに来るんだ、ホントに可愛い娘だよ。ほら、うちのラディッシュは先生とこで作ったヤツ。ベランダ中、野菜だらけだよ。しかも花も綺麗に植えられててさ。裏の農家の人によく聞くんだってよ。うちの野菜も裏の農家から安くもらってんだ。先生と朱美ちゃん、よく畑の手伝いに行ってるよ」っておじちゃんが言う。

ゴンとチャチャはコンシェルジュ

大学の友達カナにメグ先生のこと話したら、

「あれっ？　連れてってなかったっけ？　通学路から右側に曲がる道があるでしょ。あそこ真っすぐ行くと小高い丘があるんだけど、行く坂道の前の畑の前に五階建てのマンションがあって、屋上の壁にメグ動物病院って書いてある。大きなドッグランがあって、朝夕は犬だけじゃなく猫も放されて遊んでる。動物好きな学生は、みんなフェンスの蔦をかき分けて覗いてるんだよ。先生、それに気づくと、『そこぐるっと回って入っておいでよ』って言ってくれてね。エントランスのドアをピピって開けてくれて。ドッグトレーナーの恵美さんも美幸さんも親切だよ。姉妹なんだって。

ドッグランには、〝絶対に叱らないでください、褒めてあげてください。犬猫はどんな飼い主でも裏切りません、信頼してあげてください〟って書いてあってさ、ホラ」と言ってスマホの画面を見せてくれた。

「他の学生たちもいいんですか？ってビックリしてたけど、みんな、失礼しますって入っていく。聞いたら、F大の学生が十人くらいバイトで来てるんだって。授業のコマを聞いて、無理のないシフトを組んでくれるんだって。きちんと勉強してもらわなくちゃ困るって先生に言われるんだって。私もあそこでバイトしたいんだけど、倍率が高くてすぐに埋まっちゃう。空きが出たら、すぐに連絡くださいって先生に直談判したの。

そしたら、『案外ここは重労働だよ。朝も早いし。ペット看護師とか、トリマーになりたいなら訓練にはなるけど、マンションやドッグランの掃除もあるし、保護してる子たちの世話もある。ウンコだらけになることもあるよ。でも、ここはF大が近くにあるから助かってんだ。みんな長く働いてくれてる。F大出身の看護師さんとかトレーナーさんが誕生するかもしれない。人が足りなくなったら募集かけるからさ。F大の就職課にも広告出させてもらってる。一応、応募内容はホームページに詳しく、正直に書いてるから、よく読んでね。俺と責任者たちとのちょっとした面接もあるけどね』って言われた」

カナはあたしと違って、何でも口にする。

「どうして獣医になったんですか」って聞いたら、

「動物はしゃべれない。どこが痛いのかも言えない。それを助けるために俺たち獣医はいるんだ。それに一番は動物が好きなんだ」って。

「学校が休みで知らなかったけど、ドッグランで月一回、日曜日に譲渡会を開いていた。行ってみたら、先生もちょくちょく顔を出してた」

カナは、知りたがり屋。ネタは尽きることがない。数日後、毛がぼさぼさになった自宅のシュナウザーの愛犬ハルを連れて診察に行った。

「ドッグランは広いし、とにかく開放的なの。受付の彩さんが、『診察予約の時間までかなりあるわね。ドッグランで遊んできてもいいのよ』って言うの。『それとも、保護した子たちを見ますか？　ドッグランの鉄棒にリード繫げるようになっているから、そこにハル君繫いで、奥のシェルターに行ってみて。

犬とか猫、欲しいって言う人に、スマホで情報拡散してほしいの。詳しいことはホームページに載せていますからって添えてくれたら嬉しいの。それじゃあ、順番来たら放送でお呼びしますね』って、放送？って驚いたけど、本当に感じいい人なの」って彩さんという人の口真似までして。

「ハル繫ごうと思って、ドッグラン行ったら、トレーニング教室が開かれていた。飼い主さんと犬がずらーっと並んでるの。ちょっと壮観。

シェルターに行ったら、それが広いの。聞いたら、七十平米、マンション一戸と同じ広さなんだって。うちのマンションより一部屋分少ないだけ。フローリング敷きで、まるでペットカフェ。犬十四まで、猫十四までを保護して、譲渡会に出すんだって。来たばかりの子とか、怖がる子はゲージに入れられるんだけど、私が行った時は空っぽ。犬も猫もシェルターの中で放し飼い、みんな仲良くしてる。キャットウォークも天井まであって、みんなじゃれあったり、いつまでも見ていられる。

それに、保護された子とは思えないほど、みんな綺麗なの。ゲージの中も汚れていない。だいたいシェルター自体がなんかいい匂いがするの。一人がモップで床拭いたり、一人が犬猫の体拭いてた。

犬も猫も首に色違いのリボンが巻かれていて、半分くらいの子たちにカードがブラ下がっている。聞いたら、バイトのF大の同い年の子が、『カードがついてる子たちは、譲渡先が決まった子たちで、トレーナーさんやメグ先生もトレーニングして、最低限の躾もしてる』んだって。だから、『ここのシェルターの子たちは売れ行きがいいの。歳を取った子も売れ残ったことないの』って言うの。

おカネ、もらうんですか?って聞いたら、『それまでのワクチン代とか去勢・避妊手術代、躾代、マイクロチップを入れたり、どの医院でもいいから定期健診に行ってもらうことも約束してもらって、犬も、猫も一匹五万円もらうの。せめてそのくらいの覚悟がなければ渡せないってメグ先生が』。

そのバイトのミネちゃん、ていう子が言うの。『私ね、人見知りで人と話すのも苦手だったの。バイト先でもよく怒られて、高校の時から一カ月も続いたことなかったの。ここの面接の時に正直に言ったの。

そしたらメグ先生が、『ここで相手にするのは動物だよ。君は小さい時から犬猫飼ってたんだね。ベテランじゃないか。人と話さなくても、大丈夫。動物が好きならやってみないか』って。それに、『困ったことあったら、俺でも誰にでも、スマホで連絡して。話しにくかったら、メールでもいいんだよ。メールの方が思いの丈を伝えられるかもしれないか』って、スマホにスタッフ全員の連絡網をパッケージにして入れてくれたの。それに、だれだれさんの誕生日です、一声かけてなんて、顔写真入りのメールが送られてくる。

来てから一カ月経って私の誕生日が来たら、会う人ごとにミネちゃん、おめでとうって言われて、今までそんなことなかったからとても嬉しかった。犬猫を介して人見知りも減ってきたの。私、トレーナーになりたい。卒業したらここで働きたい。F大から来ている子たちの中には、そんなこと思ってる子が多いんだよ」

「ドッグランに戻ったら、『この子、良い子ね』ってトレーナーの恵美さんがハルと遊んでくれてた。いろいろ話してたら、そのうちアナウンスで呼ばれて一緒に待合室に戻ったの。待合室にもキャットウォークが壁一面にあって、飼い主さんの猫が天井まで行ってる。

シャーッて言い出したら、恵美さん、待合室でにわかトレーニング教室。猫も躾けるんだ、凄いよね。

それにね、待合室にメグ先生の愛犬チャチャと猫のゴンが入ってきてご挨拶するの。チャチャは伏せして私を見上げて、ゴンは足にスリスリしてくる。『この子たちはいわゆるコンシェルジュなの』って恵美さん」

動物と暮らせるマンション

カナ、ドッグランで恵美さんにいろいろ聞いた。

「病院に合わせて、水木休みで、日に二回、教室を開いているの。雨の日は保護の子たちがいるシェルターで教室を開くことができるの。譲渡会のお手伝いもするのよ。

私、シングルマザーなの。メグに、あっ、院長先生のことね、咲、あっ、娘ね、が帰る時間だろ、もう引き揚げろ、ってよく言われるんだけど、このマンションに住んでるから職住同一だし、娘の咲だって病院内を我が家のようにゴン・チャ引き連れて闊歩している。だから、なんとなく、いつも病院内には終わりまでいるわ。

途中で自宅に戻ったりはするけど、いろんなところ手伝うの。他のところが忙しい時に、手伝いに行くとアルバイト料がもらえる。緊急ヒトデ（人手）ってメールが一斉配信されるの。各部署のタイムカード機にこの名札を読み取らせて、終わった時にまた読み取らせるとバイト料が振り込まれる。そういう仕組みになってるの。やる気があれば、稼ぐ材料はメグが提供してくれてる。

それにスタッフみんなが娘の親代わりもしてくれるの。時々、卵ちゃん、あっ、獣医学部の人学生のバイトさんにね、勉強も見てもらってる。その代わりお手伝いもしてる。大きくなったら獣医になりたいって言ってる。メグも時々勉強見てくれて、だから塾にも行ってないのよ。でもメグみたいに頭良くないから私立でしょ。お金貯めなきゃ」

「メグって、呼び捨てでいいんですか？」って聞いたら、

「みんな古い仲間だから」なんだって。

カナったら、月給はどれくらいなんですか、なんてずけずけ聞いた。

「ううん、ワンニャン教室を会社にしてるの。こう見えて社長なの」

「エー！　凄い。でも、娘さん私立に入れるんでしょ、収入はどのくらいなんですか？」。自分も私立大学なのにカナはしつこい。でも、そんなことも恵美さん正直に答える。

「教室開く時のドッグランとかシェルターの使用料とマンションの家賃を大家さんに渡して、バイトさんにお給料払って、それを差し引いて残る生活費が月二十五万くらいかな」

「えっえっ！　毎月何万くらい貯めるの？　……そんなに！」ってカナのけぞった。

「ワンニャン教室の使用料もマンションの家賃も良心的というより、他と比べたらうんと格安なの。部屋は大事に使ってください、粗相があったら、すぐに知らせてください、補修します。一部負担をお願いするかもしれませんが、保険に入って頂くので、大事でなければ保険で大丈夫だと思います、なんて手紙みたいな文が契約書にはいろいろ書かれている。

だけど、敷金・礼金もないの。一年に一回、定期メンテナンスで室内は見られるけど、むしろ

こっちの相談に乗ってくれるの。家具を買おうと思うんだけどって言ったら、こうしたらどうですかって、クローゼットの中を工夫するアイデアなんて提案もしてくれるの。頼めば特別料金でやってくれるの。もともと棚も備え付けが多くあって、クローゼットも広いの。部屋は広く使ってくださいって定期検査に来る人が言うの。全室床暖房もついてるのよ。

それにね、ここのマンションは不動産会社を介していないの。大家さんに直接申し込むの。どのくらいの所得があるとかじゃなくて、家賃を持続的に払えれば構いませんとか、申し込み書に書かれている。保証人も不要なの。ちょっと多い質問に答えて、大家さんにオーケーもらったら、貸してもらえるの。

それにね、ペットを飼っている人のマンションなの。住人はみんな犬か猫とか、動物を飼ってる。ドッグランもタダで使えるの。ホントに天国。だから、転勤とか、よっぽどのことがなければ、みんな出ていこうとしない。みんな、ここを終の棲家にする気みたい、私もだけど。トラブルなんてないのよ。

時々、住人みんなでバーベキューもする。ちょっとした村ね。いま部屋は全部埋まっちゃってるけど、ネットに案内出てるわよ、ネットで〝ペットと暮らすメグ・マンション〟で引いてみれば」って恵美さんが説明してくれた。

初めての子は洗ってくれる

「まだ後がいっぱいあるの」って、カナは続ける。

「中がまたすごいの。診察室にはコンピュータとかモニターがいっぱい。診察室は三つもあって、もう一人の先生も別室で診察してた。こっちに目で挨拶してくれる。

ガラスで仕切った向こう側には凄い手術設備があるの。レントゲン室、ＣＴスキャンとか透析室なんてのもある。それから入院患者の子たちが入ってるクレートが綺麗に並ぶガラス張りの病室も見える。そこにいる人たちみんな、目が合うと手を振ってくれたり、微笑んでくれる。何故か、空気がいいの。設計士の工夫で、見えないところに換気扇や、空気清浄機がついているんだって。

まず、驚いたのは診察台が低いの。メグ先生、

『犬、猫もいきなり、高いところに抱き上げられて座らされるの怖いからさ』って、ボタン押したら、ハルを乗せた診察台がゆっくり上がっていく。『お医者さんによって、背の高さも違うからね』って。診察台には厚めのペットシートが敷かれている。『診察台は冷たいから、みんなびっくりしちゃうからね。ハル君、ちょっと太り気味かな？』って体重計の目盛りを見て笑われちゃった。

診察が始まると、『これがハル君のお腹の中』とかモニターで説明してくれて、卵ちゃんたちにいろいろ、解説したり、どう思うとか聞きながら。そしたら『大丈夫だよ、でも、一年に一回は定期健診に来てね。本当は年二回がいいんだけど』って。

でも、診察の前にもっともっと驚いたのは、メグ先生、診察台のハルと同じ目線で話し込むの。私の話も聞いて、そうかそうかって、顎下を撫でて、そのうち全身触りまくり。ハルもすぐクネクネし出した。

『俺たちは注射とか痛いこともするから、みんなに嫌われちゃうんだ。だから、こうして、仲良くしようとしてんだ』って。

そしたらハルの匂いを嗅いで、『ちと臭うかな？　熱もないようだし、診察の前にひとっ風呂浴びようか』って、内線かけて、『いま暇？』って聞いたの。立て込んでいない時はトリマーの由美さんが初めての患者さんに限って、汚れてる子とか臭う子をタダで洗ってくれるんだって。どおりでシェルターの子たちがみんな綺麗なわけよ。

私の場合は、トリマーの由美さんが忙しい時で、『じゃあ、俺が洗うよ』って、メグ先生。待合室を通る時、『ああみんなこの前、お風呂したよね。まだ、次の予約のマルちゃんまで時間あるけどいいですか、早く来て頂いたのに少し待っててくれますか。ちょっと、クチャイ子がいるんで』って言ったら、飼い主さん、『気持ちいいわよ、行ってらっしゃい』って。

『うちの子、ここのキャットウォーク大好きで、いつも予約の時間より一時間は早く来ちゃうの』やっぱり予約の相当前から来ている飼い主さんもそう言ってる。

えっ？　猫も洗っちゃうのって思ったら、『カナちゃんも一緒に来て、ハル君も安心するからって』って言われて、先生とトリマー室に行ったの。

『もしかしたら濡れるかも知れない』と言ってビニールカッパ渡された。メグ先生、白衣脱いでTシャツ一枚になってハルを抱きかかえて、本当に大事そうにステンレスのお風呂に入れる。

『気持ちいいぜ、よしよし』って、ゆっくり泡立てる。ハル、ブルブルするから先生はジーパンまでびっしょり。

『いけね、着替え忘れた』ってスマホで着替え頼んでた。

ガラスで仕切った向こう側で、トリマーの由美さんが、毛足の長い大きな犬の床屋さんやってた。

『あまり上手じゃないけど、毛の処理くらいはするよ』って、メグ先生、ハルを乾かしながら、ブラッシングして、飛び散る毛は、壁に繋がっている掃除機のホースですいすい吸いながら。うちのハル、あっという間に綺麗な犬に。

あまりにカッコいいから、先生おいくつですか？って聞こうと思ったら、先生、お幾らですか？と言い間違えちゃたの。そしたら、先生、ぷっと噴き出して、『そうね、十億はもらおうか』って」。カナ、自分でも分かるくらい真っ赤になったんだって。

「聞いていたトリマーさんの由美さんが、『もう少しカットが上手くなったら、そのくらいの価値はあるかな』って大笑いしていた。

『最近、教えてもらってねえからなあ』ってメグ先生がため息つくと、由美さんが突然、

『カナちゃんママと、ハルちゃんですね』って言うのよ。

何で私たちの名前を知ってるんだって驚いたら、

『その人はね、予約した患者さんと飼い主さんの名前と写真をこのモニターやスマホでスタッフ全員に即座に知らせてくるの。

トレーニングに来てる子と飼い主さん、保護した子の名前まで頭に入れろって。町で会ってもママやパパへの対応は絶対丁寧にって。それを少しでも忘れているようならビシッと言われる。悔しいけど、メグが覚えてるから文句言えない。メグはメモ魔で……。あっ、そんなことよりカナちゃん！　メグ、三十三だよ』」

『お前、余計なことを、お前だって似たり寄ったりだろ』って先生、言い返してたけど、由美さんも恵美さんみたいに先生のこと呼び捨てにしてる。

彼女ですか？って聞いたら、二人はまたまた爆笑。『ひどいだろ？　ここは、学生時代の仲間が多いんだ。そいつらみんな、呼び捨てにするんだ』って、先生、苦笑いしてた。

『ちょっとハル君連れて、先に診察室に戻ってて、着替えもまだ来てないし、俺もシャワーして行くから』って。えっ、どこでですかって聞いたら、ステンレスのバスタブの横にあるさっきハル洗ってたシャワー指さして『あそこで多い日は二回くらい』って。

『それ時々見てる』って由美さん言ったら、『アッ！　セクハラ、見るなよ』って、なになにこの二人？って疑うわよねえ」

カナはあたしが言ったメグ先生の匂いのこと思い出して、

「先生、コロンは何付けているのっ？」って聞いたら、

「コロン？　生まれてから和光堂のベビーパウダーしかつけたことないよ、一箱二百円くらい、それをパフで、パパっとねって」

それを聞いて、あたし気づいた、朱美さんも同じ香りしていた。

「診察料はたったの二千円。安いわよね」と、カナは感心しきり。

あたしが、朱美さんの存在を教えたら、

「アッ、きっと着替えを頼んだ人だ。何で教えてくれなかったのよ、恥かいたわ」って怒ってた。

あたしとカナ　パパ、ママ二人ずつ

カナ、自宅に戻ってから、晩ご飯の時、両親に動物病院のことといろいろ話したらしい。カナパパ「ハルーッ」て呼んで、綺麗になってることにびっくりした。

「病院はそんなにデカいのか、先生の名前はなんて言うんだ」って聞くから、

「ちばめぐむ、だからメグ動物病院なんだって」って言ったら、プッと、ビール噴き出した。

「どう書くんだ」って聞かれたけど、

「忘れちゃった。千葉県の千葉に何か虫を複雑にした字」

「まったく、お前は。ちょっと部屋で電話してくる」って。

　戻ったカナパパにカナママが、

「知り合いなの？」って聞いたら、

「いや、俺の勘違いだった」って、なんかごまかしてる。

　後日、カナが、

「あやん家にもうちの犬と同じ名前の猫がいたじゃん。一度診てもらえば？　私も一緒について行ってあげるよ」って言うから、日曜日に予約を入れた。

　そしたらカナパパからうちのパパに電話があった。なんと、うちの両親も、カナの両親も一緒に行くことに。実はあたしたち、従姉妹同士なの。パパ同士が年子の兄弟で、ママたちはパパたちの後輩の親友同士で、みんな早稲田大学出身。今もしょっちゅうつるんでる。小さい時、あたしもカナも二人ずつパパ、ママがいると思ってた。

　パパたちが政経学部の三、四年生の時、ママたち法学部で第二外国語のフランス語で同じクラスの一年生だったんだって。パパたちがそれぞれキャンパスでナンパしたんだって。

　カナママとカナパパがデートで待ち合わせたところで、あたしのパパもたまたまママとデートの約束してたら、カナママが間違えてうちのパパに「待った？」って聞いたら、顔が微妙に違うのが振り向いた。そしたらカナパパが来て、それを見たうちのパパ「アッ、兄貴、それ俺のポロシャツ」って叫んだところで、うちのママが登場。

女同士「あらっ、やだ。私たち趣味似てるの？　兄弟なんだ」。「でもホントよく似てる」。「どこ行くの？」。「浜田省吾のコンサート」。「あれ、私たちもよ」で、席についたら、またまた隣同士。

それから、どこに行くのも四人一緒。卒業して数年経ったところで合同結婚式。統一教会じゃないよ。大隈講堂で安上がりだったんだって。それから、あたしたちが同じ年に生まれたってわけ。

ママたち、旦那さんたちが自慢でしょうがないみたい。パパたち同じように昇進して、カナパパは証券会社の総務部長さん。

ママたち、「ねっ、私たちの内助の功でしょ、パパたちよく稼いでくるの」。給料明細なんて平気で見せ合って、大笑いしてる。

何であたしたちだけ、こんなポンコツなのかなってカナと話し合ったこともある。でもお互い一人娘、躾はそれなりにあったけど、甘やかされてきた。ママなんて、「いいのよ、勉強なんてできなくても。女は愛嬌。あたしたちみたいに気が強いと、パパたちみたいに苦労するわよね」なんてカナママと頷き合ってる。

パパたち、たじたじ。言葉に出さず、お互い指さして、何とかしろって無言で叫んでる。でも、不思議なのは夫婦仲良いからなあ。ママたち、パパたちを上げたり下げたり、あたしたち感心するくらい。パパたちも操縦されてることを分かってるみたい。

たまに逆噴射するけど、ママたち泣きまねしてんのに「俺が悪かった」ってすぐ謝っちゃう。ママたち舌出してるのに。

カナママが

「これ評判のバナナロール、ハルのお礼よ」と菓子折り持ってる。そしたらパパが、

「俺も半分カネ出すから、両家からってことにな」なんて言い出す。いちいち言わなくても同じ苗字なのに。

カナが病院はみんなが呼び捨てで呼び合ってるとか、ドッグランとか、ワンニャン教室やらシェルターやら、お風呂のことなど、しゃべりまくってる。

大きなドッグランを回り込んで、地下駐車場に入る。エレベータで一階のエントランスに出ると、綺麗な宅配ボックスと大きめの郵便ボックスがキッチリ並んでいる。

壁にはペットタクシーのご案内と描かれたポップ。「救急の場合、ご連絡ください。ご自宅へのお迎え、お見送り致します。また、レジャーのお供も致します」と細かい料金表が書かれてる。パパったら「タクシー呼ぶより安いな、人間はダメなのかな」なんて言ってる。

ドッグランのポップには「十時から十七時まで時間制限なし、出入り自由。入場料は三百円、

十五日分のチケットが四千円。ウンチはウンチボックスへ、オシッコしたら水で薄めてね」なんて書いてある。

トリミング室や、車いす工房、シェルター、それに洗濯屋さんの紹介まで、可愛いポップが、綺麗に貼られている。しかも全部にカナが振ってある。「子供も多く来るんだな」ってパパ。「丁寧だな、お前らも全部読めるだろ」ってカナパパ失礼。

インターホンで予約番号と名前を言ったら、自動ドアが開き、ドッグランが目に飛び込んでくる。大きな樫の木が離れて三本立っていて花を咲かせている。その下は日陰にもなっている。フェンスの内側を照らすように三本の照明塔が見える。

「こりゃどんくらいの坪数があるんだ？　でも、お前たちの大学ができたんで、この辺の地価は最近上がってんだ。すげえなあ。大家は誰だ？」ってパパに聞かれても、あたしは知らない。

「このマンションはメグ・マンションっていうから先生のじゃないの？」カナが言ったら、「やっぱ、そうなのか」ってカナパパ、頷いている。

受付の彩さんが、両面に、先生の名前と病院のいろんな連絡方法、それにいろんな施設の案内が書いてあるＡ４のパンフレット一枚と、診察券を渡してくれた。

人間六人と猫一匹、という何とも不釣り合いな構成見て、彩さんが、

「あれ、カナちゃんも一緒？」

「実はあたしたち、従姉妹なんです」

「だから同じ苗字だったのね、それにやっぱりあなたたちちょっと似てるわ」

後ろの二組の夫婦を見て、「ああ、失礼いたしました。ご両親様ですね、どうぞどうぞお座りください。しばらくお待ちくださいね」って、何故、親まで来たかなんて聞かずに通してくれた。

小さい声であたしに、

「お父さんたちはそっくりね」って。やっぱり、あやって名前の人には優しい人が多いんだ。

予約の十五分前、待合室に入るとあたしたちと違って、パパ、ママたち、壁に貼られている先生二人と、責任者たちの写真と資格をじっくり見ている。パパが、

「受付の彩さんは会計担当で税理士資格も持ってる、凄いな」

「何で朱美さんの写真ないんだろう」ってあたしが言ってるのに、カナパパなんて関心は先生だけ。名前見てニヤニヤしてる。

前の診察終えたメグ先生に、彩さんが呼びかける。さっそく先生やって来て、人数見て、

「おっ」と絶句。

「いつも、あやちゃんには久松でお世話してもらっています。カナちゃんも一緒か」

「実はあたしたち従姉妹なんです」と言ったら、

「なんだ、そうだったのか」って。

「うちの犬がお世話になりました。この度は弟の家の猫がお世話になります。両家からです」ってカナママが丁寧に菓子折りを渡す。

メグ先生、素直に受け取って、

「これはありがとうございます。みんな喜びます。彩、朱美に言って、みんなに配ってもらって。朱美は?」

「シェルターに行ってる」

「そうか、じゃあ後で渡しておいて」

「あやがいつもバイト先でお世話になってます」ってパパ頭を下げる。カナパパなんて、

「うちのハルを綺麗にして頂いて」って、両手でメグ先生の手を包んで、顔をまじまじと見つめてる。

「ワンちゃんも猫ちゃんもハルって言うんですね。面白いな。ワンちゃんは今日はお留守番?

一緒に連れてくればよかったのに」ってメグ先生言ったら、うちのママが、

「私もハルカって言うんです」。メグ先生、

「お母さん、みんなに愛されてるんですね」って笑った。

後でうちのパパがカナママに、

「お菓子、人数分、ぜんぜん足りねーじゃないか」って文句言ったら、

「でも素直に喜んで受け取ってくれるなんて、いいじゃない。半分こにすれば、数は増えるでしょ」

「でも、みなさんに配るとなったら……」

「やっぱり、うちの亭主と一緒。いつもボケッとしてるくせに変なところで細かい！」って言われた。うちのママ、弁護するわけでもなく、「その辺にしといてやってよ」だって。

診察室に入ると、さっそくメグ先生、うちの猫ハルを触りまくって、いっぱい話しかける。周りの椅子に座らせたあたしたちにも両親にもいろいろ聞きながら。

「犬のハルとは会わせてないの」って聞いて、

「ゴン・チャ、おいで」って呼んだらすぐに来た。大型犬と猫。チャチャはペタリと伏せして、その上にゴンが乗った。

「この子たちは私の子供です。犬猫もこんなに仲良くなるんですよ」

そしたらメグ先生、ハルの匂いを嗅いで、

「うん、シャワーは必要ないな」って、例のベビーパウダーが入ってる先っぽがシャワーみたいになってるボトルに手を伸ばして取って、ハルに、少し振りかけて、

「そうかそうか、いい子だな」って、丁寧にブラッシング。壁から出ている掃除機のホースで毛やパウダーが飛び散る前に吸う。ちょっと名人芸。

ハルの喉をさすって、「そうなのか、そうなのか」って、全身を撫で回す。いろんなところにカメラ当てて、

「モニター見てください。健康そのものですよ。あまりご覧になったことはないでしょうから」って、いろんな臓器を見せてくれた。

「でも猫は宿命的に腎臓を患うんです。オシッコが出にくくなったり。僕の友人が作ったそれ用のご飯もあります。あとでショップを覗いてみてくださいい。こいつも食べてるんですよ」ってゴンを抱き上げ、「ほら、ハルだよ、これで友達だよ」って話してる。なんか、ほんわかする。

正直、ゴンは目も小さいし涙目、ちょっと不細工で、しっぽもお団子みたい。だけど、みんなの足元にすりすりしてくる子犬みたいな子。カナママったら、「ぼーや」と言って、抱いて放さない。ニャーとも言わない。カナママのほっぺにスリスリしてオッオッオッって言う。それを聞いて、みんな大笑い。

看護師の琴美さんが、「なかなかニャーって言わないんですよ」と言う。カナママ、カナパパに、「ねえ、猫もいいわね」って言ったら、すかさず、メグ先生、「シェルターにもいますから、是非見てください、犬と猫の組み合わせもなかなかいいですよ」って。

そのうちハル、先生に顎さすられてゴロゴロ言い出す。

「でも、あやちゃん、爪見て。少し巻き爪になってる。歩く時に、コツコツ聞こえない？

爪切りしてる？」

「最近は嫌がって噛みついてきて」とパパが弁解したら、メグ先生、腕まくりして、ハルの足から爪出して、

「いいかい？　すぐ終わるよ。お父さん、こうやってよく切れる爪切りで、いい子だって言いながら素早く切る……でもご機嫌の悪い時はどうしてもね」

ハル、先生の腕に噛みついてる。それなのにメグ先生、何でもない顔して、素早く切っていく。切り終わった後、ハル逃げ出そうともせず、先生の腕の中でうっとりして、先生の腕舐めてる。

「お父さん、腕までの厚めのゴム手袋をするといいですよ」って言ったけど、メグ先生の腕は、傷だらけ。うっすら血も。豪快にマキロンを振りかける。ちょっと診察室を離れてた看護師の琴美さんが戻ってきて、

「またなの」ってあきれ顔で言う。

「何で待てないのよ、一人じゃホールドもできないじゃない。ばかね、痛いでしょ。私が朱美に叱られるのよ」って怒るから、みんなびっくり。

「どうも教育がなっておりませんで」って先生言ったら、琴美さんも、

「大変、失礼いたしました」って頭を下げた。でも、しっかり先生の足を軽く蹴ったのをあたし見た。

スタッフはみんなニコニコしてる。なんで、みんな、こんなに仲いいの？　女性陣は美人ばっかり、男性陣も変な人は見てない。こんな職場に就職したいって思った。

「厚手のゴム手袋と爪切りもショップにありますから、お気に入ったら是非」って教えてくれた。精算してもらう間、奥のシェルターまで行って、洗濯屋さんや、車いす工房も眺めて、最後にショップに行ったら、

「連絡が来ております」ってフードと、厚手の手袋と、爪切りがレジ横に置いてあった。パパが「北川景子?」って呟いたくらいに綺麗な英美さんが丁寧な言葉で、

「もし、お気に召しましたらご購入ご検討ください。また猫ちゃんのいたずら防止用品とか、爪とぎがございますので、お時間ありましたらご覧になってください。木の爪とぎはメグ先生の手作りで百円でお買い得です。奥様、抱いてらっしゃるゴンのお気に入りでもあるのですよ。

あっそれから、犬のハルちゃんのお家はフローリングですか? 滑りやすいと足腰を痛めます。簡単なマットもありますので見ていってくださいと連絡が入っております」

みんな情報伝達にびっくりしてたけど、カナだけ、「ねっ、言ったでしょ」って自慢してる。パパとママとあたし、言われるままに購入した。カナパパもマットを買った。

「それにしてもずいぶん考え抜いた造りだよな。受付、待合室、診察室、手術室、入院室の動線がキチンとしてる。外もトリマー室、洗濯室、車いす工房、シェルターまで綺麗に並んでる。ショップをエントランスの近くに置いているのも、よく計算されている。でも、あそこがまだあんなに空いてる」って、カナパパ、外を見た。

うちのパパは「北川景子に妹とかお姉さんいるのか?」なんてママに聞いてる。ママ、知らん顔。二十分くらい経って、受付に精算に行ったら、カナの犬のハルと、同じ名前のあたしの猫のハルが紐づけられた診察内容報告書が二通ずつ。

先生、受付に来て、

「あの、ゴンを」と言うの。カナママ、この時までゴンを抱いていた。

「あらら」と言って、「いい子ちゃん、またね」って名残り惜しそうにメグ先生に返した。

「こうしておけば二匹のハルちゃんが二つの家族に見守られますから。ハルカお母さんの診断書はごめんなさい、動物病院なんで」って笑いながら。診察料はまた二千円。

「こんな料金でいいんですか、今までのお医者さんは……」って、パパたち言い始めようとしたら、

「だってお父さんたち、機械で体を診て、爪切っただけですよ。手術したわけじゃないし、病気もないし、お薬もいらない。この料金、むしろぼったくり。健康にしておけば、それだけ安上がりになるってわけです。

年に二回とは言いませんが、一回は健診に連れてきてください。ワクチンもしますから。でも、もっとお近くの医院があれば、そちらへ。

体の臭いが気になったり、毛の抜け替わりの時には、特別なカットがいらないなら、簡単なシャワーとムダ毛の吸い取りは二千円です。電話かホームページ上から予約できますから。

今日はお土産までありがとうございました。じゃあ僕は次の子がいますので。彩、次の子、呼んで」って、みんなに手を振って診察室に戻っていった。

「絶対もてるわね、私たちだって若ければ」ってママたち。

「探せばいるものなのね。イケメンで頭も良さそう」なんて話し合ってる。受付の彩さん、思わ

ず噴き出した。

「でも、あなた、税理士なんてすごいのね」ってママが言ったら、

「メグの二つ下なんです、家庭教師じゃないのに、ずっと勉強教えてくれたんですよ。学校とか市の図書館行けば、ほとんどいましたから。お陰でメグと同じ高校に行けて、会計士、税理士になる時もいろいろ教えてもらったんです」

「先生は獣医学部でしょ？」

「何でもできる人なんです。高校の時にはもう公認会計士の資格とったり、今は動物だけじゃなく他の資格もいっぱい持ってます。私、いわゆるリケジョで、数学が好きだったんです。親には理工系なんてやめておけ、と言われたんですが、『どうしてやりたいこと簡単に諦められるのかなあ』ってメグに言われちゃって、それで」

「あなた奥さん？」

「いえいえ、朱美っていう人がいますから」

待合室にはユーチューブで動物の動画、音楽はピアノで昔ながらのポップスが耳障りにならない小さな音で流れている。パパが彩さんに、

「診察室からすごいシステムですなあ」と言ったら、

「私、経理なんて言ってますけど、このレジ、売上から仕入れ、出入金、給与計算、在庫管理も、決算までできるんです。ショップとか、みんな会社になっているんですが、数字を打ち込む

だけで、所定の書類が出来上がるんですよ。申告の時は税理士の私は確認して、サインするだけなんですよ」って彩さんが言う。

「どなたに依頼されたんですか」ってパパが聞いたら、

「メグですよ、ここは予約から、私たちとバイトさんたちのシフトまで、メグの作ったソフトで動いてるんです。この病院を作る時に、大学の先輩と相談して作ったんですって」

「メグ先生、システムエンジニアとしても、プログラマーとしても食っていけますよ」。電機メーカー勤めのパパ、興奮しきり。

メグ先生の一日

メグ先生の日常は規則正しい。遅くとも十二時には寝て、六時起床なんだって。朱美さんとベランダの花と野菜に水遣りして、野菜収穫してパッと水洗いして、マヨとかお手製のドレッシングかけて、納豆にトーストとコーヒーで食事して、七時には入院してる子たちを診て、シェルターの子たちや、運動が必要な入院してる子はドッグランに放す。ご飯あげて、中・大型の保護犬はチャチャとリードに繋いで朱美さんと病院の周りを走る。それから開院。

自宅で何してんだか知りたくて一回聞いたら、

「久松から帰るのが七時頃でしょ。それから朱美と話したり、勉強したり、ゴン・チャと遊んだり。テレビはほとんど見ないな、ラジオはつけっぱなしだから。寝る前の三十分くらいで体操とか、お風呂とか入って、次の日の予定を確認したり。久松から戻ってから寝る前の四、五時間で、いろんなことしてるよ。朱美も何かしらしている。お裁縫が上手いんだ。寝具とかも作れる。

休みの日は時間がたっぷりあるから、いろいろ計画するんだ。朱美も時間刻みで動くのが好きみたいで。朝、たっぷりゴン・チャやシェルターの子たちと遊んで。チャチャ連れて、走ってる時に話し合って、だいたいその日のスケジュールが決まる。隣の畑を手伝いに行ったり、勉強したり、本読んだり、どこへ出かけるとか、テレビで映画を見るとか、あのお店行きたいとか、最近は百円ショップかな?」

九時開院、基本はネットや電話の予約制で、先生二人の空き時間はホームページで分かるし、一度来た飼い主さんにはラインでも送る。一匹当たりの診察時間を多めに取って、飛び込みの患者さんが来ても、対応できるようにしてる。

でも、ホームページで予約入れてきても、必ず病院から電話で確認する。

「コールセンターみたいに人の声が聞けるまで時間がかかるようじゃ、飼い主さんに悪い。ここは病院なんだ。動物の生死にかかわることもある。とにかく早くこちらの声を聞かせること。それに送信専用でこれには返信できませんなんて失礼なメールがあるけど、うちはどんなところからもアクセスできるようになってるからね。

受付の彩たちは大変だけど、頼むな。とにかく丁寧に。こんな時代だから、肉声で素早く丁寧に。診察内容だったら、俺と高橋君が代わるから。卵でも簡単なことは答えられる」って何度も念を押して。今は彩さんが朝礼の時にスタッフに話してる。

ペットを亡くした飼い主さんには、半年に一回「お元気ですか?」なんて簡単なメールや手紙も送る。「遊びに来てください」とか、ペットロスにならないように。そんなことも、メグ先生が作ったスケジュールソフトに入る仕組みになってる。

十二時から一時まではお昼休み。先生と朱美さんは急患があるかも知れないからって自宅から出ない。実際、連れてくる人がちょくちょくいる。病院のインターホンが自宅にも繋がってて、メグ先生と朱美さん五階の自宅から下りてく。

この前は、小さい子がお母さんと虫かごに入れたモルモット連れてきた。

「小さい子はあまり診たことないんだ。ちょっと元気がないな。ちょっと待って、詳しい先生に電話するから」って言って、ズームでもやり取りして、

「簡単なお薬で治るみたいだよ。ちょっと待ってね。薬剤師さんに聞くから。……また、おかしかったら、この先生のところで診せて。静岡だけど、これその先生の医院の地図。話をしてあるから、お名前言えば分かるよ。小さな生き物には凄い先生だから、連れていって。ごめんね、勉強不足で。今日はお金いらないよ」

朱美さんは「良くなるといいね」って手まで繋いであげて、エントランスまで親子を見送った。

一時から四時までは予定していた患者さんの手術時間。よそのシェルターの子たちの去勢、避妊手術も格安で引き受けている。近隣の県からも来る。多い日は、三十匹ぐらい高橋先生と手術する。時々、病気の子もいて、即入院、お預かり。汚い子たちは、由美さんのトリマー室に連れていって、バイトさんたちも総がかりで洗う。

手術の予定が少なかったり、入っていなければ二人の先生は通常診察に切り替えて、ホームページやラインでお知らせする。

空き時間ができるとメグ先生は診察室でネットで論文見たり、書いたり、本読んだり、他の部署を見に行って手伝ったりしてる。洗濯屋さんの汚れものの仕分けまでお手伝いしてる。

閉院六時までみっちり働く。でも、とにかく時間割がとても上手だ。スタッフのローテーションの中にはマンションのお掃除なんて重労働もあるけれど、きちんと休ませる。マンションの二階の一室を区切って六人が横になれる仮眠室もある。

若い連中が、外で飲み過ぎて帰れない時は一泊二千円で泊まれる。シェルターをホテル代わりに犬猫を預ける飼い主さんに請求するのも休憩・お泊り、いずれも二千円。一回、バイトの子がパーティの帰りに仮眠室に十人も連れて泊まった時は、さすがにメグ先生に怒られたらしい。

「何で二千円均一なの?」って彩さんが聞いたら、

「細かくしたら、彩が会計、面倒くせえだろ」だって。

「そういう人だから、あの人は好かれるの」って彩さん言ってた。

それに、鶏、豚、牛の畜舎まで元央さんと設計して、酪農家の育成コンサルタントにも行く。動物園からも救急で呼ばれる。いつも大きなリュック背負って、学生時代からの百二十五ｃｃのスクーターで朱美さんを後ろに乗せていく。近場は電動自転車。車はめったに乗らない。二人は、いつでも一緒。

大型動物は無理だけど、救急で入院が必要な患者さんや移動手段がない患者さんのところには、ペットタクシーの真澄さんとご主人に連絡して連れてきてもらう。

久松にお昼ご飯に来た卵の道子さんは興奮して話す。

「もう、信じられない人。しかも論文も定期的に書いている、何とか時間作って勉強してる。お休みの日はもっとそうなんだろうな。

賞もたくさん貰ってる。北村さんと医薬、柳田さんとは建築関係とかペット商品も。それなのに貰った表彰状なんて、もういいんだ、って飾りもしないで、机の引き出しに入れたまま。

でも、朱美さんといつも笑って、なんかゆったりしてるんだな。休日はスクーターで二人でいろんなところに行くんだって。リュックに簡単な医療品入れて、会ったペットの飼い主さんに話しかけて、時々、診てあげるんだって。名刺渡して、良かったら今度診察に来てくださいね、って、まるで営業マン。自分で営業に出向く医者なんていないわ。

私たちの時間にも気を使ってくれて、みんなも余裕が出るの。だから、イライラしたり、喧嘩もない。そのくせ仕事はしっかりさせるの。獣医師試験受かったら、研修医として絶対戻ってくる。だってすぐに席が埋まっちゃいそうで。もっと勉強しなきゃ」って、大盛チャーハンかき込んでいる。

「おばちゃん、スープもう一杯、お願い」なんて言いながら、

「信二さん、まだ勉強してる。もう来ると思うけど、餃子ライスすぐ出せるようにしてやってて」

信二さんはもう一人の卵ちゃん。

「メグ先生に、おい、そこの戦友二人、って時々呼ばれて、まだおろおろしちゃって。そのたびに、何驚いてんだ、ゆっくりでいいんだよ、って言ってくれるんだ」って信二さん、おじちゃん、おばちゃんに言ってた。

メグ先生はいつもそうなんだ

カナに似てきたのかもしれない、あたしもずいぶん、おしゃべりになった。久松に時々、ご主人とやってくるペットタクシーの真澄さんにメグ先生のこと聞いたの。

「メグとは私も主人も小学校から中学時代の同級生。あいつ頭がいいから、中学の時はいつも学級委員。でも、私たちバカにも平等なの。みんなにニコニコ話しかけてくる。いじめられて

る子とか暗い子にも、困ったことがあったら俺に言って、助けられないけど先生にチクるから、なんて訳分かんないことばかり、冗談で言う。でも、先生にもおかしいことはおかしいって言う人なの。

彼が生徒会長の時は学校全体がほんわかしてた。生徒同士が喧嘩してると、そんなに怒んなよ、疲れるだろ、って気が抜けたように仲裁に入る。喧嘩してた連中も、最後は笑い出しちゃう。本当に誰とでも気楽に話す人。

でも、授業が終わるとすぐ図書室行ったり、家に帰っちゃう。部活するわけでも、放課後みんなと遊ぶわけじゃない。でも、体は大きいし、スポーツマンだし、テストはいつも一番。全学年の子が何かしらあるとメグに相談したり、話がしたかったんだと思うな。それは朝礼がきっかけだったんだ。

遅刻した人は朝礼の最後に名前を発表されてたんだけど、それを読み上げるのは生徒会長のメグ。生徒会に立候補したことなんてないのよ。でも、みんな、そりゃメグだろって、その年は選挙にもならなかったのよ。校長先生まで、お前がやらなきゃしょうがないだろうって、教室にまで来て。

ある日の朝礼で、『今日のお寝坊さんは』なんて話し出す。『悩んで眠れない日もあるよね、急用もあるよね。そんなに苦しんだ人の名前を発表する俺は最低な男です、ごめんね』って言って、名前呼び上げて、『何も事情知らないのに、ごめんな』ってもう一回謝って、壇上から降りたの。

なんか、みんなしんみりしちゃってね。

そしたら職員会議で、個別に事情を聴いて注意ないしはアドバイスしましょう、ということになったの。それをメグに朝礼で言ってくれって、校長先生。その朝礼がまた凄くて。

『これから遅刻しても、ここでさらし者にはならない。先生たちのお陰だ。個別に事情を聴いてくださるそうだ。また、眠れないほどの悩みには相談に乗ってくださるそうだ。

しかし、わざと寝坊して憧れの先生に相談に乗ってもらおうというヨコシマな考えまで、善良な先生方はお気づきになっていない。そこは自制しなければ先生たちに申し訳ない。本当の悩みだけ相談しよう。

それから、もう家を出なきゃならない微妙な時間に始まる再放送、心を鬼にしてビデオのメモリボタンを押そう。便秘症の奴は早くから便器に跨がれ。本物の寝坊は、そりゃ、優しい先生でも怒りたくなる。先生たちは眠くても、俺たちより早くから登校しているんだ。この間、門番の先生が立ちながら、こっくりこっくりしているのを見た。

お父さん、お母さんだって会社行くのに遅れないように必死じゃないか。俺の親父なんて、ズボン履き忘れて、ステテコで車に乗り込んだ。だけど、明日遅刻しちゃうんじゃないかと一番不安なのは俺だ。なんで俺が生徒会長なんだよ。

しかし、最低男の汚名返上の機会を与えてくださった教職員の方々にはここで深く感謝申し上げます。校長先生、何かお言葉はございますか』って、立て板に水。

先生たちも笑い出しちゃって。校長先生が『お前がメろ』って言ったら、『これでメる』って、拍手喝さいよ。それからよ、『メグ』『メグさん』ってみんなに呼ばれて、おはようの数なんて先生たちより多かったんじゃないかしら。

メグはいつも『よっ、よっ』て手を上げるの。校長先生も、学校の先生たちも、病院によく遊びに来るの。教え子だらけだし、何よりもメグが誇りなの。あんな素敵な学校はなかったわ。

私が身近で一番覚えてるのは、中学校の運動会のお昼。席が隣でドキドキしちゃったわ。メグ、陸上部の連中を負かしちゃうくらい足が速かったの。本人は謙遜するけど、どんなスポーツも人並み以上。でも、入部を誘われても断っちゃう。

私とメグが座席で並んでお弁当を食べようとした時、メグ、やおら、大きなお握りが二つ詰まった弁当箱を見せてくるの。『小学生じゃあるまいし、弁当ぐらい自分で作らなきゃ』って自慢するの。でも母に作ってもらった私のお弁当を見たら、『交換してくんないか』って真面目に言うの。私もメグのことは大好きだったから、喜んで差し出したの。

鳥の唐揚げ食べたら、『旨い、旨いなあ』って、あっという間に完食。『真澄のお母さんも仕事して大変なのに、こんな旨いもん、すげえなって。これなんて言う鳥?』なんて聞くから、普通の鶏よ、骨がついてて先が丸っこいから、チューリップって言うの、それを揚げたものって言ったら、

『そうなのか、手羽先は知ってたけど、へえー、旨いな、これ。いいな、今度おばあちゃんに頼

むかな。うちは商売やってて、両親とも忙しいから、いつも食べて帰宅するから、おばあちゃんが食事作ってくれるんだけど、肉は時々、魚が多いんだ』って。

でも、交換したお握り食べたら、それが美味しいの。どうやって作ってんのって聞いたら、『おばあちゃんのお新香だよ。古漬けで、お茶漬けなら何杯でも食える』って。今も朱美に頼めば作ってくれるんだけどね。

あいつ勉強も運動もできるのに、まったく鼻にかけない。人がやっていることを見れば、『すげえなあ』が口癖で、教えてよって近づいていく。できるまで一生懸命、教えてもらってる。聞けば何でも正直に答える。うちの亭主も小学校の時からメグが大好きで。でも遊びに行こうって誘っても、中学生なのに、これからバイトなんだ、っていつも走っていっちゃう。

でも、勉強で追いつこうとしてる連中の中には、メグが気に食わなくて、嫌み言ったりしてる子もいた。取り巻きの女の子が朝礼の後、メグに向かって『いい気なもんだ』って言ったら、『そうか、俺はそう思われてるのか』って、言い返すわけでもなく、でも、そういう連中とは距離を取るの。メグから二度と絶対に近寄らない。話しかけられても返事はするけど、そっけないの」

朱美さんって、一回振られちゃったの？

「でも、『いい気なもんだ』って言った子に一番怒ったのは朱美だったのよ。『何がいい気なの？　みんなに気を使ってくれてるのに！　許せない。私、抗議してくる』って顔を真っ赤にしてこぶし握ってる。

冗談じゃなくて、こりゃ絶対暴力沙汰になると思って、女の子同士が喧嘩したら、さすがにメグだって止めに入ってくれないよ。朱美も嫌われちゃうよって、抑えるのが大変だったのよ。メグはそんなことは知らないけど。

朱美がよく言ってた。メグは理不尽なことをされたら絶対に許さないって。私たち、仲間はみんなそれを肝に銘じているの。高校一年の夏休み前、メグ、カツアゲされて、それを拒絶したら、三年生たちにボコボコにされたの。

無抵抗で我慢して、ずっと体を丸めて耐えていたらしい。相手も諦めて、最後の蹴りを入れようとしたリーダー格のヤツの足を掴んでメグ絶対放さない。ちょっと待てよ、って声振り絞ってズボンの端、握ってたんだけど、それでも力尽きて。

それでも、メグ、血だらけ、びっこ引きながら必死に追いかけて、そいつの家の玄関をドンドン叩いて、ついに失神。家から出てきた母親は大慌てで、救急車を呼んだ。

病院に謝りに来たリーダーと両親は、病院の先生に警察と学校とメグの親を呼ぶって言われて大慌て。進学校ですものね。メグが、知らせる必要はない、親は旅行に行ってる、って嘘ついて、それなら妹を呼びます、って朱美に事情話して来てもらったんだって。

朱美はもうびっくりしたらしい。電車に乗って病院に着いた時には、一通り手当も検査も終わって、ちょうど診察室から出てきたところで、そしたらメグ、リーダーに向かって、『絶対に許しません。何で人のものを奪おうとするんですか？　一日三千円稼ぐのにどれだけ働くか知ってますか？　それを、暴力まで振るって奪おうとするのは、強盗とどこが違うんですか？　しかも仲間を引き連れて、卑怯にもほどがある。僕は社会に出て、あなたに会ったら、絶対に潰します』って怒鳴ったんだって。想像つかないでしょ？　朱美は慌てて、肩貸して帰ったんだって。

でもね、それからリーダー格のヤツが高校卒業後、そこそこの大学入ってメグに会いに来たの。もう一度謝りにわざわざこの市の図書館まで。そしたら、メグ、パッと立ち上がって『あの時は、生意気にもとんでもないことを申し上げました』って謝ったって。

朱美はほっとしたらしい。でも、その先輩、二度と近寄ってこなかったって。メグにはそういうオーラがある。酷いことしたヤツは二度と絶対近寄るなっていうのが。でも、陰口は言わないし、会ってもきちんと挨拶はする。

そんな人たち以外とは、みんなと仲良くしてくれた。『お母さんを手伝ってる真澄にはかなわないことばっかりだよ』って言ってくれたり。うちは父が私が小学校五年の時に亡くなって母子家庭だったの。メグはそんなことも覚えてて、本当に私だけじゃなくて、みんなに気を使ってくれて……それでも何にも恩着せがましくないの。そんな振りも見せないの」。もう、真澄さん半泣きになってる。

「私と主人、結局、高卒で就職したんだけど、勤め先では学歴から訳も分からないパワハラとかあって、思い切ってパートやバイトでやって行こうと決めたけど、正直、生活に困っていたの。そんな時、主人がメグ、どうしてるんだろって。

電話したら、『どこにいるんだ?』と聞かれたから、住所言ったら、八時過ぎに、スクーターでここの美味しい餃子持ってアパートに来てくれて。私たちびっくりしたの。

そしたら、『真澄も純一も冷てえなあ、中学卒業してから、何で、今まで連絡もくれないんだ』って怒ってる。私たちのことなんて、すっかり忘れてると思っていたのに。『おっ、やっぱり、お前ら結婚したんだ。中学の時、お前ら、絶対結婚するって思ってた』って言うの。

私たちメグみたいに真面目に勉強していればとか、でも学歴でこんなに差別を受けるなんてとか愚痴ったの。

そしたらメグ、『俺を手伝ってくれないか』って。『俺、獣医で、病院がもうすぐできる。入院が必要な救急患者が出たら、車に乗せて病院まで連れてきてくれないか』って。

私たち、お金がなくて車を売ったばかりだったの。駐車場も解約して。そしたら、一カ月も経たないうちにカーナビとクレートを配置した軽の中古を二台も買ってくれて、駐車場も借りてくれて、『使ってくれ』って。

『車は俺の所有物だ。駐車場代と、当面の燃料費、生活費は、百万でいいか？ 俺が貸す。金利なんていらない、軌道に乗ったら、少しずつ返せばいい。余裕ができたら車も買い取ればいい。新しい仕事は税務署にも申告しろよ。こっちは彩が手伝ってくれる』って。

軽の中古には『動物レスキューです、ご配慮ください』というメッセージとメグと私たちの携帯番号も書いてあって。何から何まで教えてくれて。『黒ナンバーが必要だけど、それは自分でやって、同乗者の保険も忘れずに』って。何から何まで教えてくれて。陸運局には朱美が一緒にいろいろ聞きにいってくれた。手続きが終わったら、近隣の市の獣医さんたちにも知らせてくれた。反応は凄かった。夫婦、東西に分かれて、まるでホントの救急車。メグはホームページまで作ってくれて、ペットタクシーもやれよって。それも人気が出たの。私たちテレビにも何度も取り上げられたのよ。メグからの借り入れも返せたの。今は新車も買えるの。人も雇えてるの。

会社が軌道に乗るまで支援してくれて、今度は『うちのマンションに住め』って。私たちにとってメグは命の恩人なの」って真澄さん、とうとう泣き出しちゃった。

しゃくりあげながら、「洗濯屋の山崎君も家を継いだんだけど、大きな洗濯屋さんが近くにできて悩んでたの。メグの家はいつも利用してたんだけど、メグは洗濯屋に出すような服持ってない。一着だけ持ってたスーツを出しに行ったら、やっぱり愚痴られて。そしたら、

『病院ができたら、白衣とかユニフォームとかタオルとか汚れものがいっぱい出る。マンションの住人からも、洗濯もの頼むから、一緒にやらないか？　設備は俺が肩代わりする。俺への借金はできるけど、ゆっくり返せばいい。設備はどのくらいかかる？　最新鋭で息の長いのにしてくれよ。動物専用のも買ってくれよ。

服のお直しもできるのか、凄いな。おばさんと娘さんがやってんのか。仕立てはできないか？お前も俺たちと同じ白衣着ないか？　聞いてみてくれよ。電話くれたら、計画書を持ってくる。お父さんたちには両親が世話になった』って。

山崎君、張りが出たのね、頑張ってたら今までのお客さんも戻ってきて、マンションに移転した後も丁寧さが受けて儲かってるの。時々、私たちも配達の手伝いしてるの。

おばさんと娘さんも白衣とか作りに来る。手作りだからとっても着やすいのよ。寸法もすぐに直してくれる。色は違うけど私たちが着る白衣も、元央さん、裕司さんところもみんな同じ。手作りだからたくさんはできないけれど、お客さんも増えてるの。

下は何着てもいい、とにかく動きやすくがメグのお願いなの。山崎君なんて、メグと朱美のためなら死ねる、なんてことまで言うのよ。私たちもそうだけど」

そしたら、「よっ！」って用品ショップの英美さんが入ってきて、真澄さんを後ろから抱きしめた。真澄さん「来たな、この不良娘」って泣き笑いで言う。

「あれっチビは？」って聞いたら、

「メグんち行って、ゴン・チャと遊んでる。メシ行こうよって言ったら、今日は朱美のお握りが食べたいって、フラれた。

チビったたって、もう高校だよ。おっぱいなんてあたいよりデカい。あたいを差し置いてモデルになるなんて生意気なこと言うんだ。あれ？　あんた何、泣いてんのよ。化粧、滅茶苦茶でお化けみたいだよ」

「バカッ！　あんたは化粧厚いんじゃないの？　またメグに、白壁少し剥がせよ、って言われるよ」

「それさ、普通だったら、セクハラとかパワハラになるよねえ。でも、あいつ、英美は化粧しない方が綺麗だ、なんてホントのこと言うから怒れないいんだよ」

「あっ、そっ！　儲けてるんでしょ？」

「正直、儲けてま。メグおすすめのフードは人気だし、裕司さんとこの薬も評判いい。最近の流行りはメグに教えてもらった輪っかのブラシ。毛がついていないんだけど、先がギザギザの輪っかになってて、それでスーッスーッてやると、ムダ毛がふわふわ出てくる。

うちの猫なんて、いつも綺麗にしてやってたつもりだけど、あんた、こんなに背負ってたのって、驚くくらい取れる」

「そうなの？　うちの分、取っといてよ」

「あと二本しかない。じゃあ少し仕入れるか。調子に乗って在庫増やすと、彩がメグに言い付けるんだよ。何とか比率が高いとか、メグに言うんだよ、あいつ。

　でも、患者だった子のママさんたち手作りの「犬猫の毛の飛び散りを防ぐ部屋着」もよく売れてる。こっちは在庫気にしなくていいから気が楽なんだ。ママたちも喜んじゃって、時々『ドッグランにテントお借りして売っていいですか』って聞くから、メグに言ったら、『いいよ』って。『譲渡会の時に出店すればいいだろう。ただ、出店料はもらえって。五百円でもいいから、英美の店の収入にしろ』って。ドッグランもテントもメグの持ち物なのにさ。あいつは本当に、あたいが好きなんだな。

　店の賃料も安いし、マンションも格安。娘も院内自由だし。あたい、メグに体、捧げてもいいだろ？　長年の夢だったんだ」

「お前、そんなこと朱美の耳に入ったら殺されるぞ。だいたいお前、この前、好きな男ができたと言ってたじゃん」

「お前よく覚えてんな。あれ終わっちまった。でも、朱美がいるから、やっぱだめだよな。朱美にも助けられてばっかり。あいつ化粧すれば、あたいくらい綺麗だと思うんだけど、何でいつもあんな真っ黒にしてんだ？　ああ？」

「あんたと違って、飛び回ってるからよ。でも、肌なんて、お前よりずっと綺麗」

「陽に焼けてるから、余計歯が真っ白に見えるよな、メグも同じだけどな。えっ？　何、話してたっけ……」

ショップで接客に当たる、ザアます言葉の英美さんの影も見えない。

「あれっ？　あやちゃん？　気づかず私、大変失礼いたしました」って焦りまくり。真澄さん、

「今、気づいたのか。お前はホントにバカか？　こいつはおじいちゃんが金持ちで御殿のような家住んでいるのに、昔から不良を気取って、中学時代は頭も金髪。うちの中学、あんまりうるさくなかったんだ。でも、そこそこ美人だから、自信満々、実際、何人からかはお姫様扱い。調子に乗って、中二の時にメグに告ったら、真っ逆さま。

『金髪はちょっと。言葉遣いがちょっと。ごめんな。俺、時間がなくて。でも絶交なんてしないでよ。話友達でいようよ』って、やんわり、はっきり断られて、クソックソッって、ぶつぶつぶつ、いつまでも言ってるの。

そしたら髪も黒に戻して『どうしても会いたい』って高校の時、言ってきたの。私たち保育園から商業高校まで一緒で、家も近かったの。

でも、もうメグとは高校も違ったんで、一応、連絡するねって言ったら、英美、妊娠してて、高校入って夏休みにもなってないのに中退するって言うじゃない。連絡なんてできるわけない。父親は誰なのって聞いても『分かんない』ってこの馬鹿。

でも奇跡よね。私たちがメグに電話した時、英美がアパートに子供連れて遊びに来てたの。英美ったら『代わって代わって』って、電話取り上げて『あたいはあんたにホントに惚れていた』なんて、歌の文句のようなことを言い出した。そしたら、うちに来たメグ、

『えっ？　あの金髪の英美なの？　頭が黒い！　えっえっ？　この子、お前の子？　そっくりだなあ。でも英美、実家が金持ちで良かったな。今スーパーでバイトか。お前、真剣に真面目に働けるのか？』って聞いたら、『ウン』ってこの馬鹿」

「『分かった、少し考える』ってメグが言ってくれて、数日後、ペット用品のショップ開かないかって言うんだ。『言葉遣いから直せ、金髪は絶対ダメ、薄い茶髪ならいい。お前、あんまり厚化粧するな、そのウチワみたいな付けまつげも必要ないだろ、美人なんだから』って、また、ホントのことを言うんだな。

お店に並べる用品は、患者さんのデータをもとに、多分これなら売れるかな、値付けは、これなら他には負けないとか、裕司と元央ともメグ、話し合ってさ。フリーマーケットとか、ハンドメイドのペット用品とかいろいろ調べろと言われた。

調べることは朱美に手伝ってもらってできるようになったけど、独り立ちしろって、おカネも貸してもらったのに、計算が私には分かんない。『娘もいるんだ、しっかりしろ』って言われて、計画書を渡されたの。あたい、その最初の計画書を今でも持ってる。最近ようやく分かって来たんだ。それに従っていれば、間違いない。今じゃ、電卓も使えるよ」って英美さん笑った。

「でも、彩が経理全部やってくれるから楽だよね。でもCEOだもんね、私たち」って真澄さん。

「そうだよ、みんなあのマンションに住まわせてくれてさ。あっ、それから、ショップでさあ、手作りフードも出すんだ。裕司が栄養成分とか監修してくれたヤツ。冷蔵ショーケースも頼んだ。薬の棚も元央が作ってくれた。あいつ大学の時に大工にバイト行っていたせいか、上手いんだ」

「英美、儲かってるじゃん、景気いいねえ」って真澄さん。

「実家からも褒められるようになったよ。でも、お前らだって、めったに病院いないじゃん。安全運転しろよな」なんてキャーキャー話してる。

あたし、「あの真澄さん、あの病院のスタッフはみんな同級生なんですか」って聞いたら、

「そうね、車いす工房の遠藤さんは、かなり年上だけど、責任者にされている人間は、みんな二歳と離れてないかしら。メグが中学三年の時、生徒会長になった時の三年から一年までが集まってる。でも、その妹とか弟たちもいるし、親戚の人もパートとかバイトで時々来てるか。

英美みたいな昔、不良から、真面目なやつまで、みんな仲良くしてんのはメグのお陰かな。曲がりなりにも私たち、きちんとした社会人になれてる。仕事上の注意とか注文はキッチリ言われるけど、メグは私たちの利益になることばかり考えてくれてる。

時々ね、私たちみたいな馬鹿を相手にしてないで、学歴もある人たちがいる普通の会社の社長さんだったら、メグはもっと凄くなれるのに、なんて思うこともある。なっ英美」

「そうだよ。東大出ました、ベンチャーの社長ですなんてテレビでチャラチャラ言う奴見ると、メグの方が絶対凄いもんって娘と言ってる。でも、それでもここにいるっちゅうのは、やっぱ私が好きだからでしょ」

「だからお前はバカだって言うの」

「そうバカバカ言うなよ。メグに怒られんぞ」

「ったくお前は」

真澄さんたちの話を涙ぐんで聞いてたご主人、最後は噴き出した。

「俺は引っ込み思案で、小学校の時にはいつもメグに守られてた気がする。あいつカッコいいし、相撲も強いし、チンチンもでかい。でも絶対喧嘩しない。仕掛けられても知らん顔してる。俺、何故か絡まれやすくてさ、よく絡まれてると、あいつ手を引っ張って、よく逃げてくれたなア」

「あんたバカなのに顔はいいからな」なんて英美さん、茶々入れた。

「大人になっても親友でいてくれなんて、頼んだのに、忘れてたのは俺の方だったかもしれないな。でも、何であいつら結婚しないんだろう」とポツリと言った。

「朱美さんはいつもメグ先生の傍にいるんですか」ってあたしが聞いたら、「朱美は凄い。あんなに人を愛せるのって思うくらい。今もメグを神様扱い。怪我なんて絶対にさせないっていつも言ってるわ。

中学の頃から、ずっと変わらずメグだけ見てる。驚くでしょ？　中学の時に振られたんだけど、しつこく付きまとったりしない。遠くから、かわいそうなくらい、ずっとメグだけを見てて、メグが好きで好きで。

でも、今、あんなに仲のいいカップル、見たことないでしょ？　だから、メグ、どうして結婚してあげないのかしらね」

「えっ？　朱美さん一度振られちゃったんですか？」

「初めはね」

メグ先生は悪い男なのかしら……。

メグ先生、かく考える

ずっと後で知ったんだけど、メグ先生、病院開く前に、責任者たちを呼んでいろいろ説明したんだって。

ご主人と結婚して二人で税理士事務所を始めた彩さんには、マンション含めてうちの会計を見ろって。二人の親友の元央さんと裕司さんの会社の会計・税務も紹介した。

「ただ、もらった経理書見てるだけじゃ意味はないぜ、受付で連絡係もやって会社経営を見ろよ」って。それに「数社出来るからそこの面倒も見てくれ」って、みんなの会社の経理も見させたの。「社会保障も万全にさせろ。当面の資金は俺が出す」って。それだけで彩さんの会社は黒字。中小企業のお客さんも増えて、今はリモートワークの社員も四人いる。

ペットタクシーの真澄さん、トリマーの由美さん、トレーナーの恵美さん、ショップの英美さんには、

「お前らの仕事は、正社員を雇うことは無理だと思う。経営者でなければ一生の仕事にはできない。アルバイトとかパートとか有期で人を雇ってほしい。もちろん、期間延長は可能だ。バイト料はなるべく高く。もし、その人たちが独立したいというなら、お前たちが一本立ちするように育てなきゃ、お前たちの社会的な責任は果たせない。

それでもお前ら経営者は豊かになってもらわなければならない。ここに想定売上と、想定バイト料、何人まで人が必要かなどを書いた計画書がある。よく読んで理解してほしい」

子供がいない車いす工房の遠藤さんには後継者を早くから育てた方がいいって言って。採算に十分気を付けて、利益を上げてくれって。手がける種類もゆっくり増やしましょうって。モノ作りの精神を忘れなければ大丈夫、俺のアイデアも聞いてくれって。職人を雇うなら受注量とのシミュレーションも書いた計画書を渡した。

洗濯屋の山崎さんにも、お客さんたくさん作るためには挨拶と、どんなサービスができるかだぞ、とにかく丁寧にって。仕立てもおばさんと娘さんに無理がかからないようにって。俺も知恵を絞って協力するから、なんて、いっぱい話し合ったんだって。

みんなには、バイトやパートでも採用には俺と朱美も参加させてもらう。決算も必ず見せてもらう。でも、十分利益が出て、独り立ちできれば、後はお前たちの自由だ。頼むぞ、俺たちは仲

間だぞ、困ったことは何でも言ってくれ。みんなで幸せになろうなって念を押した。

ただ、看護師の琴美さんは仕事柄、分離は難しくて病院に雇われる形だけど、その下の看護師さんはやっぱり有期契約にしてる。もちろん延長は可能。生活の手助けになるなら続けてくれって頼んでいる。

因みに琴美さんはメグ先生と朱美さんの中学時代の二年後輩、恵美さんと由美さんは一年後輩だ。朱美さんの実家の近くに住んでた。動物好きでメグ先生とも仲が良かったんだって。

そりゃ、親父たちも知りたいわな

土曜日、またまたサイゼリア。二家族集まるのはいつもサイゼリア。パパたちは高給取りって、ママたちに聞いているのに、店員さんたちと馴染みになるくらい来てる。あたしたちも嫌いじゃないけど、高級レストランなんて行ったためしがない。

「ねえ、何でいつもサイゼリアなの」って聞いたら、

「だって、ピザなんてお洒落じゃん。俺たちの時代、ピザなんて高くて、匂い嗅ぐくらいだった。ステーキもあるし、エスカルゴなんて学生時代知らなかったよな。これサザエの代わりにいい。ご飯もあるし、おかずもたくさんあって、しかも安い。これにサーモン乗せてみな、ワイン

もこれで十分」ってパパたち。

ママたちの解説によれば、早稲田の学生は、貧乏性というか、実際、後藤兄弟はお金をあまり持ってなくて、安くて美味しいお店、見つけるのが上手だったんだって。

お爺ちゃんは銀行の専務までした人。でも躾は厳しくて、二人とも大学まで同じ部屋の二段ベッド。大学からお小遣いはなし。住ませてやって、学費も出してやってるんだから、その他はバイトで賄えって。

「ラーメンのメルシーとか、キッチン・オトボケなんて、よく行ったわよね。ああ、メルシーのモヤ大にラー油かけて、真っ赤、茶っかにして食べたい。週に一回は必ず行ったわね。そういえば、あの時あなたたちに貸した二千円、返してもらったっけ」ってカナママ。

「そういえば、あの時、千円ずつ貸したわよねえ、ビールまで飲んでこの二人」ってママ。

「もういいだろう、何年前の話だ」ってパパたち。

また、くだらないことでと思って、あたしが、

「メグ先生の彼女の朱美さんも早稲田だよ」って言ったら、両親たちびっくり。

「この前、久松に友達連れてきて、おじちゃん、おばちゃんたちに早稲田の同期の夫婦ですって紹介してたよ」

「そうなの。きっと早稲田でも私たちみたいにいい部類ね。早稲田でも、社会に出ると、いいモノ食べて、ぶくぶく太って威張る奴いるんだよ。その点、パパたち後藤兄弟は変わらないね。も

ちろん、外じゃいいモノ食べてるんだろうけど、ママたちが作るものが一番って言うし」ってカナママ。

「お腹ちょっと出てきたけど、歳の割にはスマートだよね」って、ママ。

「何だ、好きなんじゃん」ってカナが言ったら、二人揃って、

「そりゃそうよ。でもママたちは外の食事が一番好きだけど」だって。

パパたちは何か、こそこそ話している。パパが「十億！」って素っ頓狂な声を出した。カナが、「そう言えば、この前、先生お幾つと言おうと思ったのに、お幾らって言い間違えたら、十億かなって言ってたけど、それ、なあに？」。パパたち無視。

「これがあそこのマンションの募集要項だ。凄い質問量だなこりゃ。それにしても、こんなに安けりゃ空きなんか出ないぜ。写真見る限り中身もいい造りだ。それに、これがあそこのバイト・パートの募集要項だ。あいつのモノの考え方がよく分かる」ってカナパパ。

パート、バイトの募集要項にはおおよそこう書いてある。

何故パートなのか、バイトなのか。社員になっても、残念ながら、そこまでお金は稼げない仕事であること。生涯の糧を見つけ、暇ができた時などは長く手伝ってほしいこと。一生の仕事にしたいなら独立を勧める、それには協力する。有期契約だけど、契約延長は歓迎する。

時給は仕事量にもよるが、売上によってここまで上げることができます、なんて綺麗なグラフが載っている。基本的には年功序列。それと同時に動物をこよなく愛し、誰とでも仲良くできる

人が欲しいって書いてある。面接もあると。

マンションの募集要項には、しょっぱなに、挨拶ができますか、万が一の場合は助け合いができますか。隣の人は何する人？ではないマンションであること。犬猫等ペットを飼っている人たちのマンションであること。二重サッシにはしてあるけど多少うるさくても平気か。一年に一度定期点検に部屋に入ること、敷金礼金なし、保証人も不要。

家賃は七十平米の部屋が月十四万、六十平米が十二万。家賃を払い続けていく自信がありますか？ 真面目に働く人ですか……普通だったらアパマンとか不動産管理会社にも聞かれないことも、正直に書いてある。共益費もない。

「やっぱ調べたい」、「調べようぜ」ってパパたち。ママたちも「何だか知らないけど、面白そう」なんて言ってる。何なのこの親たち。早稲田ってこういうのがいい部類なの？

メグ先生の親友　元央さんと裕司さん

水曜日、動物病院はお休み。メグ先生も朱美さんも今日はきっと来ない。

「ねえ、おばちゃん、先生の実家はお金持ちなの？」って聞いた。

「ご両親はもう亡くなってる。でも、お金のことなんて聞けないよお」って言われちゃった。

夕方。「あら珍しい」って店に入ってきたお客さんに、おばちゃんもおじちゃんも満面の笑み。その後ろには男の人たちがぞろぞろ。

「あの病院の設計士さんと作った人たちよ」って、設計士の柳田元央さんを紹介してくれた。

「ごめんね。なかなか来れなくて。今日はあそこの点検とメンテナンスに来たんだ。メグのヤツ、動物園で急患が出ちまって、朱美に立ち会ってもらおうと思ったら、これから動物園に追いかけて行くって真澄に車乗せてもらって行っちゃった。クソしてたら、先に行かれたって、クソって言ってた」って自分で言って、大笑いしてる。

「メグも朱美も車運転できるのに、乗りたがらないんだ。親を車の事故で亡くしたからかなあ。でもスクーターも安全運転だよ。それにしても、俺の腕がいいんだろうな、へへ。病院もマンションも、まだ、まだ、新築同然。

ああ、こいつら何でもこなす建設会社の連中、いつも協力してもらっている。ほら、みんな名刺、渡して。電気系統も詳しいから電球一個の交換からキッチン周りまで、何でも連絡してね。こいつら、誰でもいいから。もっとも、もうすぐ移転……」と言いかけたところで、みんなに止められた。

おばちゃん、あたしに、元央さんのことを話し始めた。

「病院の建設が始まる前に、メグ先生と挨拶に来てくれてね、『ご迷惑をおかけしますが、どうぞご勘弁ください』ってメグ先生が言ったら、元央さんが、『何か問題あれば、私に直接、お知らせください』って。メグ先生は『完成しましたら、一度、見てください』って。

後で周りに聞いたら、『うちにも、来たわよ、いい青年たちね。うちの偏屈親父も、分かった、頑張れ、なんて言うのよ』って話してた。でも、一人、嫌な奥さんがいてね『臭いのは困ります』とか、『うるさいのは迷惑です』とか。

元央さん、『そこは万全を期しています』って、風向きから計算した臭いの伝わり方とか、病院の防臭・防音設備、騒音がどれくらい伝わるかまで事細かに話したんだって。実際、臭いなんてしないし、うるさくないでしょ。やっぱり何も言ってこなくて、最近はメグ先生に向こうから挨拶するって。悪い人じゃなかったみたい」

おじちゃんは当時を思い出して、「挨拶に来てくれた日、即座にメグ先生、ラーメンと餃子を頼んでくれて、『これ昔ながらのですよね、味もさっぱりしてる』って言ってくれたのは嬉しかったなあ。

カウンター席で元央さんにメグ先生、解説するんだ。『ラーメンの醤油味はやっぱり細麺、チャーシュー一枚にシナチクとほうれん草、ナルトがお決まり。海苔やワカメなんていらない。スープも旨いな、これチャーシューを煮た醤油ベースですか?。

こてこてのもいいけど、俺はこれが一番。こんなにさっぱりしているから、逆にこってりしたレバニラとか麻婆乗せると旨いぜ、きっと』なんて、俺が言いたいことを言ってくれるんだ。

それに『パイコー麺にサンマーメンも酸辣湯麺もあるんですね。次から順番にメニュー全部食いますから』って、ホントに飯ものまで一周全部。そんな客は今まで一人もいないよ」って、おじちゃんは、ますますニコニコしてる。

「『元央、お前、北海道生まれだからこんなラーメン初めてだろう』。『正直言って、こんなに旨いラーメン初めてだ』と元央さんが答えたら、メグ先生が『本当はラーメンじゃなくて中華そばって言うんですよね』」って。その後、おじちゃん、醤油ラーメンを、「頑固一徹！昔ながらの中華そば」にメニューを書き換えた。ちょっと長過ぎるよね。

「二人とも今度は無言で食べてる。そしたら元央さんが、『あっ、この餃子旨い！　俺、羽根つきってヤツにはどうにも違和感があって、こういう、餃子ですって形で、外がパリッとしてて、ニンニクたっぷりで小デブのヤツが一番。餃子はニンニクを食うためにあると思ってるんです。お皿もいいな。タレも一緒だ。

俺たち、ニンニクマンだったんです。大学時代、みんなに臭いって言われたけど、じゃあお前らも食え、一緒に食えば分からなくなるって言ったら、女の子たちもスタミナつけなきゃ体がもたないってニンニクにはまって。教授が教室に入ってきた時、窓開けましょうって言われました』ってよお」

そしたら、おじちゃん、また後で「昔ながらの羽根なしニンニク餃子」って、メニュー書き換えた。ご丁寧にかっこ書きで（当店に無臭餃子はございません）って。

おばちゃんが続ける。「そしたら、メグ先生、『僕は獣医です。あそこを開院したら来ていいですか』って。『でも、あと二年はかかります。研修医として修業が必要なんです。なかなか来れませんが、その代わり柳田に何でも言ってください。職人も多く来ますから、柳田が飯に連れてきます』って。

ホントに、元央さんと職人たちが来てくれて、忙しくてバイトさんも四人にして、ずいぶん儲けたの。でも、あそこが完成してからは、メグ先生と朱美ちゃんが毎日のように、スタッフも入れ替わり立ち代わり来てくれて、ホントにメグ先生には感謝しかないの。

でも、私たち子供いないし、四年生の先輩たちも卒業しちゃうし、誰かいない？」っと聞かれて、カナにスマホで連絡したら、もう速攻、タクシー使ってすぐに来た。

カナ、パチンコ屋さんでバイトしてたんだけど、カナパパとうちのパパが入ってきて、見つかって、「黙ってこんなところで働いてちゃダメだ」って辞めさせられちゃったんだ。自分たちだって遊びに来たのに、偏見だよね。

この前、メグ先生にその話したら、

「ごめん、パチンコ行ったことないし、競輪競馬も興味ないんだ。マージャンもできない。賭け事はしないんだ。つまんないヤツでごめんね。でも、友達にはパチンコ屋とか雀荘でバイトしてたやついたよ、何が悪いの？」。パパたち、今一歩足りない。

おじちゃん、おばちゃんに、「あやの従姉妹で、大学の同級生です。明日から来ます」って言うから、ビックリされてた。カナ、お盆も持たずに立ったままで話に聞き入っている。

「あの病院が完成したら、また、元央さんと挨拶しに来てくれて、またご近所巡り、本当に丁寧な人たち」っておばちゃんニコニコしてる。

元央さんは「今日はメグに会えねーなあ」ってまるで恋人に会えない人みたい。やっぱり親友の裕司さんに電話したら、まだ仕事中だって。

裕司さんはよくメグ先生とここでお話ししている人、動物医薬の会社の人。元央さん「何だよ」って拗ねてる。職人さんたちは、「今日はマイクロバスが迎えに来てくれるから飲もうぜ」と張り切っている。

元央さん、ビール一本飲んで日本酒に移ったら、だんだん、ふにゃふにゃになり出した。久松独特の橙色したレバニラをツマミにちびりちびり。

「これ旨いなあ。ラーメンにかけてもらえばよかったな」なんて言いながら、「ご飯、半分頂戴、それからもう一本」って言ったら、「知ってる？　メグ、実は酒豪だぜ。でも、病院開いた時から、ぜんぜん飲まない。休みの日の前ぐらいにしか飲まねえんだ。あいつの自制心はどうなってるんだろ」なんてぐちぐち愚痴り出す。

そしたら突然、ペラペラペラペラ猛烈な早口で。

「今だから話すけどさあ、あいつ細かいんだ。四十センチ幅高さ一メートルのコンクリで敷地を囲って、コンクリの上に隙間二センチで高さ三メートルのフェンスを張り巡らせろ、先っぽは内側に丸めろ。ドッグランには樫の木三本に芝生張れって。スプリンクラーに、夏場には背が高くて幅の広いビーチパラソルが必要だ。それをきっちり、固定する穴も作れ、ドッグランにはリードを繋ぐ鉄棒、俺も懸垂するからって。

芝刈り機が入るデカい倉庫とか、犬・猫のウンコ流す浄水設備とか、ゴミの収集方法も細かく言って。マンション含めて大きな電力も必要だ。屋上には太陽光つけてくれ。停電でも大丈夫のように蓄電池も用意しろ。ドッグランには照明が時間ごとに灯るライト塔を作れとかさ。

自宅のリビングには、でっかい机。全部作り付けの棚、家具は置かないように工夫しろ。キッチンはステンレス、冷蔵庫はでかいのが入るスペース確保しておけよ。ディーリングルームも作れ。乾燥機入りのウォークインクローゼットを作れ、洗濯室は陽が燦燦と入るように。寝室はクイーンサイズが入るヤツ。

机もベッドも棚も全部お前が作れ。犬・猫専用のトイレはこうしろ、ゴン・チャがいたずらするからコンセントは全部上にしろ。マンションも同じコンセプトでな。棚ははめ込みで。家具なんて買わないようにしろ。それから全室床暖房にしろよ。韓国のオンドルを参考にしろよ。一階の雨除けになるくらいベランダもなるたけ広くって。初めての仕事なのによお、インテリアデザイナーの仕事まで、何から何まで言いやがって。でも、それで、俺の会社の形ができたんだ。あの野郎……」

みんな、元央さんの早口に、口あんぐり。

「どんなイメージだって聞いたら、メグのヤツ、微に入り細にわたり玄人はだしの見取り図見せてきた。詳細に仕上げてくれって。しかも、病室の間取りも細かくてさ、医療機器や電気機器は頼んであるから、連絡すれば来る。設置は確実に頼むぞって、俺、参っちまったよ。

しかも、これで足りるかって三億も振り込んできやがって。まさか、できないとは言えない。俺にとっては会社辞めて、初めての単独での仕事になった。そしたら足りるかって、もう二億も。でもあのマンションのお陰でゼネコン、工務店、電機屋とも仲間になれた」

元央さんもうよれよれ。

「俺の会社、犬猫専門の家の設計会社にするかな。ペット用品も売れてるし、犬猫用リフォームでも行けるんじゃないかってメグ言うんだ。畜舎もあいついろんなところとコンサル契約取って来てさ。設計も細かいんだ。そうするかな。メグには助けてもらってばかりで……」なんて、だいぶ酩酊してきた。

寝ちゃうのかななんて、ハラハラして見てたら、そしたらまた突然、

「あいつ数学の天才なんだ、大学までは会ったことなかったけど、高校の時代から知っていた。全国模試ではいつもダントツでほぼ満点で一番だったんだぜ。数学オリンピックの金メダルも取ってる。理系のはずなのに文科系の試験でもトップ。どうやって勉強してんだろうって、俺たち進学校の人間は、顔は見たことないけど、みんなメグのこと知ってた。

学部は違うけど、東大で会えた。前評判を知ってる奴らは、俺も含めてみんなメグのところへ行って、握手したり。北村裕司もそのうちの一人だよ。

でも、メグ、体もでかいし、俺たちからしたら筋肉隆々でカッコいいし、俺たちみたいなもやしっ子とは違う。ところが、何とも言えないあの笑顔で、いろいろ教えてよって。こいつに何を教えればいいのかって思った。

でも、会えて本当に良かった。人生が変わった。

あいつ、裕司としょっちゅう、うちの学科に来て、お握り、食おうぜって。それがまた旨いのよ。お新香が。あいつ入学する時に、コンクリ造りの広いマンション借りてて、デカい糠味噌の樽持ってた。今は朱美が守ってる。

寮暮らしの俺たちには、有難かったな。そしたら、あいつ設計のこと聞き始めた。会うたびに設計図の書き方教えてくれよって何度も何度も。俺は時々、耐震の計算も手伝ってもらった。あいつ、高校の時に公認会計士の資格も取ってた」なんて話が拡散、支離滅裂に。

それよりも、「三億円？　二億円？　東大？」あたしたちも、おじちゃん、おばちゃんも、思わず声を出した。

そしたら元央さん、「獣医は大変だよな。内科から外科まで何から何まで、しかも、犬猫だけじゃない」って言ったらコテッと寝た。

マイクロバスがやって来て、職人さんたち「すんません、すんません」って言って、千鳥足で乗り込んで、「いつものことっすから。一、二時間もすれば起きますから。俺たち方向も違うし、市外ですから。先に行きます。メグさんによろしく」って、元央さん置いてみんな帰っちゃった。

おじちゃんがメグ先生に電話したら、七時間際に朱美さんと来た。朱美さんを初めて見たカナ、「可愛い」って叫んだ。それから挨拶した。

「ホント？　メグ！　私、褒められた。カナちゃんは美人ね」って言われてカナ有頂天。

「またやってる。こいつ、何時から来てるの？　そんなに長い間？　ダメだよ、こいつ弱いんだから」ってメグ先生呆れてる。朱美さんが「元央君」って呼んでも寝てる。

メグ先生、スマホ取り出して、「ごめん、サっちゃん、元央、寝ちゃった。久松だよ、迎えに来てくれる？」と言ったら十分も経たないうちに奥さん来て、

「メグ、私も飲みたかった。なんでいつも元央だけなのよ」

「いや、今日は一緒じゃないよ」

「えっ、そうなの？」

そしたらおばちゃんが「メグ先生もいないし、裕司さんも忙しくて来れないって言われて、寂しくなっちゃったのかねえ。でも、私たちにいっぱい話してくれて、疲れちゃったんだね」って。元央さんの奥さん、「ホントすみません」って謝った。「メグ、朱美さあ、この馬鹿、連れていくまで、外の車に乗ってるサブ診てよ。子供たちも乗ってる」って言うと、「ホント？　サブいるのか」って、メグ先生、嬉しそうに「朱美、行こう」って出ていく。「元央なんて、その辺に転がしておけよ」って。

サチさんあたしたちに、「サブはメグに感化されて、私たちが譲渡してもらったあそこのシェ

ルターの犬なの。恵美と朱美がしっかり躾けてくれて、おっとりしてるの。子供の面倒はサブの方が私たちより上手なの」

サチさんは元央さんと一緒の北海道出身。高校の同級生だったんだって。「元央だっていい男だよ」って、酔っ払っちゃあ、朱美さんに絡んでる。サチさんは大学は別だったけど、元央さんを目標に、二年遅れて一級建築士になった。

因みに裕司さんは長野県出身で、奥さんの雪美さんは高校時代の一つ先輩だけど一年浪人して、私立の薬学部卒業。「県人会の集まりでナンパされたのよ。高校時代は優秀な子がいるって評判あったけど、一つ下の学年だったから付き合いはなかったの。大学も別だったけど、でも会ったその日に、俺と付き合え、なんて生意気にも」。人間の薬剤師さんになったのを、手伝ってくれと言われて、今は動物医薬の開発を手伝ってる。

朱美さんとは、いつもの男三人の会合で紹介されて、男性陣とは別に食事に行ったんだって。「何こそこそ話してんだろうね」が女三人の謎だったんだって。その時からのお付き合い。

元央さんも裕司さんもメグ先生に大学時代のことを奥さんたちの前で話されるのをいたく警戒してる。メグ先生が「僕なんて、朱美だけだったけど、こいつら楽しそうでしたよ」なんて、一度うっかり言ったら、奥さんたち、メグ先生を問い詰めるんじゃなくて、朱美さんとつるんじゃった。

朱美さんは朱美さんで、あの性格だから、メグ先生から聞いた話を奥さんたちにそのまま伝えちゃったり。一回、メグ先生、元央さんと裕司さんにひどく怒られた。それにしても、メグ先生の周りは愛情物語ばっかり。

「元央、行くよ、子供たち放置してきた」って言ったら、元央さん飛び起きて、一気に酔いが覚めたみたい。「サチ、お前っ！」って言ったものの、すぐ状況分かったみたい。「悪い、帰ろう」って、サチさんに支えられながら帰っていった。

メグ先生と朱美さん入れ代わりに入ってきて、「みんな悪かったね。あいつら金払ったの」って聞いたら、おばちゃん、「棟梁が五千円も多く置いていってくれた。ほんと、あんたたちはいつも」って頭を下げた。

もう八時近く。メグ先生が、「あやちゃん、カナちゃん、駅まで送っていくよ」って言ってくれた。歩きながらカナが、「明日から久松のバイト始めます、よろしくお願いします」って言ったら朱美さんも「ホント？」って驚いてた。カナが「メグ先生、東大だったんですか」って聞いたら、「うん」ってこともなげに。「柳田も北村も、ああ見えて他の大学院まで出てる。すごくできる奴らだよ」

朱美さん、そんな話には関心なし。メグ先生の腕に手を回して、あっちこっち見ながら、「あれ？　あんなのあったっけ」なんて聞いてる。「おっ、パソコンショップができたんだ。俺の個人用のタブレット古くなったから、買い替えてくれる？」

「うん。メグ壊れるまで使い続けるから、あのタブレット反応がめちゃ遅い。タブレットじゃなくて小さいパソコンにしたら。

　あっ、古着屋さんもできたんだ。メグ、いつも同じ格好だから、今度見てみようよ」

「朱美だってそうじゃん。服、買えっていつも言うのに。革ジャンなんてどう？　下がいつも同じでも、俺みたいにごまかせる。今度、見に来よう」

「うん。メグ、下はいつもTシャツとジーンズだもんね。私もか」って笑ってる。

「それどこのジーンズですか」ってあたしが聞いたら、

「島忠の作業服コーナーで見つけた。ブリッジワーク製って書いてあるけど、知ってる？　俺は知らないんだけど、気に入っちゃって。ジーンズはみんなこれ。色も二色しかないんだ。朱美も気に入っちゃってさ」

「一本二千五百円なの。二人のサイズ、買い占めちゃったわ」。ブランドものじゃないんだ。それに作業着用品の売り場で買ったって聞いてびっくり。でも二人ともとってもよく似合ってる。

「お財布は朱美さんが握ってるんですか？」ってカナが聞いたら、

「うん、そうよ。でも、この人、全然おカネ使わない。ガソリン代出してとか、本買ってとか、お菓子買ってとか、まるで子供なの」

「喧嘩したことないんですか」ってあたしが聞いたら、

「私が絡むだけね」って朱美さん言うけど、

「そんなことないよ」ってメグ先生。

「私がわがまま言うばっかり。でも、絶対聞き入れてくれないこともあるよね」って朱美さん、先生を見上げて言った。

そんな時、駅に着いた。

「ごめんね、ご両親によろしく、これから帰るって連絡してよ」って朱美さん。今度はメグ先生と手を繋いで戻っていった。

あたしもカナも、先生たちの後ろ姿見ながら何故か手を繋いでた。それに気づいたとたん、「やだ、何やってんのよ」ってお互い笑いながら、手を振りほどいた。

あたしもカナも、今日の出来事を両親に話したら、カナパパは「やっぱり、本物か」って頷いた。

メグ先生って本当に凄い人なんだ

それからしばらくたった日、パパたちが、ママたちとあたしたちをサイゼリアの個室に呼んで「こいつは凄いぞ」って報告書を見せてきた。

「えっ！　ホントに興信所になんて頼んだの？」って驚いたら、

「兄貴が探偵も雇った」ってパパ。

「でも、これからの話は絶対口外するな。お前ら口が軽いからな。でも、口外したら俺、首になる」ってカナパパが言う。

「まず、お前たちが気になる朱美さんとの関係は、ホントに純愛物語だ。朱美さんの実家もしっかりしてる。お父さんは市の企画調整局長だ。何と俺たちと同じ早稲田の政経出身だ。少し先輩だけどな。お母さんは中央大学出て、今は自宅で着付け教室を開いている。お姉さんは津田塾、朱美さんは早稲田だ。みんな優秀だ」

「朱美さんが惚れ抜いてるどころか、家族みんながメグ先生のことを家族のように思ってる。探偵が周りの家に聞いたら、

『ああ、千葉君ね。今はメグ先生。朱美ちゃんの彼氏。高校生の時から、お母さん、絶対、息子にするのなんて言ってたのよ。一緒に暮らしてるって喜んでるわ。それにうちもそうだけど、この辺の犬猫はほとんど千葉君ところの病院でお世話になってるのよ、とってもいい先生』って。

ほら、そこに書いてあるだろ。だけどなぜか、二人は籍を入れていない。理由は分からん。あとで、探偵の報告書をじっくり読め。

メグ先生に関する内容は、父親は小売りもするけど、ホテルや旅館、レストラン向けに卸す食器屋さんで、一時は飛ぶ鳥を落とす勢いだったらしい。ご両親は高卒だ。しかし、ご両親はメグ先生が大学に入って、間もなく車の事故で亡くなっている。大型トラックに追突された。

メグ先生には二人のお姉さんがいて、彼は歳の離れた末っ子だ。お姉さんたちは慶応とフェリスを出てる。やっぱり優秀だ。

勉強はいつも断然トップ、運動もできる。でも、部活歴なし。塾にも一度も行ってない。小学校から高校まで図書館通い。市の図書館でも今でも彼を知らない人はいない。小・中の時は、学校の図書室の本、ほとんど読んじゃったってよ。

中学の時に先生に頼み込んで、本当は禁止されてるバイトを保健所でして、高校まで続けてる。大学に受かってからも、今もよく行くそうだ。歴代の所長も職員もみんな褒めている。中・高の校長に聞いた話も出てる。教員人生の中で最高の学生だったたって言ってる。

小学校から大学まで全部公立、何故か慶応高校には落ちてる。今でも中学校の七不思議だそうだ。高校の時は数学チャンピオンになってる。公認会計士の資格も取ってる。もちろん東大ストレート。資格もほらいろんな分野のを十個以上取ってる。大学の担当教授が褒めちぎってる話もここに書いてある。

それから驚くなよ。あいつは二十七までに投資で累計十億も稼いでやがる。元手は両親の遺産。千葉惠ってまさかとは思ったけど、若くて凄い投資家として一部で知られている。負けたことがない。冷静な手法で有名だ。日本の証券会社で口座があるのはうちの会社だけだ。でも口外したら取引止めるって言われている。だから業界の中でも彼の素性を知っているのはわずかだ。俺たちレベルでも名前を聞いたことがあるくらいだった。こんなに近くに住んでいたとはな」

「十億って借金だと思ってた」とママたち。

「うんにぁ違う。実績が凄いんで、うちも含めて各社、先生詣でしようと思ってもダメ。うるさいくらいのオファーに、一時間ならって、と言って口座のある日米の証券会社一社ずつと日米の銀行一行ずつ呼んで、これが最初で最後ですよって笑って説明したらしい。

行ったうちのファンドマネージャーに聞いたら、

『二回だけ、短期の大勝負をしました。その成果で皆さんに注目して頂いたと思うんですけど、一気にカネ使いましたから。

今は、自分なりの安全運転です。株は基本に忠実にやってるつもりです、深追いはしません。基本的に業績、財務内容のいい会社です。株価がある程度上限と下限の決まった範囲の中で動くいわゆるボックス銘柄を探します。チャートを見ながら押し目買い。二割上がったら、利益確定して七割は銀行預金に積み上げていく。それは米銀さんなんです。日本の銀行さんには悪いですが、金利が低いので、手数料くらいしかお支払いしてません。

儲かったら、三割を元金にプラスして改めて投資するの繰り返しです。もちろん海外銘柄が三分の二くらいあります。それでも、銘柄自体は少ないんです。業績もそうですが、経営方針とか、自分が惚れた会社だけです。ＦＸもします。

投資にかかりっきりではありません。寝る前のせいぜい一時間くらい。毎日ではありません。僕が見ているデータはこれだけです』って言うけど、すごいデータ量らしい。分厚い企業のアニュアルレポートも全部読み込んでいる。

それを彼自身が作ったソフトウェアで、売り買いするらしい。でも、『前提は変わりますから』って、その仕組みはもちろん言わないし。パソコンの中身も見せない。

『個人的には保険とか、個人年金はアメリカの会社にドル建てで入っています。円は最弱の通貨になりましたから、円安で掛け金が下がる時が多いです……。みなさんのお願いでしたから、お会いしましたが、もうこれでいいですか、今日は休診日で、ゆっくりしたいんで』って。

うちの女性ファンマネが、『こんな新しい投資理論があります』って紹介したら、『僕も読みました』って、本棚からその本出してきて、『この辺、あなたと解釈がちょっと違いますね、教えてください』って嫌みじゃなくて。

『……そうですか、僕はこう理解しているんですが』って、付箋の貼ってある箇所示して、そこに鉛筆でいっぱいメモ書きがあって、それを見せて『僕の解釈は変ですか』って、真面目に聞くんだってよ。

しかし、彼女が考え及ばないところまで、本に書いてある理論を発展して考えてたそうだ。彼女、一発で参っちゃってさ。

『あの人、何億積んでも絶対スカウトしたほうがいい』って、社長に上申書まで出したそうだ。

それに驚くな。病院の裏の土地まで、F大ができる前に、そんなに地価が上がってないうちに、手付金払って押さえて、そして買ってる。あのマンションの大家さんも兼ねている。建設費もあってか、うちの口座残高も一時がくんと減ったけど、確実に戻して、今も着実に儲けて、もうすぐ五億に達する。本当にスカウトしたい」ってカナパパ絶叫。

あたしもカナも、ママたちも唖然。難しいことは分かんないけど、そんな大金持ちなのに毎日のように、町中華の久松。朱美さんと揃って、いつもTシャツにジーンズ。

「あいつケチか」って聞くから、

「違うよ、お店にはいつも多めにお金、置いてく」ってあたしが言ったら、

「確かに病院の料金も他より安いよな」ってパパたち。

「そうだよ、ケチじゃないよ。マンションだって住んでる人には評判いいし、みんな天国だって言ってるよ」。カナは真っ赤になって父親の失言を許さない。

「友達の製薬会社と設計会社にも出資してる大株主だ。友達が会社を立ち上げる時、運転資金やら、ずいぶん手助けしたみたいだ。今は二社とも、急成長している。

面白いのは、あそこに入っているワンニャン教室、トリマー室、ペットタクシー、ペット車いす工房、洗濯屋、彩さんは会計・税理士事務所を、みんなあそこを本社にして、みんな合同会社にしてる。個人経営より、税制上も有利だからな。でも、出資金一万円なんて信用力がなけりゃできないけど、メグ先生が保証人で前面に立ってる。

最初、運転資金や設備はメグ先生が貸してたが、今はみんな借り入れ返して、設備も買い取って、みんな利益を出してる。従業員も雇えてる。メグ先生が育てたんだな。今はメグ先生に賃貸料を払う格好だけど、それも格安だ。

病院も安定的に黒字出している。特許料とかコンサルティング料もこんなにある。メグ先生が

金がない。

友達と一緒に考えた無菌豚の畜舎は農林水産大臣賞も取ってる。それにどこ見ても、外からの借

株式会社にしているが、オーナーなのに先生の役員報酬は病院とマンション足して千五百万円。朱美さんは無給だ。先生から生活費貰ってる。つつましいよ。大なり小なり、全部の会社が現預金積み上げて、設備投資もこなしている。彼は名経営者だよ。個人の貯蓄も資産も十分にある。なんか、スゲー奴だな。カネの作り方、使い方も十分分かってる」

女性陣はぽかんと聞いてたけど、ママたち、「調査に幾ら使ったの」って聞いたらパパたち、「ひゃ、百万」って、怒られると思ったらしいけど、ママたちは「もっと知りたいね、朱美さんにも私たちまだ会ってない」

カナパパ、「みんな合体させて上場させたいな」って。パパは「資料を見る限り、この性格で、上場なんかするか?」って言ったら、カナパパ、「そりゃそうだ。でも、友達の会社には上場の話、うちの会社も持ち掛けてる。凄いよ。こんな青年、見たことない。友達になってくんねえかな」って言った。

おじちゃん、おばちゃん　メグ先生の家族になる

病院のお休みの水曜日、あたしとカナ、一時限目の授業に行く途中、メグ先生と朱美さんがチャチャと走ってる姿を見た。先生の肩にはゴンが乗ってる。

「メグ先生ー、朱美さーん」って、あたしたち叫んだ。

「あー、あやちゃん、カナちゃん」って二人とも手を振ってくれる。

「ゴンも一緒なんですか」って聞いたら、朱美さんが、

「最初はチャチャに調子よく乗ってたんだけど、やっぱり落ちちゃって。Tシャツなら、爪、ひっかけられるからってメグが肩に乗せたら、Tシャツこんなにほころびちゃった。あれ？　メグ、背中に血の染みができてる。ゴンの爪だね、大丈夫？」

「うん、ぜんぜん」

「よかった。帰ったらマキロン付けてあげるね」って、背中を優しく撫でている。何か今にもキスしそう。

「今日、久松のバイトある？　五時からみんなに話があるけど来れる？」って先生が聞くから、

「はーい」とあたしたち返事して、先生たちと別れて、

「朝からなんか、いいもの見せてもらったね」って言いながら大学に向かった。

あたしとカナの授業は二時半に終わった。すぐに久松に向かった。貸し切りって出てる。

「今日は卵ちゃんのお別れ会とメグ先生からのお話があるんだって。全スタッフと、ほら、設計士の元央さん夫婦と、製薬会社の裕司さん夫婦も来るの。昨日、あんたたちが帰ってから電話が来てさ。バイトもっと増やしておけばよかったかねえ。あんたたちには、今日は大変な思いさせちゃいそう」。おばちゃんがそう言ったら、

「お前、さっさとやらんかい！」なんて、おじちゃん、おじちゃんが苛立ってる。こんなこと初めて。いつも優しいおじちゃんが何か焦ってる。

「冷めても旨いもの頼みます、今日は、おじちゃん、おばちゃんにも座って話を聞いてほしいんです」って先生に言われたらしい。

手作りのチャーシュー、ザーサイ、トマトサラダ、お芋サラダ、シュウマイ、冷えても美味しい焼きそば、ビーフン、それに朱美さんが持ってきてくれたお新香で、みんなで、たくさんのお握り作って、あたしたちはそれをお皿に乗せて配膳していく。

「あんた、朱美ちゃんの好きな冷たいみょうがのスープも出さなきゃ。小さい寸胴とお玉、出しといた？　やだ、忘れてんの」なんて、おばちゃん逆襲してた。

メグ先生の性格通り、みんな五時きっちりに集まった。花束幾つも抱えたメグ先生と朱美さんが、まず、卵ちゃんの道子さんと信二さん二人を前に呼んで渡す。

「こいつらも六年生になって国家試験の勉強に取り掛からなきゃならないんです。キッチリ、勉

強してもらわなきゃならんのです。一応、今日でここは卒業します」と、みんなで拍手。

「いつか助けてくれよ」って言ったら二人とも、ボロボロに泣き出した。

「絶対に戻ってきます」って道子さん。

「お前たちの力は、俺が一番よく知ってる。でも、実家を継ぐなら遠慮するなよ。その時は、フランチャイジーになればいい」って言ったら、二人とも下を向いてる。

そしたら、信二さんが、

「岡山の両親をこっちに呼びよせようと思ってます。両親も乗り気で小さな医院を開くと言って、今、近辺の市で物件探してます。だから、僕は安心してここへ戻ってこられます。いざとなったら吸収しちゃってください」

「実家は兄が継いでますし、私にはここしかありません。信二さんともよく相談したんです」って道子さんが言うと、

「えっ？　あっ！　怪しいと思ってたけど、そういうことね」って高橋先生が噴き出した。

「医者も俺と高橋君だけじゃ、ちょっと辛くなってんだ。それじゃあ、三つ目の診察室は、新婚さんに使ってもらおうか。それからお父さんにもご相談したいことがある。一回紹介してな」メグ先生が、優しく言う。

信二さん、道子さん、もう泣きじゃくって「絶対に試験受かろうね」って、手を握り合ってる。

朱美さん、二人を見てメグ先生に頷いて泣いてた。

「でもいつまでも俺の下働きじゃだめだよ。いつか二人で独立することを目的にしなきゃだめだよ。高橋先生ももうすぐオーストラリアの実家に帰って独立するんだよ。俺も元央も裕司も応援するからな」。元央さん、裕司さんもオーケーマーク出してる。

「それから、もう一部の人には前から伝えてあるけど、口止めしてた件、知らない人は、これからお願いする人たち、おじちゃん、おばちゃん、ちょっと来て」ってメグ先生、花束、朱美さんと持ってる。

　みんなの前に呼んで、

「うちのあそこの空きスペースで、店、開いてくれないか？　そのために空けてたんだ。エントランス通らなくても、フェンスを少し開けて、外から直に入れるようにもする。

　ホットドッグとか、サンドイッチとかも食いたいし、コーヒーも飲みたい。それに俺が無理言って頼む、かつ丼とか、ハンバーグ、トンテキ、レバステーキ、何だっけベトナムの春巻きみたいのヤツ、そのまんまか、それも定番にして出してほしいな。

　それから昨日、朱美と話してたんだけど、俺たちもう一年もライスカレー食ってない。前にうちで特別に作ってもらってから食ってない。あの味忘れられないんだ。それも定番にしてよ。朱美にも教えてよ。

　店の名前、町中華を取って単に『久松』にしないか？　おじちゃん、おばちゃんの腕は世界一だと思うんだ。

俺にはもう両親もいない。おじちゃん、おばちゃんを家族と思っちゃいけない？　この自宅兼店舗、だいぶ疲れてきたけど、地価もまずまずだし、ここを売れば、借金もなくなってお釣りも来る。悪いが、調べた。

ここよりちょっと広いだけだけど、調度類は全て俺が揃える。店は病院の資産だけど、経営権はそのまま。賃料はもらうけど、今以上にきっと儲けられる。

それから、うちのマンションに来てくれないか？　ずっと一部屋だけ空けていたんだ。家賃はもらうけど、店と全部ひっくるめても、この店の売却資金は手を付けずにすむと思う。従業員ももう少し雇えると思う。

これが計画書。彩が分かりやすく説明するから心配しないで。絶対大丈夫、俺がついてる」

おじちゃん、おばちゃん、崩れ落ちた。相談することもなく、二人揃って、同時に「お願いします」って。そしたらメグ先生「英美の手作りペットフードの食材も一緒に冷蔵庫に入れてやってくれる？　あいつ図々しくて、どんどんうちの冷蔵庫を占領してる」って言ったらみんな笑い出した。

「それからね、これ、うちの病院とお揃いの新しい白衣。裕司と元央のところは色は違うけど、みんな同じの着てる。胸に『久松』って刺繍してある。着てみて。……ウン、すごくいい。山崎の会社が作ってくれたんだ」

「替えも作ってあるから、洗濯どんどん出してね。お安くしまっせ。それから、これあやちゃんとカナちゃんの分」って山崎さんが渡してくれた。あたしたちは思いもしなかったから、やっぱり泣いちゃった。

「久松はみんな泣き虫だな。店名は泣き虫久松の方が良かったかな」ってメグ先生。

「でも、あのスペースはうちの倍はありますよ」っておじちゃん言ったら、

「そうかなあ」なんてとぼけてる。

「厨房の配置とか冷蔵庫の大きさも余裕をもって見直してほしいんだ。厨房機器はここにパンフレットもある。好きなの選んで。テーブルなんかも、元央のところががっしりしたのを作ってくれる。客席が上手く配置されるといいね。このテーブルも相当ガタが来てるし、椅子も長く座ってるとケツが痛い」

そしたら、素人にも分かる見取り図をズボンのポケットから出してきた。

「すぐにでも工事始めたい。同じ敷地で久松で食えることが俺と朱美の夢だったんだ。急患が出ても、家で待ってなくてもよくなる。

三カ月もすれば完成できる。引っ越しは真澄のところが請け負うから何でも言って」

「仕事しててもあたしたちがおうちの中、片付けるから大丈夫。任せて。引っ越し代はメグがくれるって」って真澄さん手を振ってる。

「またやられたんです」って元央さん。

「こいつ暇なのかな。また上手い見取り図からテーブル、椅子のアイデアまで預かってます。

もう一部は作り始めています。やっぱり広くなりますよ。人手もかなり必要になりますよ。いろいろ相談しましょう」。計画書持った彩さんともども、おじちゃん、おばちゃん別席に連れていった。

「新しいお店に行けるんだね」ってカナに言ったら、「病院がダメなら久松に就職する」っていうから、あたしも、

「それ考えた」ってハイタッチ。後日、あたしたちサイゼリアに両親呼んで言ったの。そしたら、

「そりゃ、面白い」って両親たち、ワインでみんな酔っぱらってる。

こんなにストレートに人を愛せるんだ

みんなが、席をバラけても、メグ先生と朱美さん相変わらず、仲がいい。二人でひそひそ話してる。私たち、邪魔にならないように、耳ダンボにして聞いてた。大皿のビーフン目の前に、

「これ二人で食っちゃっていいかな」なんてメグ先生。

「食べちゃおうよ。取り分けるね。ねえ、私、やっぱり、どう考えても、あなたが大好き。私、もっと料理教えてもらって、美味しいもの作るから」って朱美さん嬉しそうに言う。

「何だよ、改まって。恐いな」

「あのね、詳しくは言わなかったけど、中学一年になって一カ月も経ってないうちからメグが好きだったのよ。でも、思い切って『付き合ってください』と言ったら、メグなんて言ったか覚えてる？

『ごめん、ちょっと時間がない』って。中学一年生のセリフ？　『お互いにお互いのこと何も知らないし、どうして俺が好きなの？　話するだけじゃダメなの？』なんて言ったのよ。家で悔しくて泣いたわよ」

「でも、俺、朱美だけじゃなくて、小学校で知ってる子以外は、あまり知らなかったもん。でも、その後も、きちんと話したじゃん」

「そうかなあ。でも、メグ、カコちゃんと交換日記やってたでしょ。女子はみんな知っていたわ。今でもフランス人形のような人よね。そんなに好きだったの？」

「幼稚園からの幼馴染だったし、家も近いし、親同士も知り合いで、そりゃ美人だったから。小学校の時には俺の嫁さんになるんだろうなとか思ってた。でも、交換日記はおせっかいな子が仲介してくれたんだ」

「まだ持ってるの？」

「いや、焼いた」

「どんなこと書いてたの？」

「その日あったこととか。でも『直接話した方が早くね？』って書いたら、二人の秘密にしておきたいこともあるって。でも、俺には秘密なんてなくて」

「バカねえ、お互い好き合ってることを書きたかったのよ」

「俺が下駄箱に入れるのは週に一度になり、月に一度になって。そしたら、もっと書いてって、メモが下駄箱の中に入ってたり」

「毎日交換してたんじゃなかったの？」

「してないよ。だって、日常のことは周りがみんな知ってるし、家に帰っても、本読んだり、運動して後は寝るだけだし。保健所の話は興味なさそうだし」

「そうなの。でも好きとか、書いてあったんでしょ」

「うん。でも、当時からキャリア志向だったな。それに俺が合わせるようにしてくれなんて感じもしたな。そのくせ『君は君、私は私』って口癖のようにも書いてた。本当の性格なんて何も知らなかったよ。

　高校受験間際に『こんな時期に御免なさい、お付き合いを止めたい』って、おせっかいの子に言わせてきたよ。お付き合いしている気もなかったし、ちょうど交換日記は俺の手元にあって、学校の焼却炉に火が入っていたんで、帰る時にポイッと」

「やっぱり、ショックだった？」

「人づてに言われたことはショックだったけど、何かホッとしたところもあったな。絶対上手くいかないっていう予感があったから。受験が終わった後、新しいボーイフレンドができたことを友達から聞いた。そういうことね、って案外冷静だった。

新しい彼とは付き合いはなかったけど、テニス部でとても爽やかな奴だった。市内の男子校に行ったけど、カコと同じ市内で良かったじゃんとも思ったよ。

でも、大袈裟かもしれないけど女性不信になった。見てくれじゃなくて、時間をかけてお互いよく知り合って、お互い好きにならなきゃ、女の子とは付き合えないなって思った」

「私ね、振られてすぐ、家の近くにある保健所に出入りしているメグを見たの。部活が終わって六時ころ。泣きながら保健所から出てくるメグを見つけた。『どうしたの』って聞いたら、走って行っちゃったの覚えてる？」

「うん、はっきり。恥ずかしかったなあ。朱美はもう忘れてると思ってた」

「忘れるわけないでしょ。あなた、泣いたところなんて、誰にも見せなかったでしょ。だからでしょ、私に会っても何となく逃げるように離れていっちゃう」

「泣いてるの見られたこと、ホントに恥ずかしかったんだ」

「母にも話して、母が知り合いの保健所の人に聞いたら、学校の先生の許可をもらって週に二回、アルバイトで、保護動物のゲージの掃除に来てるって。動物にも声かけて、真っ黒になって遊んでるって。

でも、殺処分の現場を見てしまって、『やめてください、やめてください』って土下座した。中学生には酷だったけど、そうもいかなくて。ある職員が『俺たちだって好きでやってるんじゃないんだ』と怒鳴ったら、少し間をおいて『ごめんなさい』って謝りに来た。『頭のいい子だ。それからは、焼いた骨を集めてくれて、小さい声でごめんなって言いながら泣きながら骨を砕いて、土と混ぜて、花壇に入れて、花咲かせてくれよなんて言ってる。職員みんな、それ見て泣いたよ。それからも辞めずに来てくれてる』って、教えてくれたの。

それを聞いた母が父に言ったら『会ったら、一度、連れてきなさい』って。数日後、植込みに座り込んでるメグを見つけた母が、腕をガバッと掴んで、無理やり家に連れて帰ったでしょ。『ご飯食べてらっしゃい』って、ちょうど父も帰って来て『辛かったね』って言ったら、我慢できずに涙ぽろぽろ泣いたでしょ。

『祖母と約束しているので帰ります。優しくしてくれて、ありがとうございました』って帰っていったでしょ。それから時々、会った両親には深々と頭を下げてくれたでしょ?」

「うん、でも、最初は朱美の両親だとは知らなかった。中学からバイトできるのは家庭の事情でという条件が付いていて、できるのも新聞とか牛乳配達ぐらいしかなかったけど、保健所には捨て犬と猫がいっぱいいると聞いて、どうしても世話がしたかったんだ。

家は動物禁止だったし、担任の船越先生にお願いして、校長先生とも話し合って、週二回だけ許してもらったんだ」

「小学校の時は、同じクラスになることはなくて、ただ大きい子がいるな、と思ってたの。でも驚いたのは、中学に入ったら成績はいつもトップ。運動もできるのに部活もしないで、図書室に入り浸り、図書室担当の島津先生とも仲がいい。島津先生と担任の船越先生が話をしてたことを真紀ちゃんから聞いたの。

『一年なのに、もうすぐ千葉君、図書室の本、半分以上読んじゃうよ。時々、ドリルは新しいものありませんかって聞いてくる。お金持ちの家の子なのに変だなと思って、小学校の図書室の友達に聞いたの。

そしたら、千葉君、小学生の時もそうだったんだって。マンガ日本歴史とか世界の歴史、偉人伝、小学生のための日本地図、世界地図とか全部読んだんだって。字も丁寧に書いてるし、一生懸命、何かメモもしてる。友達、この子は凄いと思ったそうよ。子供の科学も大好きで、算数の問題集見つけると熱中してたって。帰りには必ず、戸川幸夫なんかの動物小説、借りて帰る、って話してたわ。

家がお金持ちとか、関係ないみたいよ。あたしたちなんかよりもう遥かに優秀。これから図書委員会があるんだけど、一緒に来てくれない？　新しいドリル買ってあげたいの』って。ねえ、真紀ちゃん副委員長だったしテストもいつも十番以内、仲良かったの？」

「いや、俺から敬遠しようなんて思ってなかったけど、嫌な思いさせちゃったみたい。彼女の両親は中学の先生で、テストの勘所というか、古いテストも実際に見せてくれたんだって。それでも俺には勝てないって。

でも、俺はテストでいい点取ろうなんて思ってなくて、ただ、いろんな事が知りたいだけなんだ。だから、とても効率的な勉強はしてないと思うって言ったら、なんか気分を害したみたい。女の子って難しいよね。でも彼女も朱美と同じ早稲田だったから、よく会っただろ?」

「学部が遠く離れてるから、たまーに会うのは電車くらいだったわ。

メグは授業中いつも先生の話、全部書くの?ってくらい、一生懸命ノート取ってる。しかも字も綺麗。私も真似したけど、どんなに頑張っても、名前が張り出される上位三十番以内なんてめったになかった。バカは嫌いなんだろうなって、自己嫌悪に陥ったの。

それに足も速くて目立ったよね。でも、誰とでも普通に話す。私、初めて同じクラスになった時から、どんどん好きになった。でも、振られちゃったんだもん。見てるしかなかったの」

「振ったとかそういう感覚はなかったんだけどな。それにテストの順番とかで人を判断したことはないよ。だって、とてもかなわないって思う人がいっぱいいるもん。

足が速いったって、陸上部の顧問に無理やり県大会に連れていかれて、決勝まで残ったけど、結果はビリ。上には上がいるんだよ。俺、球技は上手くないし、スキー、スケートはやったことない」

「でも体は大きいし、運動神経良かったから」

「そうかなあ。高校行ったら、飛び抜けて早かったわけじゃないよ。中学の時はみんな体ができていない時だよ。俺は成長が早かっただけだよ。

でも、基礎体力には今でもちょっと自信あるかな。一時期スターみたいになっても、スポーツやめてブクブクに太る人もいる、歳を取っても、基礎体力を守っていればいいことがあるって、一連のトレーニングと走り方を教えてくれたのは、幼稚園の近くのお寺のお坊さん。元陸上の選手で体育教師だったんだ。

それを毎日欠かさず、続けてるんだよ。だけど、朱美も一緒にやってて、だいぶ覚えただろ?」

「でも、メグの回数は凄いもん」

「そんなことないし、人それぞれ自分の体力とか体調に合わせてやればいいんだよ。朱美はいい線行ってるよ。回数も増えてるし。体も柔らかくなったじゃん。別に何かのスポーツに突出してなくても、体の役に立ってるんだよ」

「そうね。私たち風邪もひかないし。でも、なんでみんな順位を気にするんだと思う?」

「それは努力した成果だから、それはそれでいいじゃん。俺だっていつも全教科が満点だったわけじゃない。ただ、どうして間違えたんだろうっていつもやり直して、分かった時が嬉しくて。

でも理数系はそれでいいんだけど、歴史なんて間違えると、下手すりゃ、遡ってもう一回勉強しなくちゃなんない。俺の歴史観は正しかったのかとか。国語も感情が入るし、作者の気持ちは正確には分からない。でも、納得できない時は先生と話し合ったり。そういう先生との話し合い、好きだったな。

世の中にはどれだけの学問があると思う？　学校だけじゃとてもカバーしきれない。でも、それぞれの学問が全部、生活や仕事にも繋がってる。学生の時は与えられた科目だけやっていればよかったけど、大人になって、やりたいことを深めていくには、いろんな科目に挑戦しなきゃならないんだろうなって思ってたし。前へ前へ、横へ横へと広げて、もっと深く、なんて感じかな。

映画見ても、自然の中にも、至るところに学ぶべきところがあるじゃない。そういうのを知るのが好きなんだ。順位を争うのとはちょっと意味が違うと思うな。元々順位にこだわりなかったから」

「それは本当に素敵な考え方だと思うけど、テストで一番以外に取ったことないでしょ。私たちのことが理解できないのかも」

「順位にこだわるか。うーん、よく分からないな。俺たちが学んでる教科以外の教科、学んでいる人もいるわけで、そうそう、井の中の蛙にはなりたくないだけなんだけどな。ごめん、いい気になってる俺？」

「バカね、また好きになった。でも新聞とか読まないし、取ってもない。いっぱいいろんなこと知りたいんでしょ」

「ごめん、新聞取りたい？」

「ううん、別になくても不便じゃないし。ラジオつけっ放しだし、朝、大型テレビでメグとネットニュースの見出しだけは見てるし」

「俺、起こったことだけを知りたい。これが事実とか、これが真実だとか、書いてるのを見ると、そうなのかなって思っちゃう。事実は直接、体験した人、見た人が言うなら分かるけど。周辺だけ見て、これが事実だ、真実だ、なんて決めつけられるの嫌なんだ。自分で考えたいんだ。悪いことをした人の深層心理とか、他人じゃなかなか分からないじゃない。俺は絶対に悪いことはしない、って心に誓ってるけど、でも、昔悪かったことが、今では悪いことじゃなくなったりしてることもあるだろ？　だから、あんまり決めつけるように書いているのを読むのは好きじゃないんだ。

戦争だってなぜ起こるのか、考えたいんだ。資源いっぱい持ってて、農業も凄い国がなぜ領土を求めて戦争するのか。国民はそんなこと望んでいるのかな。一握りの独裁者がそうしているのかな。でも、それを止められないのは国民で、そういう教育なのかとかさ、その国を調べたくなるじゃん。俺っておかしい？」

「ううん、全然。今メグが言ったこと、私、全部理解してるつもりだし、財政とか決算とか経済の話はメグはすぐ調べて私に分かりやすく教えてくれる。メグみたいになりたいってずっと思ってるもん。それにね、誕生日が同じだと知って、あなたは私の運命なんだと思った。

それよりメグは私の嫌いなところ、いっぱいあるでしょ？」

「ないよそんなの」

「嘘ばっかり。高校から離れられて、すっきりしたでしょ」

「すっきりしたなんてなかったよ。でも、違う学校へ行けば、そこに慣れようとするじゃない。それはみんなそうなんじゃないの？」

「私は違うわ。高校は絶対別になると分かってたけど『あなたがどこの高校を受験するのかは分かりませんが、合格することを祈ってます。受かる、受かる、受かる』って何遍も書いて。だけど『私の名前はどうしても言えません。でも、あなたのことは忘れません。いつまでも思い続ける？？？より』って手紙出したわ」

そしたら、メグ先生、目を丸くして、

「朱美だったのか。三文字の名前の子かな、って思ってたけど、三文字の名前の女子いっぱいいたし。でも、それ、俺、まだ持ってる」

朱美さん「本当？」とみんなが振り返るほど大声で。慌てて手で口を押さえた。

あたしたちに気づいて、

「あっ、聞いてた？」。あたしたち頷く。「全部？」。また頷く。

「じゃあしょうがない。もっと近くにおいでよ。聞いてくれる？　私がどれくらいメグが好きか、生き証人になってくれる？　この人、分かってないの」

「はい、絶対に」ってあたしたち。

「分かってんだけどなあ」ってメグ先生、頭をポリポリ掻いてる。

歳を重ねても綺麗な人がお望み

「県内有数の私立高校から推薦入学の話もあったのに、結局、メグが選んだのはここから五つ離れた駅の県内随一のあの有名な公立の進学校。うちの中学校から行けるのはいつも二人くらいしかいない。

私にはとてもとても無理だったわ。後で二年後輩の彩が受かったって聞いて、その時は、メグがあんなに教えるからって、やきもち焼いたの。

高校一年になったばかりの時、保健所には今まで通り週二回通ってるって、保健所の人に母が聞いたの。母が偶然、会ったら、『あの節は大変お世話になりました。お父さんもお元気ですか。あの時は泣いてしまってお恥ずかしいです』って。

母が『ちょっと寄って行かない』って言ったら『はい喜んで』って自宅に来て『僕、千葉恵って言います』。初めて表札見て『あの真野さんて、中学の時にご一緒だった真野朱美さんのお宅ですか？　……そうでしたか、何も知らずに失礼しました』って。

『千葉君は有名人ですもの知ってたわ。メグ君て呼んでいい？』

『はい、構いませんが、朱美さんはもう御在宅でしょうか』って聞いて、部活でいつも七時近いのって聞いて安心したのよこの人。

父さんも帰ってきて、姉さんもいて、みんなでお鍋食べたのよ。私が部活でいつもより遅く帰宅したらメグは帰った後。私、玄関にへたり込んじゃったわ。

部屋で着替えてたら、リビングで父が、『大人になったなあ。息子がいたら、あんな感じなのかな』って言ったら、母が『息子にしちゃいましょうよ』なんて言うの。うちの母って、とってもおきゃんなの。

『お前でもいいんだよ』って二歳上の姉に言うのよ。高三だったお姉ちゃんも『メグ君は素敵ね』なんて名前で呼んでる。

『年下だけど、違和感ないわ。いつも、勉強トップなんでしょ、あの子なら、私の受験勉強、教えられるかもね』なんて言う。母ったら、

『頼んでみようか、保健所よりいいでしょ』なんて言うから、私めちゃくちゃ焦った」

「俺、朱美のお母さん、朱美より好きかも。お父さんもそうだけど、本当の両親より付き合いは長くなる」ってメグ先生。

即座に朱美さん「だめよ、そんなの」って笑いながら、話を続ける。

「それに同じ女子高に行ったカコちゃんが『メグ、どうしているのかな、私悪いことをした』とか、中学の時メグのことを『いい気なもんだ』って言っていた、私が大嫌いな石原さんまで『千葉君はやっぱり良かったね。なんか学校にいないと寂しい感じがする。でも私は許してもらえそうにないな。どうしてあんなこと言っちゃったんだろう。話はしてくれたけど、そっけなかっ

た。でもカコちゃんなら許してもらえるよ。文通して、心は通じてたんでしょ』なんて話してる。もうパニックになって。

部活休んで、メグを保健所前で待ち伏せたの。そしたら走ってきた。メグ！って言ったら、『なんだよ。びっくりした。この前、お母さんにごちそうしてもらったんだぜ』って、こともなげに言うでしょ。

もう頭来て『中一の時、告白したのに、私のこと何も知らないって拒ゼッタじゃん。でも、付き合わなきゃ何も分かんないじゃん。父さん、母さん、お姉ちゃんとばかり仲良くしないでよ』って、もう心臓が口から出るくらい、勇気をふり絞って言ったの。

そしたら『そうだよな。ごめんな。避けてたわけじゃないんだ。朱美が俺のこと大事に思ってくれてたこといっぱい聞いてる。朱美にはいい友達が多いんだね。いいなって思った。俺、朱美の顔、一番好きだったよ。ゆっくり付き合おう。これ俺の携帯番号とメールアドレス』って教えてくれたの。

『そうだ、土日は市の図書館に行くんだ。一緒に行かない？　朱美のことをゆっくり知って、好きになれればいいと思う。でも、時間がかかる。今から十年は結果が出るか分かんない。それでもいい？　待てるの。好きになれるの？

俺、刹那主義じゃないんだ。逆に俺のこと嫌いになりそうだったり、恨むようなんてことがあったら、別れ話なんてわざわざしないで、スウーッと離れて行ってね』なんて言うの。

私、一瞬たじろいだけど、好きで好きで、高校違っても、ずっと思い続けてきて……。ようやく付き合えるのに、連絡しないとスウーッと消えたのかと思われちゃいけないと思って、毎日電話するのに、あなたって五回に一回しか電話に出ない。メールで元気だよばっかり。

メグは学校通うのに私たちよりも一時間も早いの。思い余って、駅まで見送りに行ったら、『こんなに早く、眠いだろ』なんて呑気に言うのよ。本当に、あなたって、無垢な犯罪者」って笑ってる。

あたしたち刹那主義と無垢が分からなくて、スマホで検索。そういうことかって理解した。

「ねえ、あの時、『朱美の顔が大好きだよ』って言ってくれたの、本当に嬉しかったんだけど、『歳を取った時の顔も想像できる。きっと綺麗なおばあさんになる』って言ったわよね。そういう感覚で女の子を見るの？」

「うん。俺、おばあちゃん子だったろ？　おばあちゃんはとても、しゃきっとして、綺麗な人だった。結婚するなら歳を取っても綺麗な人がいいと思っていた。朱美は知ってる人の中で一番綺麗なおばあちゃんになるなって思ってた」

「カコちゃんは？」

「ちょっと美人過ぎて、それに外国人みたいな顔立ちで、太ったり、痩せたり、どっちにしろ、おばあさんになったら、ちょっと変わるかななんて」

「英美は？」

「あいつは、顔が変わっても可愛いヤンチャなばばあになると思う。ここの女性陣はみんなそうさ。朱美よりはるかに遅れた二番手集団だ」

「ホントに私が一番だったの？」

「そうさ。あっ、分かった。順位にこだわるって。俺は朱美のいつも一番でいつもいたい」

「ホント？」

「ああ、そうさ。でも俺がホントにずっと順位一番だった？　ほら、櫻井先輩とか仲良かったじゃん」

「それは姉と同級生だったし、家も近かったから。それにお姉ちゃんの彼氏だったんだよ。なになに、やきもち焼いてたの？」

「いや。仲いい人たちを見ると、こっちまで、幸せな気持ちにならない？　喧嘩しているのを見ると、なんか胸がざわついて、もう止めてって言いたくなる」

「やだ、まったく、人の気も知らないで。大学、会社に行っても、男の人から付き合い悪いと言われたけど、私はっきり宣言してたのよ。好きな人がいますって。

それなのに、あなたって、飲み会があるって言えば、いつも行っておいでよって。私のこと、心配じゃなかったの？」

「心配して心が揺らぐのが嫌なんだ。イライラしたり」

「でも、私、どうしようって、後悔した時があるの。ほら、会社で初めてスタッフになったプロジェクトが終わった後、先輩に食事に誘われて、告られたって話した時。

即座にお断りしたんだけど、メグにやきもち焼かせたくて、告られたことだけ強調したら、あなた、

『そりゃ、いい男はいっぱいいるし、朱美は俺のことしか知らない。もっと知るべきだよ。それに、朱美は自分のキャリアを積んでいくべきだよ。考えなよ、少し距離をおこうよ。俺はこれから大学病院に行って二、三日泊まるよ。その間に、出て行って』って言われた時、私なんて馬鹿なことを言ったのかしらって、秒速で後悔したの。

メグが好きで好きで、メグのために生きてきたのだし、私のキャリアもメグの仕事を応援するために何か役立てないかなって、そんなことばかり考えてたのに、ちょっと、もてたからって、いい気になって、やきもち焼いてほしくって。

でも『出て行け』と言われて、天地がひっくり返ったように驚いたの。涙が溢れて、口も震えて、開けない。『ごめんなさい』とやっと言ったら、誤解させて、『いいよ朱美は悪くない』って言われて。

もう、しがみついて『違うの違うの』って。『メグにやきもち焼いてほしくて、さもありげに話したの、ごめんなさい、そんなこと言わないで』って、もう狂ったように言い続けて。

メグなんてラブレターいっぱい貰ってるし、家まで押しかけてきた女性もいるのに、私にもきちんと紹介してくれて、言葉では何も言わないけど、私を心配させないようにって思ってく

れてたのに。

それでも、別の部屋に行ってドアに鍵かけちゃうし。扉の前でずっと泣き叫んだわ。一時間くらい経ってようやく出てきてくれた。でもその夜は一緒に寝てくれなかった。初めてよ。

次の日も何も言わずに出かけちゃうし。私、会社休んで、もう何回も携帯かけても、電源が切られていて。その日はメグが帰ってくるまで、地獄だったわ。その夜はしがみついて寝たの」

「でも、俺、その話聞いた時、覚悟したんだ。誰よりも朱美を知ってたつもりでいたけど、やっぱり違ったのかって。朱美だって、やりたいことはあるだろうし、ましてや、世の中にはいい男がいっぱいいる。だいたい俺なんかのために人生かけてさ。朱美にきちんと考えてもらうべきだと思った。

それでも、どこでも一緒に行きたいって会社休んで来るし。いつも傍にいてくれる人なんだって思い込んでいた。それに、俺が初めての男だったろ?」

「メグはどうなの?」

「だって、そんな隙を朱美は与えなかったろ。でも、俺、好きになってたんだろうな。距離を置こうと言うには、かなり勇気が必要だったし、朱美を失うのはしんどいな、胸がつぶれるって、こういうことなのかって。

だから恋なんかしなきゃよかったとも思った。朱美がどんな選択をしても、俺は揺るがないようにしようって」

「そんなの絶対にダメ。あなたがいなかったら、私はどうなっていたんだろう。大学も早稲田なんて行けなかったわ。こんなに幸せな毎日もなかったわ。でも、メグは優秀だし誰からも愛される。私じゃなくても良かったはずよね」

「俺って、まだお前にそう思われてるの？　俺は、高校時代から朱美がどんどん好きになったよ。でも、朱美に会社の先輩の話を聞いた時、お前の別のチャンスを奪ってきたなって思った。すぐにでも追い出そうと思ったんだけど、ああ何遍も泣きながら謝られると、できなかった。そのままずるずるずる……」

「どうしてまあ、あなたって言う人は、そのままずるずるなんて言うの。私は今も、こうしてあなたの傍にいる。私はあなたから離れられないし、絶対離れない。どうして私が聞きたいことを、何ではっきり言ってくれないの」

そしたら、小さな小さな声で、

「ごめん、愛してる、傍にいてくれ」って。

「あやちゃん、カナちゃん、聞いたわよね、初めて言った！」

朱美さん、おでこをメグ先生の腕にあてた。メグ先生、朱美さんの頭を二回軽くポンポンして、「ごめん、照れくさくて。でも朱美の一番だけは譲れない。順位にこだわる」

好きで好きで、どうしようもなく好きで

あたしたち我慢できず、いろいろ質問し出した。「どんなデートをしてたんですか」とか、「ファーストキス」まで。

そしたら、朱美さん懐かしそうに話し出した。

「高校は違うし、電話にもなかなか出てくれなかったけど、土日は市営図書館で一緒にいてくれたの。それに怪我した時、家族ではないのに私だけを呼んでくれたり。夏休み、冬休み、春休みは、休館日とメグがバイトの日とか高校で用事がある日以外は毎日。開館から、閉館まで八時間よ。あんなに長い時間、勉強したことなかったわ。

でもメグがどうして頭いいのかも分かった。勉強もするし、途中で本も読むし、全く関係ない図鑑なんて読むし、図書館の人とも親しそうに話してる。図書館にあった二冊しかなかった動物の医学書も何回も更新して借りて読んでる。

A4のバインダーノート一冊にいろいろ書き込んでいる。家に帰ったら分野別のバインダーノートに入れ込んでいくんだって。私も、即、真似したわ。学校に行く時も荷物が少なくてすんだわ。

それにね、いつもリュックしょって、ジーンズにTシャツの着替え持って、図書館まではト

レーニングウェアで三十分は走ってくる。途中で鉄棒にぶら下がってきたとか、体鍛えるのも忘れない。それだけでも、本当に凄い人なんだ、それが私の彼氏なんだって、誰かに自慢したくてしたくて。

そんなメグばかり見ちゃうんだけど、この人、私が見つめてること、全然気が付かない。時々、気が付いて、『何?』って聞いてくる顔が好きで。本読みながら『これ知ってた?』なんて聞かれると嬉しくて。知らないことばっかりだったけど。でも、私が『これ知ってた?』って聞くと、『なになに教えて』って。

もう知識欲の塊。もうちょっと詳しく調べようって、本いっぱい借りてくる。そしてメモしていく。そのメモがまた凄くて、キーワードだけを書いてく。『それだけで後で分かるの?』って聞いたら、『これで内容が分からなきゃ、大したことじゃなかったんだよ』って。勉強方法とか、最初は圧倒されっ放しで。

でもね、お昼が凄く楽しみだったの。ほとんどいつも図書館近くの立ち食い蕎麦屋さん。チェーン店じゃないの。本当に狭いの。カウンターの上に並べられた出来立ての天ぷらをお蕎麦に乗せてくれるの。『バイト代あるから奢るよ』って、いつも食べさせてくれたの。もう、嬉しくて、嬉しくて、私を養ってくれてるなんて思っちゃって。

メグはナスの天ぷらばかり頼むの。時々、たぬき丼。私は春菊天ばっかり。三百円くらいだったかな。大学受験が迫った日に店主さんに『皆勤賞だな』って『一杯ずつ海老天そばを奢るよ』って言われたのは嬉しかったね」

「そんなのカッコ悪くありませんでした？」ってカナがまた余計な一言を。

「ううん、かえって新鮮だったし、汚くても美味しそうな安いお店を見つけると『おっ、ここなら奢れるぞ』って平気で『こんにちはー』って入っていくのが、かっこよく見えた。

受験終わったら、路地の奥に小さなお好み焼き屋さん見つけて、この人、それまでお好み焼き焼いたことなくて『自分で焼けるの？　連れてって』なんて可愛くて。うちの両親もメグらしいね、って笑ってた。お昼食べた後、海沿いを歩くのも好きだったなあ。

図書館でメグは理工系の問題集をどんどん解いてく。一年生の終わり頃には、もう三年生の問題解いてる。物理も生物も好きで、化学も大好き。どんどん先に進んで行っちゃう。嫌いな科目がないの。受験科目でもないのに興味が尽きないの。文系の私にはチンプンカンプン。数学チャンピオンになったって新聞で知ったのよ。何も言わないのよこの人。

でも、英語もよくできるの。中学時代から百点以外取ったことない。いつも、小さい辞書を鞄に入れて、通学の電車の中で読むんだって。発音もいいの。聞いたら、小さい時から、米軍向けのラジオ放送をおばあちゃんが自然に流してたんだって。それ聞いてると、小さなフレーズは覚えちゃうって、帰り道にビートルズとか、カーペンターズなんてちょこっと歌ってくれるの。

ラジオつけっ放しは今も同じなのよ。メグが事件だと言った時だけ、私が分かるようにテレビつけるの。今も外国の友達とペラペラ話すの。私は半分も分からないのに。論文も英語が圧倒的に多いの。

私も真似して、勉強する時に、いつも米軍放送を流すようになったの。少し歌の内容が分かったような気がしたわ。私の家の近くにアメリカから来た家族が住んでて、メグったら、そこの子供たちと一生懸命話すの。向こうの子たちも、その度に日本語覚えて。ご両親は日本語出来なかったけど、身振り手振り入りの中学英語でも十分伝わるんだってメグ、喜んじゃって。それから、小さな英和と和英辞書、いつも、鞄に忍ばせてる。通学の時に読むんだって。すぐ真似したけど、私、電車通学じゃないんだって、後で自分で笑っちゃったわ。

歴史の勉強の仕方を教えてもらったら『年号ばかり覚えようとするからいけないんだ。そんなことしてたらすぐ忘れちゃうって。まず、大きな流れと転換点をとらえた方がいい、一回、普通の本のように教科書通読してごらん。そうだ、その前に小学生用の漫画の歴史がある。まず、それを借りて、読みなよ』って。

バカにされたと思ったけど『日本史と世界史を同じ時代で読み進めるともっといいよ』なんて無理なことをいうの。でも『俺も時々読み返してるよ。小学校時代って、物事を俯瞰的に見るための勉強だったような気がする』っていうの。それから教科書を読めばもっと理解できるって。

実際そうしたら、歴史が面白くなってテストの点数もどんどん上がっていくの。副教材も通ってる進学校のと同じのを図書館で借りてきてくれたり。いつそんなに読んでるのってくらい、本読んでるし、難しい漢字もすらすら読んじゃうし、古文・漢文なんて学校で習うより分かりやすく教えてくれるの。もうそれだけで憧れちゃって。

二年後輩でまだ中学生なのに、数学に強い彩が、時々『せんぱーい、教えてーっ』と言ってくるのには腹が立ったけど、メグは断らない。『何であの子知ってるの？』って聞いたら『職員室に行った時、先生が忙しかったらしく、悪いけどちょっと見てやってって言われた時から』なんていうの。先生も先生だし、この人、本当にお人よし。

彩は綺麗だし、物怖じしないし、私たちのことをすぐ呼び捨てにしたり、なんか大人びていて、私、気後れしちゃって。それにカコちゃんが図書館に来て『メグ、ちょっといい？』なんて言うの。メグはそっけなく何？って言って、ごめんチョッとこの問題に苦戦してんだって、呼ばれても行かなかったけど、カコちゃん『じゃあメグの家の前で待ってる』なんて言うんだもん。もう、取られちゃうんじゃないかと思って、帰りに思い切って『手を繋いでもいい？』って聞いたら『ああいいよ』って、あっさり。私の不安を見抜いてくれたのね。

メグの手、異常なくらいあったかい。冬でもないのに、どうしてこんなに冷たいんだって、私の手をワシワシしてくれた。そう言えば、最近してくれないね。でも、それから、どんなことがあっても、手は離さないようにしたの。

いつも、家の前まで送ってくれるんだけど、これから帰ると、カコちゃんが待ってると思うと、思わず『行かないで』なんて困らせて。

ない。

でも、『大丈夫だよ、また、明日ね』って走って帰っていく。もう、心配で晩ご飯も全く入らない。

母がどうしたのって聞くから、正直に話したの。そしたら『毎日のように一緒にいてくれて、お昼までごちそうしてもらって、家まで送ってもらって、何が心配なのよ。メグ君はそんな人じゃないわよ』って言われて、ちょっと安心したんだけど、今度は眠れない。

結局、一睡もできないで図書館が開く九時より一時間前に行って待ってたの。姿が見えた時は、本当にありがとうございますって感じで、自然に頭が深々下がっちゃった。そしたら、『初めましてでしたか？』なんて言うのよ。

『カコからはもう一度って言われたけど、朱美と付き合ってることは知ってるだろ？　朱美はずっと待っててくれたんだ。朱美を心配させないでくれるかなって言ったまま、家の中に入っちゃた』って。眠気も全部吹っ飛んじゃった。

嬉しくて、午前中は勉強どころじゃなくて、メグに手でほっぺをあっち向けって押されるほど、ずっと見つめてて、でもお昼食べたらダメ。閉館間際にメグにほっぺつつかれて起きるまで三時間くらい寝ちゃった。

よだれだらけのメグのガーゼのハンカチが顎の下にあって、『いびきはかかなかったけど、寝言で俺を三回、小さい声で呼んでくれた。ありがとう』って。

私、泣いちゃって、そのハンカチで鼻までかんじゃって、もらって帰ったの。今でも私の宝物。メグ知らないでしょ」

「どれかな、そういえばうちのハンカチ、ほとんどガーゼ製だ」

「葉隠れの術よ」

「図書館以外で行くのは？」ってあたし。

「夏休みとかに動物園とか、水族館に行ったよね。係員の人にいろいろ聞いてメモしていく。メグのメモ帳は小学生の時からだから凄い量。読んだ本の感想も短い文で書き残してたり。つまらなくて読む気がしない本も題名だけ書いて、後で、もう一回読んでみよう、なんて書いてある。

今もお休みのたびにパソコンに一週間分のメモを打ち込んでる。時々、俺、基本忘れてたよって、私に見せながら。ほらっお尻のポケット見て、いつもメモ帳が入ってるでしょ」って、膨らんだ先生のお尻を軽く叩いた。

「でも一番の思い出は、歩いてる途中で、中学校の校長先生に会って、『千葉、お前、高校でもずっとトップなんだってな。真野、良かったな、お前、いつも千葉ばっかり見てたよな』って言われて驚いちゃったわ。先生って見てるものなのね」

「いつ獣医になるって聞いていたんですか？」ってあたしが聞いたら、

「高校一年の時、付き合ってすぐ、中学の時から決めていたって。私驚いたの。だって、博士でも何でもなれるくらい頭いいし、でも、ちょっと安心したの。獣医さんなんて、なんか身近じゃない。うちにも昔、犬猫いたし」

初めてのお泊り　メグ先生の目から一粒……

「でも、予想してたけど東大に行っちゃって、また離れ離れ。でも、私もメグのお陰で早稲田の文学部に入れたの。通ってた女子高からは三年ぶりだって褒められたけど、先生方もメグの存在知ってたの。女の先生なんて『絶対、離しちゃだめよ』なんて。

大学入ったからには少しは遊んでくれるかな、なんて思ったけど、メグは勉強にこれまた夢中。通える距離だったから、私は自宅から通ったんだけど、メグはもう実家がなくなって、大学の近くにペット可マンションを借りたの。

コンクリ造りで五十平米もあって、一階だったから十二畳くらいのテラスまである。家賃なんて十七万。でも、ご両親が残したお金もあるし、家賃はバイト料で賄ってるっていう。

学校の授業だけじゃ足りないって、授業終わったら、スクーターで愛護センターとか、ドッグトレーニングセンター、トリマーとか、動物病院へのバイトを日替わりみたいに行って。夏休みなんて農業高校の畜産科にも頼み込んで高校生と実習したり。学生でも去勢、避妊手術ができる病院を知ると、遠い県まですっ飛んでいく。提携している大学にもスクーターでどんどん行っちゃう。教授に連れられて海外にも行っちゃう。

高校時代どころじゃないの、今度は動き回るから、なかなか会えなくて、私にとっては遠距離恋愛みたいになっちゃったの。合鍵を渡された時は本当に嬉しかったんだけど、平日も土日に行っても昼は家にめったにいないんだもん。

メグのいない部屋で勉強したり、掃除もしたけど、メグは綺麗好きでしょ？　掃除するところもあまりなくて。帰りに置手紙を置いて帰るのが辛くて。もう、寂しくて寂しくて。それに女の人、好きになったらどうしよう、きっと言い寄られるって心配で心配で。

でも、あの車いす工房の遠藤さんに会って親しくなったり、御縁がどんどん広がっていくの。バイト先や会った人のところには、後で必ず、スクーターで連れてってくれたの。メグ、それなりに私を安心させてるつもりだったのね。

でも、家に帰ると、ごそごそ勉強し出す。いい獣医になるんだって、言わなくても分かったけど。たまに会えても、私は電車で家に帰らなきゃならない。

どうしても、二人でいたくて、大学二年の冬休み、親には友達の家に泊まるって嘘ついて、メグには終電逃したって嘘ついて、親にも連絡したからって言って、泊めてもらったの。その夜がファーストキス。

キスどころか全部。それまではおでこにチュっとはしてくれてたの。でも、ホントに数えるくらい。私はしょっちゅうほっぺにしようとするのに、くすぐったいってメグ逃げちゃう。私がせがんで、ようやくおでこにしてくれるくらい。でも、その日は全部してくれたの。

スキンなんて持ってたら殺してやろうと思ったんだけど、何も用意してないからできないっていうの。私が、安全日だから大丈夫って言ったら、とても上手なキスをしてくれたの。

膝がガクガクして、立っていられないの。もう気が遠くなるほど。ベテランなの？　なんて疑う間もなく、お姫様抱っこされて、ベッドに連れていかれて、優しく脱がされて、全部食べつくされたの。もうとっても優しく。私、子犬か子猫になった気分だったわ」

メグ先生、これまた小さな小さな声で「そこまで話すのかよ」って。

「いいのっ！　あやもカナも私たちの妹のようなもんだもん。そうでしょ？」

「そりゃそうだけど、姉妹同士だとこんなにあからさまなの？」

「そうよ。知らないの？」

あたしとカナ、妹と言われて天にも昇る気持ち。

「翌日、電車で帰宅中に途中で電車に乗って来たカコちゃんに会ったの。彼女は短大に行ってて、航空会社のキャビンアテンダントになることが決まってた。

『なに、ニヤニヤしてるの？』って聞かれて、私、きっとライバル心もあったと思うの。思わず、『メグに抱いてもらったの。昨日、全部メグの女になったの』って言ったら、彼女、真っ青になって次の駅で降りちゃった」

「俺、そんなこと聞いてないよ。今もよく街で会うじゃん。そのたび、俺の後ろに隠れるようにするのはそれがあったから？」

「あのね、私、女子高の時、同じ中学校だった子たちにいじめられたの。話しかけても、誰も口をきいてくれないの。多分、メグと付き合い始めた頃から。女子高のいじめって陰湿でね。部活もやめちゃったの。

でも、いじめなんて、メグと図書館でいつも一緒にいられると思えば、大丈夫だったし、勉強も頑張ったの。メグのお陰で、こう見えても女子高時代はいつも五番以内、一番も取ったことあるのよ」

「なぜ言わなかった？　本当にごめん。辛い思いさせて。かわいそうなことをした。本当にごめん」

「ううん、メグが支えてくれてたの……あっ、やめて」

メグ先生、下向いたまま、目から一粒涙が落ちた。

「そいつら絶対許さない。俺の女に……。言ってくれたらよかったのに」っていかにも悔しそうな顔で。

「でも、女子高には来れなかったでしょ」

「行ったよ、絶対。これからカコに会っても、俺は無視する」

「そんなのメグじゃない。いつもの通りにしてて、私がくっつくから。私ね、いじめられた人より、いじめた人の方が一生後悔すると思うの。だって私、いじめられたこと何も後悔してないもん」

「でも世の中狭いよな。カコはあっさり仕事辞めて、ご主人は市役所勤めだって聞いた。お父さんもご存じだろうな」

「テニス部の人じゃないの？」

「違うみたい。いろんな奴と付き合ってたみたい、別に悪いことじゃないけどさ」

「知ってて言わなかったの？」

「山崎から聞いたけど、朱美が気にすると思って」

「じゃあ、おあいこか」

カナが「メグ先生のうちに泊まったこと親にバレなかったんですか」って、あたしたち一人娘にはありえないことだから聞いたと思うんだ。

「自宅に帰ったら、泊まるって親に嘘ついた友達の子から携帯の電源が切れているって固定電話があって、バレちゃってた。『どうせメグ君のところでしょっ。分かっていても親は心配するのよ。メグ君のところに泊まるならそう言いなさい。父さんにも謝ってきなさい』って母に。父に謝りに行ったら『メグ君に泊まれと言われたのか』って聞かれて、私がメグにも嘘ついた、寂しくてどうしようもなかったって言ったの。そしたら『そんなに好きか……』。分かった。でも、これからは正直に連絡しなさい』って言われて、私、いろんな事が重なって泣いちゃったわ。でも、嬉し涙ね。嬉しくて、こんなに泣けるんだって初めてだった。

それでも、なかなか会えないから、私も愛玩動物飼養管理士とか民間のペット看護師資格とか、通信教育で取れるものは取ったの。

でも、私がなかなか会えないのに、元央君と裕司君とは定期的に会ってる。いつも頭寄せ合って相談してる。朱美ちょっと待っててって、仲間に入れてくれないの。昼から夜まで話し合ってるの。頭来ちゃったわ」

「アルバイトはしてなかったんですか?」

「家庭教師の話なんてあったけど、メグの教え方見てたら、人に教えることなんてとてもできないわよ。とてもラッキーだったのは翻訳のお手伝いのバイトを見つけたの。自宅でもできるって言われて。

でも、ズルいの。メグに最初渡して、意訳でいいから読んでって、それ聞きながらメモして、そのまま提出しちゃったり。でも上手いって、社長に褒められちゃって、割にいいバイトになったの。門前の小僧ね、大学の英語関係は全部優だったわ」。またまた、むずかしい言葉を。スマホで調べた。

「家で二人でいる時も飽きなかったなあ。お互いの学部の話したり、どんな花が好きとか、話し出すとこの人すぐ調べたがるの。次から次から調べ続けるの。でも調べ方が上手なの。料理も二人で作って。楽しかったな。今もあまり変わらないか。

時々、時々って言っても大学時代は十回くらい、今日は一日遊ぼうって、スクーターに乗せてもらって、動物園とか、映画、美術館も、遊園地、海にも山にも連れていってくれた。どこに行っても本当に楽しそうにするの。こっちまで嬉しくなっちゃう。ああ、この人といれば、いつもこうなんだって。

いろいろなこと知ってるから、解説がとっても面白いの。そうそう、動物園に行った時、ライオンの愚痴とかサルの今の気持ちを擬人化して解説するの。そしたら、いつの間にか小さい女の子が私たちの間に入って、手を繋いできて、あのおサルの子はなんて言ってるのなんて聞いてきて。

私たち焦っちゃって『えっ？　パパ、ママは？』って聞いたら『はい、ここです』って、真後ろにいて『いや、聞き惚れちゃいました。落語家さんですか』って言われた時には、大笑いしたね。

この人、テーマパークなんかに興味ないの。あんなに並んで何が面白いのかなって言って。人が並んでいるお店にも興味ないの」

「じゃあ、いいレストランとかは？」

「ううん。学生だったし、サンドイッチとか作って持ってくの。お結びはおばあちゃんのお新香にはかなわないから避けて。真澄から聞いてたチューリップのから揚げは必携。そういうのが、私も当たり前になってたの。うちの両親は、さすがメグ君の躾だな、なんて失礼なことを言うの。

そしたらメグったら、うちに来た時、いいもの食わせてやれなくて、申し訳ない、社会に出たら、なんて両親に言うのよ。でも、私もいいレストランなんて、別に行きたくなかったし。

天狗って居酒屋知ってる？　大学時代はあそこが、私たちには最高級のお店だったの。お刺身から焼き鳥まであるし、その頃はメグもよく飲んだの。

大学の時は毎週の予定表も貰ったんだけど、学校とアルバイトでほとんど埋まっちゃってるの。土日もほとんどバイト。マンション行って、会えるのも夜のわずかな時間くらいしかないの。たまにしか泊まれないし、だから早く卒業したい。はやく就職して一緒に暮らしたいってことばかり考えてたわ」

朱美さん、卒業して商社に就職した時、メグ先生のマンションに転がり込んだ。

「両親も喜んだわ。結婚はいつだ、いつだと言われても、メグはまだ学生だったし、卒業しても今度は研修医で大学病院で働いてたし、まだ一人前じゃない、それだけの稼ぎはないって。相変わらず、夜もバイト続けている。私も仕事で深夜帰宅が増えたの。

だけど、毎日、夜は一緒にいられたから、ようやく安心できるようになって。結婚については、両親はその時はそんな状況を少しの間は分かってくれてたんだけどね。

そしたら二十五歳になったある日、ゴンとチャチャを連れて帰ってきたの。愛護センターでメグが躾けた子だって言うの。最初は私なんか無視して、メグにくっついて回ってる。メグが見えなくなるとクンクン鳴いたり、ゴンなんてオッオッオッって探し回るの。

お手洗いの中までついて行くし、お風呂にもついて行ってドアの前で鳴くから、メグ、お風呂に入れちゃう。もう！っ、て思って、私もお風呂に割り込んで、みんなでギューギューになって入ったり。ご飯も私に出させてもらって、ようやく懐いてくれたの。早朝と帰宅後の散歩で、猫がリード付けて一緒に歩けることも初めて知ったわ。

チャチャは一回お腹を壊して、床にしちゃったの。がっかりして、その横に座ってうなだれてる。本当に情けない顔で。メグ、動物にだって誇りがあるんだって私に言って、いいよ、いいよ、気にすんなって、お尻を綺麗に拭いてあげたんだけど、それ以来、チャチャは家でウンチしなくなっちゃって。大雨でも、外に連れていったの。今は家のトイレでできるようになったから楽だわ。でも、やっぱり外がいいみたい。ドッグランにある通称ウンチボックスの傍が好きみたい。あれはドイツ製のを元央君が手直しして作ってくれたの。

ドイツにもちょこっとメグ追いかけて、会社休んで行ったの。あのウンチボックスが街の中にも設置されてた。ドイツは電車にも犬猫乗せられるし、動物先進国なんだって。ペットショップもなくて、シェルターから貰って飼うにもいろいろな条件が必要なんだって。動物税もあって、メグは日本でも必要だって。動物の環境をよくするために使えばいいし、飼い主の責任感も生まれるって。

あのね、あや、カナ。いっぱいしゃべっちゃったけど、メグが付き合ってくれた日から、ただ今現在に至るまで、私は本当に幸せなの。泣いたこともあるけど嬉し涙ばかり。

どんな人を見ても、私にとってはメグが一番なの。メグじゃなきゃダメなの。少しでも会えないとダメなの。狂ってるわよね」

「あのー、今でもやきもち焼くんですか」ってあたし聞いたら、

「うん、いっぱい、病気ね」

「あのー、私たちもメグ先生大好きなんですけど、私たちにはやきもち焼かないんですか？」

「だって妹だもん。昔はね、彩とか、真澄とか英美たちがメグと話しているの見るとやきもち焼いたんだけど、これだけ一緒にいると、同志というか、家族みたいになっちゃって。昔の仲間にもう焼くことはなくなってる。かなあ、いやまだダメか……」

「朱美さん、芸能人とか歌手で好きな人はいないんですか？」

「いないわ。そんなの。メグはいるかもしれない」

「いないよ」

「でも、綺麗な人は好きでしょ？」

「そりゃ、汚いよりは」

「わっ、やっぱり浮気者」

「そういうの文学部じゃ浮気って言うの？」

「私にとってはね。でもテレビもあまり見ないのに、女性なんていつ見てるの？」

「ネット見てりゃ自然に。朱美だって一緒に見てるじゃん。それに元央と裕司が今度コマーシャルで使う子、連れてきた」

「やだ、メグ、現物見てムラムラしてるの？」

「ムラムラなんてしないよ。でも可愛い子見たら、嫌な思いはしないじゃん」

「不潔！」

「そんなあ」

「まあいいわ、これから、裕司君たちが可愛い子連れてきたら、私も呼んでよ」

「分かったよ、でも朱美が俺にとっては一番可愛くて、一番綺麗だ」

「もう遅い」

「これだよ」

メグ先生も朱美さんの言うことにいちいち答えて大変だけど、本当にこの二人、面白い。愛し合ってることがよーくよーく分かる。あたしたちもこんなに幸せになれるのかな。

メグ先生はおばあちゃんが作り上げたんだ

朱美さん、お水を一杯飲んで、

「でもね、私、心残りがあるの。メグのご両親にもおばあちゃんにも会えなかったの。何もしてあげられなかったの」って。

本当にあたしたちを生き証人にしようと思ってるんだ。まだ話してくれる。

話し出した。

「そりゃ大学入ってすぐ逝っちまったから、会わせられなかった」ってメグ先生、怒涛のように

「でも、お袋は、中学の時から、朱美のこと知ってたよ。お前、俺が振ったこと、お母さんに言っただろう。お母さんは、中学の会合の時、お袋に挨拶してくれたらしい。話を聞いて、あらっ、てお袋は驚いたらしいけど、いいお母さんねって言ってた。

高校の時は、俺たち二人で歩いているところを親父と車でよく目撃していたらしい。親父は苦虫を噛み潰したような顔してたらしいが、親父は成績が良ければ何も文句は言わない人だから。お袋は、可愛い子ね、大事にしてあげなさいって言ってたよ。でも朱美に会う前に死んじゃったから」

朱美さんの瞳から涙溢れそう。

「なんで言ってくれなかったのかなあ。高校の時にでも会いに行ったのに、それにおばあちゃんにも会いたかった。

でも、長女の涼子さんをなぜあんなに拒絶するの？　電話もすぐ切っちゃうし、私が出て取り次いでも、絶対に出ないし。次女の真美ちゃんとは仲いいのに。涼子さんには会ったこともない。私はそれでいいの？　立場的にまずくない？　私も電話に出るたび、困っちゃう」

「それはごめん。代わってから俺が切るよ。どうせ墓のお守りをしろっていう話だろ。亭主の父親の顔が嫌いだとか言って、自分たちもその墓に入るつもりで親父たちの墓、勝手に作って、カ

ネだけは長男だから俺が払えってことだよ。絶対払わん。

高校の時に朱美を家に連れていかなかったのは涼子がいたら嫌だったからだよ。この世で何が嫌いかと言ったら、涼子なんだ」って凄いことを。朱美さんもびっくりしてた。

メグ先生、朱美さんに話し出した。

「長女とは六歳、次女とは五歳も離れていた。ようやく生まれた期待の男子だな。俺は幼稚園の時から、勉強しろ、勉強しろと、親父に言われてきた。別に勉強は嫌じゃなかった。

でも、おもちゃを誕生日に買ってもらっても、その代わり、勉強しなさいって、親父を代弁するように涼子に言われるのが一番嫌だった。せっかく買ってもらったチョロＱも、触りたくなくなった。

親父は、一人っ子で勉強はできたらしい。でも大学には行けなかった。シングルマザーのおばあちゃんの影響もあったらしい。子供たちには高校が付属してる大学に行ったって、嘘をついてさ。俺は本当のことはおばあちゃんから聞いてたけど、涼子たちは信じてた。お袋も知ってたくせに、『お父様は大学出』と言い張ってた。

ただ、経営手腕はあったらしく、店の経営も順調で、母方の土地を安く譲り受けて、大きな家も建てて、この人は自信満々なんだって子供心にも映った。青年会議所とか、ライオンズクラブとか入って、恥ずかしかったのは名士気取りのところ。

長女が通ってた中学で初めて慶応女子高に受かったら、親父は、鼻高々。それをネタに教育論なんて講演会で話したり、人様に子供の育て方を説教したり。

涼子と一つ違いの真美ちゃんのプレッシャーは計り知れない。結局、朱美と同じ女子高からフェリスに行ったけど父親や涼子は明らかに見下していた。真美ちゃんはとても優しくて、動物も好きで、一度、捨てられた子猫を三匹も拾ってきて、倉庫で密かに飼おうとしたんだけど、涼子にチクられて、親父が捨てに行ったよ。

でも、真美ちゃんは、とっても優しいご主人に恵まれて、今は幸せだよ。義兄さんもとってもいい人だろ？ ただ、シスターコンプレックスは今でもね。

親父はとにかく名の通った学校に行かせたがった。学歴コンプレックスだよ。俺は無理やり、慶応高校受験させられたけど、解答には絵を描いて、もちろん不合格。涼子が帰宅して、受かるわけないじゃない、って俺のことバカにしてたよ」

「そう言えば学校でも、メグのヤツ、落っこちたんだってよなんて言い触らしてた男子もいたわ。でも学校の先生たちには、こんな問題が出ましたって試験問題を職員室に持っていって、僕は記念に解答用紙には絵を描いてきましたって言ったんだって」。朱美さん動物病院に遊びに来た校長先生から聞いた。

「親父は東大、それだけで満足。人間の医者になるとばかり思ってたらしい。獣医になるなんて話してなかったから。やっぱり長男、慶応高校に落ちたのも、何かの間違いだろう。東大なんて涼子よりレベチ、レベルが違うなんて言うもんだから、涼子はプライド傷つけられて頭に来たみたいだよ。『慶応に落ちたくせに』って、よく言ってたよ。

だから、俺が獣医になると聞くと、涼子は、『ほらね、医者なんか無理よ、獣医がせいぜい』とか。慶応の医学部を引き合いに出して、『動物相手か』って。朱美が早稲田に通ってるって言ったら、学部聞かれて、文学部だと答えたら、『なあんだ文学部か』、っていう奴だよ。学校の特色、学部の意味とか仕組みなんて何も考えたことない。何を学ぶかが問題じゃなくて、看板学部じゃないと同じ大学の人も見下すようなところがあった。

『一流じゃなきゃダメよっ』って言うのが口癖でさ。何が一流なんか俺は知らない。俺は学歴なんてくそくらえ、とにかくいっぱい学びたいだけなんだ。でもカネはかけたくなかったし、東大よりも獣医になるにはいいなと思う大学はあったけど、国公立は地方ばかりで、朱美とあまり遠くならない場所ってなれば、東大が一番近かったんだよ」

朱美さん、泣いたり、笑ったり、もう大忙し。

「あれが初めての悔し涙かと思い出すのは幼稚園の時の涼子の意地悪だ。無視されて、置き去りにされて、遊具に乗せてもらえなかった。とにかく底意地が悪い。人の容姿ばかり話す。『メグムの顔は中華民国ね』とか、『橋の下で拾われた子だ』とか。今から考えたら、中学に上がる間際の子供が覚えた悪口を、幼稚園児に投げつけていたんだね。

それに何故か韓国の人を差別してた。バスで知り合いの人に会ったら、俺の手を引っ張って、バスから降りた。そのおじさんが、驚いているような、悲しんでいるような顔が今も忘れられない。

だから、悪口や人種差別はしないようにしてる。聞くのも嫌だな。だいたい悪口なんて嫉妬とか、思い違いで言うものじゃないのかな。

でも、時々失敗する。獣医について、まるで職業に貴賤があるように言われて切れた。

『何で人の職業をとやかく言う。お前だって慶応の経済出て鼻高々だったけど、銀行に勤めて一年も持たなかったじゃないか。お前みたいに、仕事もまともにできずに会社辞めても、学歴主義、エリート主義、権威主義を振りまく奴は大嫌いなんだ。気づいていないかもしれないが、お前は無学や学歴の低い人の言うことなど鼻にもかけない、高慢ちきな人間だ。

それでも、いい会社の亭主、捕まえられてよかったな。今のお前は虎の威を借る狐だ。だけど彼も、エリートさんなんだろ。超一流企業勤め、お前とは性格も合って、良さそうじゃないか。でも、俺の生き方とは違う。もう一生、俺にかかわるな』って、一生分の悪口を吐き出しちゃった。

あいつそれまで、高慢さが祟ってなかなか結婚できなくて、真美ちゃんにも先越されて、俺が朱美と暮らしてること知って、親戚中に、朱美のこと『ふしだらな女なのよ』なんて言いふらしてたんだ。お袋の弟から聞いたよ。だから朱美も涼子なんて気にしなくていい」

でも、メグ先生が許せなかったのは年老いていくおばあちゃんを涼子さんが、まるで汚いモノのように見ること。

「姉貴はね、高校に入ってからは、おばあちゃんが作ったご飯には手を出さない。お新香なんて、何これって顔して見て。お箸を手渡されると、わざわざ洗いに行く。自分だけのものを作って食べてた。それが、絶対に許せなかった。おばあちゃん、何も言わなかったけど、傷ついてたと思う。

俺は、おばあちゃんには本当に可愛がってもらったんだ。両親は仕事でいつもいない。姉貴たちとは歳が離れてる。おばあちゃんが、いつも面倒見てくれてたんだ。

年金で幼稚園から小学校四年まで、俺がもういいと言うまで、ペン習字とそろばん、ピアノ教室に通わせてくれた。五、六年生の時はプログラミング教室、スイミングスクールに行きたいと言ったら行かせてくれた。

家では粘土細工とか絵を書いたり、工作をしたり、学ぶことが楽しいって教えてくれた。パソコンも買ってくれた。

ウンコ漏らした時も、『そんなに泣かなくてもいい』って、綺麗に拭いてくれた。そういう経験は幾つになっても忘れない。

おばあちゃん、本が好きで、古本屋さんによく連れてってくれた。ほら、今でもよく行くあの古本屋さん。昔は一冊、五十円とかで貸し出しもしてたんだ。でも、大人の本ばかりで。そしたらね、小学生の百人一首という古びたの見つけてくれて、買い取ってくれたんだ。

うちに帰って、覚えっこしたり、裏の解説文を読んでくれた。二、三年経つうちに覚えちゃっ

た。でも、内容は恋愛ばかりだからね、疑似体験しちゃったのかもしれないな。その百人一首、
本棚にまだ入ってるよ。古事記や万葉集にも違和感なく入れたし、歴史の勉強にもなってたん
だね。
おばあちゃんには、歴代天皇と歴代総理大臣の名前を、お経のように教えてもらった。憲法も
百三条全部。「メグム、おばあちゃんは無理だけど、メグムは覚えちゃおうか」って。強制的に
ではないんだ。本当に遊びのように。でも小学校卒業する時、
「これからは一人で頑張りなさい。お弁当も自分で作るのよ。メグムなら、大丈夫、大丈夫」っ
て呪文のように言って。
その、おばあちゃんも、両親が事故死する直前に心臓発作で、あっけなく亡くなってしまっ
た。あの年はおばあちゃんと両親が相次いで逝って、辛かったな」
「メグったら、絶対に来るなというから、お葬式にも行けなかったわ」と朱美さん。
「いいんだ。涼子にお前を見せたくなかった。
でも、貧しかったことはない。ただ、勉強にはお金をかけたくないって意地があった。本も買
わずに、全部図書館で済ませた。涼子が反面教師だよ。塾通いから授業料の高い高校から大学ま
で、高い交通費も出してもらって通わせてもらって、留学までさせてもらって。それが当然の権
利みたいに。アメリカから帰ってくれば何でも英語交じりに話す。自己陶酔の挙句、『私はお父
様の理想の女ね』なんて言った時には、さすがに背筋が凍り付いたよ。親父もまんざらでもない

ような顔してさ。真美ちゃんがかわいそうだった。

ところが、俺が大学に入ってから家業が傾き出した。そんな時に自動車事故がね。でも良かったのかもしれないな。店の絶頂期から間もなくて。

両親の葬式の時も涼子は長男差し置いて、取り仕切るわ、まるで祭りの音頭取り。間もなく親父たちの家や土地、店も全部売った。自宅を売る前に、各部屋の写真を撮っておいてくれないか、と頼んだら、何と全て涼子が亭主に頼んでモデル気取りで映ってる。全部、破り捨てたよ。

遺産や保険金はきちんと分けてもらえるかなと思ったけど、涼子にコンプレックスを植え付けられた真美ちゃん巻き込みながら、俺には三等分より遥かに少ないカネ、渡してきた。何も言わなかったよ。

でもそれがこの病院の礎だ、両親には感謝している。涼子とは決別できたし、朱美や仲間がいたから寂しいとか孤独だなんて思ったことないよ」

「メグは強いよ」って朱美さん。

「どうだか。強いなんて、思ったことないよ」

「朱美さん、商社はいつ辞めたんですか」って聞いたら、

「二十七の時、メグが三年後には病院開くって聞いた時。私も、それまでに、ペット看護師とドッグトレーナーになろうと思って、専門学校に通ったの。

だって、商社で仕事してたって、全部メグに結び付けちゃって、これはきっと、将来、メグの

役に立つなんてことばかり考えてたの。それが良かったのかな、たまたま最後はペット商品の輸入を手掛けて、営業成績は割に良くて、慰留なんてされちゃって。冗談でしょうけど」

「さて、俺たちもばらけて、みんなのところ行こうか。あやもカナも知らない人がいたら紹介するよ」

メグ先生のおうち　マンションの人たちとバーベキュー

久松の宴会の後、あたしと、カナ、

「あたしたち、きっとメグ先生たちのこと、一番知ってるよね」と頷き合った。メグ先生たちを追いかけて、

「今度遊び行っていいですか」って聞いたら、

「次の水曜日の休診日においでよ、うちのお昼ご飯出すから。何して遊ぶ?」って朱美さんが、子供みたいに先生の腕にしがみつきながら言う。

「たまには若い息吹を吸わなきゃな」ってメグ先生言ったら、

「噛むわよ」

「アッそれやめて、この前すごく痛かった」

「うそ、ごめんね」なんて言いながら、手を繋いで帰っていった。

メグ先生たちが帰宅すると一悶着あったらしい。

「それなら今も持ってる」ってメグ先生が言った朱美さんからの「受かる、受かる」の手紙。久松から帰った後、朱美さんが見せてって言うから倉庫から出してきて、見せたんだって。

そばつゆと麦茶を間違えてガブっと飲んだり、時々、メグ先生って間抜けかな、と思う時があるけど、段ボール箱ごと持ってきて、

「これこれ！」ってごそごそ出してきたけど、朱美さんが目を付けたのは他の手紙の束。

片っ端から、差出人の名前見て、

「吉野さん、北沢さん、児玉さんって中学生時代の？　池原さんって一年先輩の？　この人たち知らない。高校・大学時代の？　この日付なんて、もうメグ研修医でしょ？……中、見ていい？」

「いや、それは法的にまずいかもしれない」

「ラブレターなのね？」

「中身は忘れちゃった」

「嘘ばっかり、私の手紙の中身、覚えてたくせに。何で、こんなもん取っとくの？」

「だって、手書きの手紙なんて珍しいし、それになかなか捨てられないよ。近くに焼却炉もなかったし。だから、朱美のもこうやってきちんとあるじゃん」

「あるじゃん、じゃないわよ。普通、別にしておかない?」

「だって、それが朱美のだって、知ったのはさっきだよ」

「百円ショップの綺麗な箱あったわよね、それに入れて!」

「分かったよ。さっき愛してるって言ったのに……」

「私はねえ、こうやってメグのガーゼのハンカチ、こんな綺麗な箱にしまっているのよ。いいわ、これに一緒に入れるから、貸して! この薄汚れた箱は、私の見えないところに持ってって。それじゃなかったら、全部、中、見るからね」

「どこに隠したらいいんだよ」

「そんなの自分で考えなさい」

「ゴン、チャー、どうすんだよ。お前らもおいで」って、さっきからメグ先生と朱美さんの間で、おろおろしていた犬猫二人も、メグ先生について出ていった。数分後、

「ただいま。朱美、朱美ちゃん? 明日まで怒ってるなんて嫌だよ。もう許して。無神経でごめん。朱美が気にする手紙は、捨てるよ。いつまでも持っていたら、相手の女性にも失礼だよね」

「ごめんなさい。やきもち全開になっちゃって。こんなに大事にしてもらってるのに。私のこと嫌いにならないで」

「ならないよ。俺は朱美に怒られるのが一番こたえるんだ」

「一緒にお風呂入ろ。洗ってあげる。髪濡れたままでいいから、いっぱい抱いてね」

「うん」……。

あたしたちは、あたしたちで、先生の家にお土産、何持っていったらいいか分かんない。両親に聞こうと思ってサイゼリアで相談することにした。あたしとカナが、宴会でメグ先生と朱美さんから聞いた話を詳しく話したら、パパたち、

「俺たちも行っちゃいけないか？　その日は絶対会社休む、先生に聞いてくれ」って。

翌日、久松に行く前に病院寄って、朱美さんに相談したら、

「あら、いいわよ、でも、お土産なんて考えなくていいの。十一時ころ来て。うちも、いつものお昼ご飯、出すだけだから。きっとびっくりする。

ただ、お酒はノンアルしか置いてないから、ご両親が飲むようだったら、お好きなものを持って来てくだされば助かる。メグも喜ぶわ。楽しみにしてる」

両親たちは「お土産はサザエにしよう」って言うけど、それあなたたちの好物じゃん。サイゼリアでエスカルゴつつきながら、

「あの伊豆の早稲田の借り上げ民宿で食べたサザエは最高だったね」なんて話してる。

ちょっと待ってよ、大学時代に四人でお泊り？　ママたち一年浪人してるから、まあ二十歳以上か。

あたしたちと両親たちがメグ先生宅にお邪魔する当日、二人のパパは飲む気満々、お酒の箱もって、タクシー呼んで、全員乗り込んだ。

朱美さんがエントランスまで出迎えてくれて、両親とご挨拶。あたしたちびっくりしたの。着てるものはいつもと同じパターンだけど、朱美さん髪を下ろしてて、綺麗な黒髪。こんなに髪、長かったんだ。お化粧うっすら、赤い口紅を薄く塗ってるだけなのに女優さんみたい。

「あなたが朱美さんなのね、会えて嬉しいわ、綺麗なのね」ってママたち、握手する。パパたちも満面の笑み。

「ハル君たちも連れてくればよかったのに」って朱美さんが、あたしたちに言う。

「そうでした」ってあたしたち。失敗したなあ。

朱美さんサザエを手渡されて、

「まあ、こんなにたくさん。後で一緒に頂きましょうね」って言ったら、

「いいのいいの、姫サザエだから小さいのよ。二人でいっぱい食べて」ってママたち。

「ありがとうございます。大好物です。いつも彼女たちにはお世話になっているんです。最近は呼び捨てにしちゃって、どうもすみません。妹みたいで。メグは病室の子たちを診ておりまして、もうすぐ参りますから、お先にどうぞ」って、自宅がある五階へ案内された。

玄関を開けてもらったら大きな扉付きの靴棚が下から上まで。

「靴を入れるのが目的なのに、入れる靴があまりなくて、ペットフード入れになっちゃってるんです。よろしければ靴は靴箱に入れてください」って、朱美さんが笑う。

丁寧に並べてあるスリッパを借りて二、三歩行くと、ドドーンとだだっ広いリビングがある。

その真ん中には、がっしりした大きな大きな正方形のテーブル。三メートル四方はある。椅子が十五脚ぐらい余裕で囲んでいる。

「よく、人が集まるし、食事も、勉強したりするのもいつもここなんですよ。集合材で作ってもらったんです。下はゴン・チャの隠れ家になっちゃってて」って朱美さんが説明する。でも、犬猫がいるとは思えないほど綺麗にしてる。

大きなサッシがドーンとあって、日当たりもすごくいい。壁二面は天井までの全面、大きな本棚。本や、ファイルが綺麗に並べられている。NHKの英会話の教材は二年分ある。ドイツ語もある。さすがに医学書も多いけど、小学生のためのと銘打たれた本とか、マンガ何とかも、一番下の段に並べられている。

「メグが子供の時に読んだのを、おばあちゃんと通った古本屋で見つけて、大人買いしたんです。古本屋さん二代目になってるけど、獣医学書を見つけてくれたり、とても協力的でメグを弟みたいにしてくれてるんです。『これ、全部欲しいなあ、本棚一段もあれば、可愛いライブラリになる。

元央、裕司の子供たちが読めばいいし、俺も読みたい』って言ったら、二代目、『おー！引き取ってくれるか、五万円でいい』って、わざわざ運んでくれて。

メグは本たくさん読んでるんですけど、高校までは図書館で借りて、買わなかったんです。本棚もリンゴ箱ぐらいの小さいのしか持ってなかったらしくて、その反動なんでしょうね。大きな本棚が欲しいって。それでもこれだけ大きいとまだまだ満杯にはなりませんけど」

本棚の棚は奥行きがちょっと深くて、ノートパソコンとかプリンタも綺麗に収められている。ところどころに置かれた可愛い鉢植えに花が咲いている。

「猫って器用なんですね。一度もモノを落としたことないんです。キャットウォーク代わりに棚の端には、ゴンが移動できる穴を作ってもらったんです。一番上の幅が狭い段が、ゴンだけの秘密基地。いろんなおもちゃを隠してるんです。時々、ゴキブリの死骸なんかあって、ビックリするんです。でも、名ハンターなんです」

一つの壁には大きな壁掛けテレビ。その下に電子ピアノ。フルアコースティック・ギターもアンプもある。その前には革張りの大きなソファー。天井にはＢＯＳＥのスピーカー。音楽がかすかに流れてる。朱美さんが話してくれた英語の番組だ。

奥には食洗機もついた大きなシステムキッチンがあって、食事用のカウンターも。大きな冷蔵庫や、これまた綺麗に棚に収納されたオーブンレンジやコーヒーメーカー、フードプロセッサなどが見える。

「でも綺麗にしてるわねえ」ってママが言ったら、

「気が付いたらすぐ拭く、とにかく拭く、そうすれば掃除が楽だっていうのがメグの口癖で。おばあちゃんの躾らしいんですけど、私も学生時代からその癖がついちゃって。フキンと雑巾はいっぱい使うんで、いらなくなったタオルや古着で一気に大量に作ってるんです」

「ここはどのくらいの平米ですか」ってパパ聞いたら、

「リビング・ダイニングは七十平米です。上も下も一戸六十〜七十平米ですが、自宅は動物病院と同じ三戸分を使ってます。贅沢過ぎますよね」

そしたら、ゴン・チャが奥から来て、カナママが、ゴンって言ったら、「オッ、オッ、オッ」って言いながら足にスリスリ。カナママ抱き上げて、「この子欲しいわ」って言ったら、

「その子たちだけは、ごめんなさい。私たちの子供なんです。それに二匹とも、いい歳ですから。お母さん、お父さんも追い越して、もう老人の域なんですよ。百歳近いみたいですよ」って
チャチャの頭を愛おしそうに撫でる。

「まずは、お茶を」って、玄米茶を出してくれた。

「お客様に出すようなお茶じゃありませんが、メグと駅前のお店に行って、いろいろ試飲したんですけど、これが二人とも気に入って。田舎もんなんです。それにお水も買わないんで、沸かして冷やしたのを再沸騰させているからお口に合わないかも」って言う。

でも一口すすったママたち、

「あら、美味しい、久しぶりね、こんなにはっきりした味と香りの」って顔を見合わせている。

「でもお水は買わないの?」って聞いたら、

「メグがそんなのもったいないって。沸かせばいいって。おばあちゃんはずっとそうだったって」

「うちもそうしよう」って、ママたち。

「ねえ、朱美さん、髪、長かったんだ」ってあたしが聞いたら、

「そうでもないでしょ、肩よりちょっと長いだけ、そろそろ切らなきゃ」

「どこで切ってるんですか?」

「ほら、駅前の千円カット」。女性陣みんな唖然。

「私、メグの髪切ってるんです。ある時、俺にも切らせろって。器用だから大丈夫だと思ってたんですが、切られているうちに、だんだん頭がひょっこになって来て、左右の長さが違う。メグが揃えようとすると、どんどん短くなっていっちゃって。

急いでヘルメット被って、スクーターで千円カットまで連れてってもらったんです。それ以来、あそこのお店にお世話になってるんです。

『すいません僕のせいなんです、やり方教えてください、犬猫ならカットはできるんです』ってメグが言ったら、

『人とは違いますからね、可哀そうじゃない』って怒られて。

でも短時間で切ってくれるし、私のお気に入りなんです。メグの髪切ってること話したら、コツとか教えてくれたり、スキばさみくれたり、とても親切なんです」

「切ってる間、メグ先生は何してるんですか?」

「『また怒られるかもしれない』って古本屋で待ってる。鼻くそほじくりながら読んでるわ」

さらに、みんなが笑ったのは、ゴンとチャチャが椅子の上に並んで座っていること。ゴンはベ

ビー椅子を使ってる。

「いつもの定位置なんです。ベビー椅子は拾ったんですよ。そこでおとなしくね、君たちの分はあるから」って、朱美さん、大きめのランチョンマット敷いて、お皿に入ったフードを出した。

「チャチャ、お願い、パパが来るまで、よだれは我慢して」って笑いながら。

「このフードは、メグの親友の北村裕司君の会社が開発したもので、人気があるんです。ゴン・チャと保護している子たちが、試食して開発のお手伝いをしたんですよ」って、嬉しそうに言う。

そしたら、

「すみません、お待たせしてしまって」と言いながら、メグ先生、帰ってきて、チャチャの頭ぐりぐり。

「先に頂きなさい、いいよ」って言ったら、チャチャ爆食し始めた。ゴンはカリカリをむしゃむしゃ。

「ヨシ、じゃないんですね」ってママ。

「いいよで十分分かりますよ」

みんなでアルコール消毒液のボトル回したら、

「それじゃあ、味噌汁、温めてきますね。いつもの僕らの定番なんですけど、親しい人には御馳走するんです」って言って、メグ先生と朱美さんはキッチンへ。

「あー、こんなにたくさん。サザエは大好きです。後で焼きましょうね」ってメグ先生声をかけてきた。

「いいのいいの、お二人で」ってママたち無理してない？

「どんな食べ方します？　うちは醤油でそのまま焼いて、楊枝でつまみ出してそのままがぶりと、やるんです」

「おーワイルド！　うちも、それに近いわ」ってママ。

本棚の一角の写真見て、

「この写真はメグ先生のご両親とおばあちゃん？」

「ええ、そうです」

「みなさん綺麗ね。あなたお墓は？」

「姉が作ったのがありますが、僕は一度も行ってません。親不孝ですね。でも、こうして写真見て時々思い出してやれば、それでいいのかと思っちゃうんです。僕もそうでありたいし」

「宗派は？」

「それも聞いていません。宗教を否定しているわけじゃないんですよ。時々、あー神様なんていう口ですから無神論者ではないんです。神様はきっといるって。ただ、どこかの宗教に入ろうという気はないんです。

政治との結びつき方とかそういう難しいことじゃないんですよ。みんな信じたいものを信じればいいし、ただ、それを無理強いされると反発心が出るというか。もちろん、自分の信じたものを布教したいって気持ちは分かりますが。お母さん、お父さんは何かの宗教にお入りですか？」

「ううん、お墓は主人のところのもあるけど、お寺が何宗なのかも、お布施出すまで忘れたりして。最近は墓じまいも大変なのよ。おカネばかりかかるって聞いたわ。私たちも考えなきゃいけない歳ですもん。樹木葬にしようかって主人たちは相談しているみたい。でも、メグ先生の考え方は納得できるわ」ってカナママ。

キッチンから出てきた朱美さんとメグ先生。木のボールに入れたサラダ、アツアツのお味噌汁、お握り三つを乗せたお皿を、ジャストサイズのお盆でそれぞれの前に置く。

「あら可愛い食器セット」ってママが言ったら、

「これ全部百円ショップで揃えたんです。私たち最近、百均フェチなんです。文房具とかも全部お揃え中なんです。メグは食器屋さんの息子だけあって、これが百円？って驚くんです」

「いやあ、今頃まで食器屋やってたら、親父たちかなり苦労しただろうな、と思って。矢来のグラスなんて百円じゃとても買えませんでしたから。知恵ですね。百円で新しい価値を見つけてますよね」。やっぱり一言にも頭の良さが出るのかなあ、なんてあたしは思う。

サラダは細かく刻んだレタスやピーマン、タマネギ、ニンジン、オクラの上に細く切ったイカが乗ってる。

「ポン酢でどうぞ」

お握りは牛そぼろが入って海苔を巻いたのを真ん中にして、両側には薄いとろろ昆布を巻いた中はお新香のお握り。脇には海苔と昆布とお新香が小皿に乗っている。

「お海苔どうですか？　口に合わないって言うんですよ。いつも修学旅行で出てくるような袋入りのお海苔ばっかりで、せっかく高いの買ったのに」って朱美さん。

「どれどれ？……あら、すごく美味しいじゃないの。どこで買ったの？　メグ先生、味覚おかしいんじゃないの？」ってカナママが言う。

「ねっ、そうでしょ。元に戻せって言うんですよ」って朱美さん。うちのママが、

「朱美ちゃんだけ、いいの食べればいいじゃない」

「じゃあ、そうするよ？」って朱美さん言ったら、

「いいよ、そうしなよ。美味しく食べてくれるのが一番いいもん。でも俺のはいつものにするよ、海苔と言えばあれしか知らないし、慣れてるからさあ」って。こういうところも、朱美さんがメグ先生の好きなところなんだろうな。

「このお新香は？」と聞くと、

「メグのおばあちゃんから受け継いでいるんです。メグが大きな樽、譲り受けて、今は二つもあるんです。お蕎麦屋さんの継ぎ足しのたれじゃないですけど、減らないように糠炒ったり、お塩の量とか、昆布、赤唐辛子入れたりするとか塩梅が難しくて、その辺の技術はまだメグに追いつかなくて、嫌になっちゃうんです。私の作った糠味噌はタッパーで別建て。混ぜるの、なかなか許してもらえないんです」

「でも上手になってるよ」ってメグ先生。

「糠って肌にいいって言うでしょ。私たち、糠で毎朝、顔洗ってるんですよ」って朱美さん。

「あなたたち肌が綺麗なのは、それなのね」ってママたち驚いてた。

「今日は、カブと大根の葉っぱです。メグは、お新香は野菜本体より、葉っぱが好きなんです。最近は葉っぱがついてるの、あまり売ってませんよね。裏に農家があって、いつも貰ってるんです。その代わり時々お手伝いにも行くんです」

「この味噌汁の味噌は何？」ってカナママが聞いたら、

「昨日、メグと買いに行ったんですが、お店の人が勧めてくれた麦味噌です。私たちも初めてですが、美味しいですよね。でも何を入れたらいいでしょうね。聞けばよかったんですけど、今日はとりあえず、お豆腐と三つ葉でごまかしました」って肩をすくめた。

みんな美味しくて、あっという間に完食。ママったら、

「でも、これで足りるの」なんて言う。

「ごめんなさい、少なかったですか？　メグはお昼ご飯におかずは食べないんです。その代わり、馬みたいにジャガイモとかニンジンとか、質量のある野菜を茹でてサラダに乗せて食べるんです。

私には『おかず食べなよ』って言うんですが、私も、これの方が面倒くさくなくって、慣れちゃって。ごめんなさい、おかずが少しあった方が良かったですよね」

「足りませんか？　すぐできるものならお茶漬けできます。お新香入れた。僕は身が震えるような、酸っぱい古漬けが好きで。二カ月物の白菜があります。それ刻んで根昆布乗せただけで、食い過ぎちゃうんです。行っちゃいます？　お出ししましょうか？」なんてメグ先生が言う。

「行っちゃう行っちゃう」って両親たち。

「毎朝、朱美と糠味噌かき混ぜているんですが、もしよかったら糠味噌も、少しお分けしましょうか」って言ったら、

「私たちにそんな細かい芸ができるわけないじゃない。早く行かせてちょうだいよ」なんて、何の話してるの？

「ホントに？　お腹は大丈夫ですか」ってメグ先生が聞いたら、両親たちお腹叩いて、

「まだ余裕」なんて言い出す。

初めての人に対して、こんなフレンドリーな両親見たことなかった。そしたらあたしのお腹が鳴った。カナ、

「私たちにもお恵みを」なんて言い出す。

「メグ、おばあちゃんも喜ぶ」って言ったら、

「よし作ろう！」って。

よく見たら、樽から何本ものタコ糸が出ていて、○月○日ニンジン、とか書いてあるカードがいっぱいついている。朱美さんもメグ先生に劣らぬメモ魔になっちゃってるみたい。

「お野菜もこれだけの種類大変ね」ってママが言ったら、朱美さんが、

「ベランダのプランター見えます？　私たちが好きな野菜はほぼ自給自足なんです。朝二人で水遣りして、収穫して、あそこの大きなサラダボールに入れて、納豆とトーストが朝ご飯なんです。


ベーコンエッグもいらないって言うんですよ。でも私も面倒くさくないし。でも、昼はお握りが主でしょ。だから久松はメグの栄養補給上、とても貴重な存在なんです。週に四日は夜ご飯は私が作るんですが、あそこの味はなかなか出せなくて」


ここからも見える大きなシンクの前で、二人でお新香洗って笑い合ってる。

「こんぐらい塩抜きしたらいいかな」

「初めての人には酸っぱ過ぎない？」

「でも出汁入れたら薄くなるし、出汁も別に出そうか。酸っぱかったら、出汁足せばいいし。いいよ、俺がやる。でも、これ、味の素入れちゃダメ？」

「ダメよ、これはこれで最高なの」

「そうかな、少し入れるともっと旨くなるんだけどな」

「ワサビと生姜ももう少しすろうね。青さも出そうね」

「大きなお盆があった方がいいわね」

「うんそうだな、朱美おいで」って言ったらメグ先生、朱美さんを高い高い、みたいに軽々抱き

上げて、棚の一番上から大きなお盆取らせた。

それが自然で、私たちだけでなく両親も、そんな二人をダラーッとした顔で見てる。カナパパ小さな声でカナママに、

「もう少し愛してくれよ」なんて囁いたら、頬を軽くビンタされてた。

そして十分も経たないうちに出してくれたお茶漬けが、絶品。ホントに何杯でも行けそう。どおりで、炊飯器は一升炊き。

「お昼は誰かしら来るし、夜にはご飯はほとんど残らないの。お新香の具も、タコ糸で結んで、いつ入れたか書いておかないと、浅漬けになっちゃって。それはそれで美味しいんですが、来る人みんな慣れたのか酸っぱいのが好きで」って朱美さん。

「こりゃ、店開いた方がいいですよ」なんてパパが言ったら、

「そのうち、久松で。ねっ」って朱美さん、メグ先生に嬉しそうに笑ってた。

「食後のスイーツとかは何をお召し上がりになるの」なんて、カナママ、遠回しにおねだり。ここまで図々しくなってるんだから、食後の甘いモノ食べたいと言えばいいのに、まあ、そうもいかないか。

「気が回らなくてごめんなさい」って朱美さんに謝らしちゃった。

「あまり、リクエストされませんが、月に二、三回、大文字焼。メグがおばあちゃんに作ってもらったホットケーキ代わりなんです。ご存じないですよね。小麦粉に水と牛乳と卵を混ぜて、バ

ターで薄く焼き上げただけのものなんです。それに生クリームとフルーツを乗せるって、簡単なものです。時々、白餡かウグイス餡に白玉乗せて巻いたり。メグは黒餡がダメなんです」

「あなたお料理も大変ね」ってママが言ったら、

「簡単なものばかり。普通の奥さんの所要時間の三分の一もかからない、それに作るのも、片付けもメグが手伝ってくれるんです。メグはずっと自炊してたから上手に作るんです。

それにおばあちゃんに小さい時からお料理教えてもらってたんですって。お魚までさばけるんです。私、一人で腕を振るいたいんですが、まだかなわなくて、今その訓練中です。

今日はもらいもののキウイがあります。大文字焼、召し上がります？」

「手伝わせてください」って女性陣、一斉に起立。

そしたら、先生、白衣を持ってきた。

「汚れるかもしれませんから。この次いらっしゃる時は汚れてもいい服で来てくださいね。僕ら、いつもこんな感じですから。でも、お腹、本当に大丈夫なんですか？　皆さん一合は楽に食べてますよ」って言われても、一度火が付いた胃は止められない。

パパたちは、白衣を着て大喜び。兄弟同士で教授なんて呼び合ってる。朱美さんに、「私たち勝手にやりますからいいですか、氷とコップお借りしますね」って、持ってきた焼酎の箱、開け始めた。

「ゴミ箱はどこですか」って聞いたら「そこの大きなポリボックスです。ごめんなさい、ゴミ箱はそれしかなくて、離れていてもそこまで持っていく癖がついちゃって」と朱美さん。

「何でも、ご自由にお使いください」なんて言うから図々しいったらありゃしない。

作り付けの食器棚からグラス取ってきて、

「ええ！　これも百円なの？」って、だんだん言葉遣いも私たちに使う口調みたいに砕けていく。

「いえいえ、それは駅前の商店街の福引のガラガラポンで私が当てたんです、十二脚も。我が家の家宝です。でも、それで博才使い果たしちゃったみたいです」

「へぇーそうなの。こりゃ、高そうないいグラスだ。博才使い果たしてもいいよ」って言いながら、パパたち冷凍庫の氷を手で掴んで、そのグラスに入れて、焼酎、飲み始めてる。手は消毒してたよね……。

よせばいいのに、メグ先生、今度は漬けたキューリ、切って出してる。

「朱美には怒られるんですが、味の素をちょっとだけ」。食べた途端、

「おっ、これは昔のまさに古漬け！　うちはきゅうりのキューちゃんばっかりで」ってパパ二人感動してる。

「お前らも漬ける気はないのか」って調子に乗ってママたちに言ったら、ギロリと睨まれて、沈黙。「息子が欲しかったな」「いつも一対二じゃなあ」なんて、うっすら聞こえてくる。

「生クリームはいつも用意してるの？」って台所に立ったママが聞いたら、

「最近は便利で、できたのが袋に入って売ってるんです」って朱美さん言ったら、

チャチャが来て、しっぽブンブン。低姿勢になってワンとも言わずにクーンクーンって喘いでいる。

「メグと同じで、チャチャの好物なんです。小麦粉出しただけで、寄ってくるんです。ちょっと待っててね。でも、いつも適当に作ってるけど、八人前になると……

メグー！　外にバーベキューセット出して。それから、小麦粉とあの大きいボールとフードプロセッサも出して！　メグが生地作って。今日は天気もいいし、お外で」って言ったら、女性陣、「はい」って敬礼。

「きっとみんな来るな」って言いながら、朱美さん、フルーツだけじゃなく、野菜とかお肉とか冷蔵庫から出して、切り分けてザルに乗せていく。

「これ、手分けして外に運んでもらってもいいですか。それから、サザエのつぼ焼き作っちゃっていいですか？」って聞いたら、ママたち、

「そうしましょう。悪くなるといけないから、新鮮なうちに焼き切ってしまいましょうよ」だって。

「誰？　お二人でどうぞなんて言った人」。デザートは別腹っていうけど、あたしたちみんな、もうお腹が減ってきた。

朱美さんたら、用意しながらお昼に食べ終わった食べかす流して、食器は大きな食洗機に入れてく。

「入れておけば乾燥までしてくれるの。あとはメグがみんな片付けてくれるの。奥さんらしくないでしょ？　だから結婚してくれないのかしら」なんて笑いながら言ってる。

メグ先生に付き合って、バーベキューセットを取りにいった酔っぱらって顔真っ赤のパパたち、倉庫の中見て、「綺麗に整理整頓されている」って後でママたちに話してた。

倉庫と言っても、マンションの一戸と同じ大きさ。屋上に全面に張った太陽光パネルから電気を貯める蓄電池が奥にあって、ペットフード・シート、医療品、水、ティッシュ、トイレットペーパー、缶詰とか非常食が、棚にきちんと仕分けられているんだって。それに大きな冷蔵庫も冷凍庫もある。芝刈り機もある。

「このマンションの電気代は太陽光発電でかなりお安くできるんですよ。停電しても補助電源になります。それに、この前の大雨の時、高台の一家族が五人、ここに避難させてくれって。最初は、台風の時の子供みたいに何か面白かったんですが、だんだんひどくなって。

結局、五階の自宅にシェルターで保護してる子も全部一緒に来てもらったんですけど、みなさん酔っぱらって、楽しかったな。でも、やっぱり異常気象なんですね。さすがにあの日は焦りました。ああ、これは僕が」って、メグ先生、横一・五メートル×縦二メートルの鉄板を、倉庫を出た近くのレンガ造りのバーベキューのかまどまで軽々運ぶ。

「お父さんたち、かけてあるシートを、取っ払ってくださいますか」って言って、そこに鉄板乗せた。

二人の親父、驚愕。鉄板、持ち上げようとしても、わずかにしか動かない。二人掛りじゃないと持てそうにないのに、メグ先生、軽々と。

「ここで時々、バーベキューしてるんですよ」って言ったメグ先生の腕見て、パパたち、

「筋肉隆々ですな」って、ポロシャツから出た自分たちの貧弱な腕を見つめた。

「子供の頃から腕立てと懸垂してますから」って、メグ先生すぐに倉庫に戻って、組立式の大きな机を持ってきてぱっと組み立てる。大きな小麦粉の袋、フードプロセッサ、紙コップとかお皿も入ったズタ袋担いできて机の上に並べる。汗一つもかかず。

メグ先生、大きなフードプロセッサを置くと、地面の蓋、パカって開けて、そこにあった防水用のコンセントにコードを差し込んでさっと生地を練り上げる。

それを見たパパたち「よく考えましたな」って、お互い「お前とは違うな」って大笑い。もう居酒屋の酔っぱらい。年子で双子とよく間違われたそうだけど、性格も行動もよく似てる。ママたちは血の繋がりはないのに、こっちは性格瓜二つ。「この親にして、この子あり、だよね」ってカナは言うけど、そういう意味だったかなあ。

メグ先生、スマホで「熱くなるまで、三十分以上かかるかなあ」って、朱美さんに知らせて、炭とか着火剤入れて長い吹子吹いている。パパたち、「私たちも」って言ったけど、

「ちょっとコツがあって、遅いと朱美が怒りますから」って遠慮されると、

「じゃあ、私たちはあそこのベンチで続きを」って、朱美さんが用意してくれた氷を持って、飲

み出した。

三十分後、ぞろぞろ、大きなお盆を持ったあたしたちが見えたらしい。

「おお、こっちこっち」って、サルみたいに赤くなった親父たちが手招きしている。

「もう一本、飲んじゃったの?」ってママたち同時に。

「三本持ってきたんだ。お前、全部取ってこい」ってカナパパ、うちのパパに命令。

「ああカギ閉めちゃったんで、これを。このボタンをプチって押してください」と朱美さんがカギを渡してる。

「きちんと閉めてくるんだぞ」なんて、カナパパ、兄貴面してる。

「閉める時はどおすんの?」

「も一度プチってすれば」

嫌だなあ、パパ、電機メーカーのお偉いさんじゃないの?

恵美さん親子、英美さん親子、由美さん、琴美さん、真澄さん、彩さん、山崎さん、遠藤さん夫婦が、それぞれの階の部屋のベランダから顔出して、

「行っていい?」って叫んできた。

「やっぱり見つけた。大文字焼、七変化しますから」って朱美さん笑ってる。

「大文字焼で巻きたいもの持ってきて。それから好きな調味料持ってきて。酒は個人個人で好きなの用意して、子供のジュースはある」なんてメグ先生が、叫んでる。

「牛乳と卵が足りないの、それから、ニンニクも足りない。恵美、この前貰った韓国の青唐辛子と海苔も食べたい、あったら持ってきて」って朱美さん。

そしたらみなさんの子供たちも「メグパー！　アケマー！」って走って来た。略し過ぎだよね。用意しているうち、チャチャの後にゴンがついてきて、それ見たカナママ、

「ばあばよ、おいで」って抱き上げて、自分のほっぺをゴンにすりすりしてる。

「ほら、ばあばのお化粧つけてあげよう。大文字焼、ゴンも食べようね」って、完全に調理戦力外。「ねんねんよ、おころりよ」って、ドッグランの中、徘徊し始めた。時々、芝生の上に置いて、オッオッオッ、ていうゴンに向かって、

「うんうんそうなの、そうなの。目なんか小さくてもいいの。シッポがお団子でも、人に踏まれないからいいのいいの」なんて話かけてる。放しちゃ、呼んで、来るのが嬉しいみたいだ。それ見たメグ先生、

「動物に話しかけるのはすごく大切で、俺たちなんか、誰と話してるんだろうと見たら、ゴン・チャだったなんて、よくみんなに言われます」って、嬉しそうに話す。

マンションの住人がそれぞれに持ってきたお酒でとりあえず乾杯。キャベツをちぎって、コショウ振って、マヨ付けたり、ドレッシングに浸して住民たちバリバリ食べ始める。これが、このバーベキューのしきたりらしい。メグ先生と朱美さんはノンアルビールで乾杯。

塩コショウとお酢とオリーブオイルを混ぜた即席のドレッシングはシンプルだけど、これまで

食べたドレッシングより格段に美味しい。彩さんが、

「ね？　最近のドレッシングは種類が増え過ぎで、しかもあまり美味しくない。これなら、オリーブオイルに、ポン酢、塩昆布入れたり、玉ねぎとかニンニクすって入れれば、いろいろ変化できるの。ごま油でもいいのよ。

　私のヒット作品、と言いたいところだけど、久松のおじちゃんに教えてもらったの。でもコツは油をあまり入れ過ぎないことですって」

「この前、夫婦でキャベツ一玉食べちゃった、そしたら翌日、緑のウンコが出てびっくりしたよ」って山崎さんが、言ったら、

「それ、うちも」って恵美さん親子まで。

　率直と言うか、なんていうか、でもこういう話できるのいいなあ。食べながら、みんなそれぞれ両親と挨拶し合って、早くも盛り上がってる。そうか、パパ、ママ、会ったことなかったのは朱美さんだけだったんだ。

　因みに彩さんのご主人は高校時代の同級生。朱美さん、

「いるならいるって言ってよ、私、メグを彩に取られるんじゃないかとはらはらしてたのよ」

「そんなの無理に決まってる。朱美、心配し過ぎ。何で自信持たないのか、不思議だったわ。確かに同じ高校に入った時は、絶対彼女になるんだって、毎日のように教室まで会いに行ったけど、まるで妹扱い。他の女子たちにもてたけど、思わせぶりもしないし、男子たちと同じよう

に接している。ああ、この人は朱美以外に興味はないんだって、すぐ分かったもん。朱美のこと、本当に羨ましかった。

でも、うちの主人はメグの紹介なのよ。私みたいに『教えて、教えて』って、メグのところに日参してたの。そしたら、『お前ら付き合っちゃえ。二人で教えっこした方が、きっといい』って言われて。

それ以来、意識しちゃって。朱美がいつも市の図書館から帰る時に、嬉しそうにメグと手を繋いでるの見て、私もマネしたら、主人に情が移ったのね、きっと」なんて照れ隠しに言ってた。二人揃って東京工業大卒だって。それまで知らなかったけど、あとでパパに聞いたら、凄い大学なんだって。

朱美さんとメグ先生が、お好み焼きみたいにヘラでどんどん焼き上げて、積み上げていく大文字焼は、薄くて、大きくて、バターのいい香り。朱美さん途中で、チャチャに、「まだ熱いよ」って食べさせている。ゴンにはホントに小さく小さく切ったのをお皿に乗せて、フーフーして「食べられるかな」って、カナママに渡してる。朱美さん、ホントにママみたい。

それに不思議なの。あたしがカナに、

「ねえ、朱美さん、どんどん綺麗になってくような気がする、やっぱり人柄がいいからなのかな」って言ったら、

「メグ先生も同じだよ。最近、イケメンに見えてしょうがないよ」ってカナ。

二十センチくらいの高さに積み上げられた大文字焼が鉄板の二カ所に置かれて、「さあどうぞ」の朱美さんとメグ先生の掛け声で、みんな鉄板を取り囲む。

生クリームの上にフルーツ乗せて食べたら、初めての食感、ホットケーキでも、お好み焼きでもない。薄くて何でも巻きやすい。両親たちは「なんか懐かしいな、でも、これ何だっけ」って、思い出せない。

そしたらカナママが、「そういうのもいいわね」って、ゴン抱きながら、琴美、遠藤さん夫妻が食べてる、レタスとウィンナ巻いて、刻んだ玉ねぎと、ケチャップ、マスタード混ぜたのをちゅるちゅるかけた……そうそう、メグ先生が久松で時々食べるホットドッグみたいにしてるのを見て、「私にもごちそうしてくださる?」って。彼女たちも、「どうぞどうぞ、今、巻いて差し上げますね」って言ったら、ママも「私も」って。

メグ先生、パパたちに、「本当に奥さんたち大丈夫ですか、食い過ぎじゃないですか」って聞いたら、「いや、俺たちも食いたい。順序、間違えたな。フルーツは最後で良かったな」なんて言ってる。

なんかあたしたちも食べても食べても、まだ入りそうな気がする。でも、先生と朱美さんはキャベツちぎって、恵美さんが持ってきた青唐辛子を韓国海苔で巻いて、ノンアルビールばかり。お昼もお結びだけ。節制してんだな、って感心した。パパが、

「先生、一杯だけ付き合ってくれませんか?」って言ったら、

「じゃあ、焼酎をストレートでコップ一杯だけ、朱美もごちそうになろうよ」って。それを大事そうに大事そうに両手で挟んで、すするように飲む。「美味しいねえ」って、二人顔見合わせて、本当に美味しそうに飲む。なんか、ほっぺをつっつきたくなるように。

メグ先生、由美さんが持ってきた大きなレバー見たら、

「あれ食いたい。ニンニクべたべたに塗って、ねぎと一緒に巻いて食いたい」って朱美さんに言う。

「メグは肉と言えば、ステーキなんかより豚のレバーだもんね。ホントに食費が楽だわ。昔、天狗で一緒に食べたレバステーキ美味しかったよね。メグったらニンニクベタベタって頼んで、二人で食えば臭い分からないよって。私レバーなんてトリしか食べたことなかったのに。あれ、四百円くらいだったよね。私も、あれからはまって、久松でもレバニラばっかり。食べよっか、あとで余計に走れば太らないよ」

由美さんが持ってきたレバーに、少しのごま油とニンニクたっぷり練り込んで焼き出したら、ニンニクの香りが辺りに漂い出して、みんなが寄ってくる。三人の小さな子たちがメグ先生のジーンズに嬉しそうにしがみついてる。

重いだろうに、メグ先生、「もうすぐできるぞ」って、その子たちに笑って話しかけてる。

英美さんの娘さんは、驚くほどの美人。テレビでも見たことがある新進モデルだ。ショップに立つと売上が一割はアップするんだって。メグ先生と朱美さんの間に割り込んで、焼き上がるの

待ってる。

「パパあ、まだあ」なんて甘えてる。

「もう少し、このぷくぷくが消えるまで待って」ってメグ先生。

「また背が伸びた？　いいなあ。もう、良い子良い子もできない」って朱美さん。逆に娘さんから「今度、高い高いしてあげるよ」って言われて笑ってる。

メグ先生と朱美さん、一人前を二つに切って、二人で頬ばってる。そしてハイタッチ。

「こちらレバー、ニンニクベタベタ大文字焼です」なんて笑ってる。「臭いですよー」って言ったら、すぐ完売。あたしたち食べ損ねた。

メグ先生が朱美さんに小さな声で、

「サザエ幾つ貰ったの」って聞いたら、

「二十個以上はあるわよ」

「しょうがねえみんなに出そう」って言って、

「みんなあ、サザエのつぼ焼きを作る。あやとカナご両親からの土産だ。一人一個ずつだよ。食えない人、手を挙げて……。何だよ子供も食えるのかよ。クソっ。朱美、三つ葉、持ってきて」って言って、サザエ綺麗に並べて焼き出した。

いい磯の香りが漂い出した。それにお醤油をたらっ、たらって垂らしていく。それに朱美さんが持ってきた三つ葉乗せて、

「熱いぞ、みんな心して、頂け」ってメグ先生言ったら、全員「はい！」って、給食か。

ママがサザエのつぼ焼き、楊枝で突っつきながら、

「あなたたち、高級レストランとか行かないの？」って、あたしたちと同じこと聞いたら、

「そう言えば、あまりというか、全然行かないよね。その代わり、久松には無理な注文ばかりしてるし。でも久松はもう外食じゃなくて、内食か」って朱美さん言ったら、英美さんが、

「メグと一緒ならどこでもいいんでしょ、コノヤロ」って笑ってる。

お金持ちのはずなのに、着るものも贅沢しない。今日も二人ともジーンズにTシャツ。でも、何とも言えない清潔感と高級感が溢れてる。あたしたち、ホントにおかしくなっちゃったんだろうか。

樫の木の葉がちょうどいい日陰も作ってくれて、こんなに楽しいバーベキューは初めてだった。ドッグランでのバーベキューは続いてるけど、四時も過ぎた頃、マンションの住人たちに、

「重いものは俺が後で運ぶから、ゴミの始末とプロセッサと鉄板の洗いだけ頼む」って言ったら、

「大丈夫、女たちみんな力持ち。俺たちがちゃんと片付けとくから。ここで夕飯代わりにするから。うちの子たちもシェルターの子たちも出すよ。ゴンとチャチャもここで遊ばせておいて」って山崎さん。

「またね」ってマンションの住人たち、あたしたちに手を振る。メグ先生、「コーヒーにでもしましょう」って、あたしたち家族を連れて自宅に戻った。

裏切らない、って、こんなに心地いいの？

リビングで朱美さんが淹れてくれたコーヒー飲みながら、パパたちは、「今日は晩飯はいらんな」なんてお腹さすってる。ママが、

「メグ先生、疲れたでしょ」って聞いたら、

「全然、平気ですよ、このくらいじゃあ。楽しいことばかりで。このマンション作っている時に、職人さんたちと飲んだ時に、その人たちが、何でも美味しそうに食べて、飲んで酔っ払うのは、極限まで肉体を使い切ったからなんだと思いました。

仕事終わって、飯食ったらすぐ寝て、次の日は五時には起きるそうです。それを毎日。彼らは凄い、やはりプロですね。

僕は恵まれてて、この敷地で自宅と同じ場所で仕事して、肉体も極限まで使ったことはまだありません。ましてや、今日は楽しいことばっかりで、疲れるはずありませんよ。それに体力がないと、疲れると不機嫌になるじゃないですか。そうならないように体鍛えてますから」

パパたち、それ聞いて、少し、しゃきっとしたみたい。でも、あれだけ調べ上げちゃったから、それがバレるのが怖くて、うかつに質問できない。

ママたちはさすがに違う。あや、カナから聞きましたけどって、前置ばかり付けて、

「朱美さん、早稲田なんですって。私たちもなのよ」

「先輩でいらっしゃいましたか。学部は？」

「法学部。亭主たちは政経」

「わあ、みなさんそうなんですか。私、文学部だったんです」

「メルシーには行ってた？」

「文学部からはちょっと離れてますけど、はい。メグも好きで」なんて、大学関連で会話が弾む。

「メグが早稲田に来てくれた時に、穴八幡宮で猫が捨てられれて、交番に届けたり、大変だったんです。でもいいお巡りさんで、結局、ここの看板猫にでもするかって。交番覗くと、いつもいたんです」

「スタッフのみなさんは市内なの？」

「そうですね、ほとんど。というか、主要メンバーはこのマンションに住んでますし、メグの親友の二つの会社もマンションも車で十五分もかかりません」

「娘から聞きましたけど、入籍はまだなんですって？」

「メグが拒むんです」

「ひどいわね」

「そうなんです」

娘から聞いた話にしたことにして質問を繰り出す。

「でも、老後が心配ね。私たちはもうすぐだから、そんなことばかり心配しちゃうの」

「ローンもないし、毎月、使い切れない生活費を私の口座に振り込んでくれるんです。余ったら、貯めておけって。きっと老後の心配してくれているんだと思います。メグなんて、いつも一万円札五枚ポケットに突っ込んでるんですけど、今月はいいや、なんていう時もあるんです」

「ふーん、でもなんか、納得できないわね」って言ったら、

「おいおい」ってパパたち、「何言い出すんだ」なんて慌ててる。

「なによ、当たり前のことよ、二人で築き上げた資産なんですから」

「でも、籍入れてないから、最大限、考慮してるんじゃねえか」

「やだ、私たちのために喧嘩なんてしないでくださいね」って朱美さん。

「あの、お母さんたちに分かっててほしいんですけれど、私が就職してメグのマンションに転がり込んだ時も、住んでいたマンションの賃貸料も光熱費も食費も半分出すといっても、一銭もお金は受け取らないんです。

給料は自分のために使えって。余ったら、貯めておけばいい、保険とかはきちんと入っておけよって。バイト料もあるし投資もしているからいらないって。言うこと聞けないなら、追い出すって、痛いところを突いてくるんです。

いよいよここで病院とマンション経営が始まると、役員報酬の月割りを全部、私に振り込んでくるんです。よろしく頼むって。病院とかマンションの経費は儲けから出すから気にしなくてい

いって。それに投資の利益は別建てにしてあるからって。

資産はメグが築いたものですし、とても二人で築き上げたなんて言えません。それでも、メグが稼いだお金はみんな私に預けてくれているんです」

「ごめんなさいね、こういうのを余計な老婆心って言うのね。メグ先生もごめんなさいね」ってママが謝ったら、

「いやいや、そんな謝らんでください。僕もどこかおかしいんですから」ってメグ先生、笑ってる。

「あなたたちご趣味は？」ってカナママが方向転換。

「実はカラオケなんです。あそこに、マイクがあるでしょ。時々二人で歌って踊りまくります。それこそ爆音で。二重サッシにしてもらってますから、音漏れもありません。

ゴン・チャもステップ踏むんですよ。朱美はずっと合唱部でハーモニーも簡単につけてくれるんです。ただ、こればっかしは恥ずかしくて、お披露目はできません」

「メグ、ピアノができるんです。楽譜も読めるんです。数学と同じだって言って。ギターは独学。多分、絶対音感があると思うんです。歌も上手なんですよ。私、知らなかったんですけど、高校の文化祭でバンド組んで出たんですって。高校だけには来るなって言われてましたし、高校生活のことはなかなか教えてくれないんですよ」

「そう悪者にするなよ。でもピアノは手術で指の細かい動きをするのにいい練習になるんです」

「そこまで教えてくれるなら一曲だけでも聞かせてよ」ってカナママ。

「それなら一曲だけ」って、二人相談して、連弾しながら、二重唱で『見上げてごらん夜の星を』を歌ってくれた。

ピアノも上手だし、二人の声も伸びやかで気持ちいい。家族みんな感動しちゃって。パパなんか「いや、参ったなあ」。カナパパは「なんか泣きそうだ」って言ったら、ママたち泣いてる。メグ先生「いや、こちらこそ。参ったなあ」って。

そのうち、パパが、「ご自宅ご案内して頂けませんか?」なんて言ったら、嫌な顔もせず、「どうぞどうぞ」って。

リビングから出ると、次はモニターが壁にいくつも並んだ八畳くらいの部屋。経済関係の本とファイルがびっしり並んだ作り付けの本棚。大きなパソコンとプリンタの横に、打ち出されたプリントが整然と百均のA4のボックスに仕分けされて入れられている。

「こりゃ、ディーリングルームですな。経済の本もずいぶん読んでますなあ。経営論もお好きですか」ってカナパパ。まるで宝の山を見たような目をしている。

「いろんな経営者の話を読んでいますが、僕には無理だなって思うことばかりで。読んでいるうちに反発ばかりしちゃって、ダメですね。青二才です」

「それにしても、凄い資料量ですな」

「資料はたくさん出しますが、そこから捨てるものも多くて、その度、シュレッダーにかけるんですが、その紙屑が、赤ちゃん犬猫のいい寝床になるんです。僕がこの部屋に入るのは毎日じゃなくて、入ってもせいぜい一時間程度ですよ。設備を考えるともったいない話ですが、その分は稼がないと」

ちょっと待って。資金運用しているなんてメグ先生本人から聞いたことなかったのに。

「プリント、見てもいいですか？」

「どうぞどうぞ」

「なるほどさすが数学チャンピオンですな」って言ったら、メグ先生驚いて、

「よくご存じで」

「いや、確か娘に聞いたような気がしまして」なんてカナパパごまかしている。

「お父さん、証券会社にお勧めだと聞いています。これとこれを結びつけると、どうですか？」

「おうおう、そうかそうか」

「今は途中ですが」って、パソコンのキーをぱちぱちやると、パソコンの画面に、ウワーッと箱がいくつか出てきて、「ここからまた、絞り込んでいくんです」

銀行にも証券会社にも見せなかったパソコンの中を開く。どうして？

カナパパ、もっと詳しく見ようと椅子に座ろうとしたところで、カナママに「次、行くわよ」って言われて渋々、付いていく。

次はトレーニング室。ここは案外こじんまりとしている。六畳くらい。機材は鉄棒と、水を入

れたダンベル、握力をつけるハサミみたいな道具くらいと、種類はあまりない。二人のためなんだろう、マットが綺麗に並べられて敷かれている。

「毎日三十分。基本は腹筋と腕立て、懸垂と柔軟体操だけだよ。走るのは朝晩の犬の散歩の時」ってあたしたちに言う。

「あれ何ですか?」

「面白いでしょ、自転車のペダルだけが圧力かけてくるくる回るようになってるの。場所も取らないでしょ。遠藤さんに捨ててあった自転車渡して作ってもらったの。雨の日はあれに乗って、走る代わりにあの上に立って漕ぐの。回転させるにはちょっと力が必要で。やってみる?ちょっとコツが必要だけど」って朱美さん。

あたし、一発で腰から落ちそうになったら、メグ先生が受け止めてくれた。

「ねっ、私も最初はそうだったの」って朱美さん、笑ってる。

メグ先生に支えられて上を見たら、あたし各部屋の天井にBOSEのスピーカーがあることに気づいた。

「全部のお部屋に音楽が流れるんですか?」って聞いたら、

「そんなことしたら配線が大変だって言われて、あそこからコード出てるでしょ。その先のジャックとポータブルのラジオとか携帯付けて音楽とか流すの。そうすれば各部屋で違うものが聞けるって言われたの」って朱美さん。

「そりゃ、いいアイデアだな。うちの商品企画に話してもいい？」ってパパ。

「どうぞどうぞ」ってメグ先生。

「病院のシステムは全部、先生がって、受付の彩さんに聞きましたが、凄いですね」ってパパ。

「いや、発想は単純なんです。それを多重にしているだけで。でも、大学の先輩にはずいぶん教えてもらいました。大学発のベンチャーやってて、もうすぐ上場します。ご存じですよねＫ電気。今は若い人たちが時々メンテナンスに来てくれます。頭が柔らかくて圧倒されます。よろしかったら紹介しますよ」って。


いいの？　パパにまで。親しくなればなるほど、この夫婦はどこまでも心を開いてくれるの？裏切ったりしたら大変だろうな。これが真澄さんが言ってた、みんなが心していることなのかな。でも、絶対に裏切らないってことは、こんなに心地いいの？


次はトイレと洗面室。洗面台は広くて姿見にもなる大きな鏡。トイレは広々。トイレの横には一・五メートル四方のゴン・チャ用のトイレがあって、空気清浄機に換気扇もついている。壁にはおしっこが引っかかっても大丈夫のようにシートが貼れるようになってる。猫砂の下には細かいメッシュの簀の子が張られていてその下に交換用のシートが。

「このトイレは犬猫兼用でマンションを全部設計した親友の柳田元央と特許を取ったんですよ」

「本当にいい親友をお持ちですな」って言ったら、メグ先生嬉しそうに、

「あいつらは凄い。僕の誇りです。今度紹介しますね」って。

「この鏡もいいわね、姿見にもなる」ってママが言ったら、朱美さんが、

「恥ずかしいんですが、毎朝、向き合って点検するんです。メグは鼻毛が出てないかばかり気にするんです。その内、私も気になり出して、お互いの顔をためつすがめつ見て、よし、問題ない、行って良しって。バカでしょ？」。あたしたち大笑い。

　隣は洗濯室、サッシから燦燦と光が入ってくる。洗濯竿が三本かかってる。

「雨の日以外はサッシを開けておけばだいたい乾くんです。だけど洗うのは下着とフキン、雑巾ぐらいなんです。ジーパンもTシャツもトレーナーも、上に着るものは山崎君が洗ってくれて。トレーニングウェアなんて毎日じゃなくてもいいのに、パリッと仕上げてくれるんです。自分で洗うからって言っても、ちゃんと払うって言っても聞いてくれないんです。

　一日も出さないでいると、奥さんが、ここまで入ってきて、パンツも洗おうか、なんて言い出すんですよ。でもウンコなんてついてたら恥ずかしいし」って朱美さん言ったら、口押さえて
「すみません、下品で」って謝った。

「さすが早稲田の女」「獣医の女房」「気取ってなんていられないもんね。ウンコ上等よ、うちでも平気で言ってるわ、クソって言わないだけ上品よ」ってママたち笑った。

「でも、それも時々」って朱美さんまた謝った。

　次は人も入れる大きなウォークインクローゼット。でも、ガラガラ。

「飛び切りの服が少なくて、恥ずかしいです。メグなんて背広はあの一着だけ。あれだけは紳士

服の青山でもいいモノなんですけど、ネクタイとワイシャツも一つずつ。でも着たことも、買った革靴も履いたことなんて一、二回。

白衣の下のTシャツ、トレーナー、ジーンズは毎日着替えるからたくさん持ってますけど、毎日、山崎君のところに出すから、十枚ずつあればいいかなって。でも安物が多くて一年も経つとダメになって。古いのはフキンとか雑巾になるんです。

あとは、お気に入りの革ジャンと革のジャケットと夏用の薄いジャケットだけ。私も似たり寄ったりで。たまにはドレスでも買えって言うんですけど、着る機会なんてなくて。

社会人時代のを数点取ってあるんですが、それも着た覚えがあまりないんです。英美、ご存じですよね、さっきも会ったショップの。あそこの子が大きいんで、あげちゃおうと思ってるうちに、背が伸びちゃってもう無理ですね。私背が低いんで。あや、カナにもちっちゃいわよね。今度フリマに出そうかな。

あとは下着と靴下が、私のと一緒に、姉のお下がりのプラスチックのボックスに入ってるだけなんです。湿気防止に乾燥機も入ってるんでもったいないから、今度、実家の母と姉の着物を預かることになってるんです。よろしかったらお母さんたちのお着物がありましたら、ここでお預かりしますよ。母も私も着付けの資格を持ってますから、ここでお手伝いしますよ」

「あら、嬉しい」ってママたち喜んでる。

本当にそこまで、いいの？　こっちが驚くほど、何でこんなに開放してくれるの？　パパたちママたち、絶対に悪い人じゃないし、いい人だし、私たちの親だし……。

次はお風呂。大人二人が余裕で入れる大きなバスタブとシャワーに広い洗い場。ゴン・チャのだろう、人間用のベビーバスが壁に立てかけられている。

「あら、ベビーバス」ってカナママが言ったら、

「あれは前のマンションで使ってたゴン・チャ用のです。でも、今は由美のトリマー室があるから、明日、トリマー室に持って行くんです」ってメグ先生。

「あれ？　シャンプーとかリンスは使わないの？」ってカナママが聞くと、

「頭もあそこにある牛乳石鹸で洗うんです。メグがそうしてるから、私も自然に」。ママが、

「でも、髪が綺麗ね」って言ったら、

「ひどいんですよ、ペット用の豚毛のブラシが一番だって言うんです。毎日、百回ブラッシングしてみろって。でも、案外よくて、今は母も姉も使ってます。お母さんたちもお試しになります？　英美に用意させておきますけど」

「アッ、あたしたちの分も」って頼んだ。

ブラシの横には和光堂のベビーパウダーが、綺麗な入れ物にパフと一緒に入ってる。聞いたらまた百均の入れ物。

「お風呂は二人で入るの？」ってカナママ。そんなこと聞くの？　そしたら朱美さん恥ずかしそうに、

「毎日一緒です。お湯もったいないし、二人で一緒に入れば、出てくるまで待たなくていいし、時短になりますから」って、答えなくてもいいのに、聞かれれば何でも答えちゃう。

そこから繋がるベッドルーム。十畳くらい。クイーンサイズのがドーン。「周りに鏡がついていたら」ってパパが全部言う前に、ママに「あなた！」って止められていた。下にはゴン・チャそれぞれの寝床のクッションが配置されている。

「気が付いたら四人で雑魚寝なんて、しょっちゅうなんですよ」

そしたらカナパパが、

「週に何回……」なんて言い出す。

「二回は」ってメグ先生が言ったら、朱美さん下向いて真っ赤になってる。

「教育上、良くない時にはゴン・チャは締め出しますけど」って言ったら、朱美さん茹でだこ。

「メグ、もう止めて」なんて可愛い。

そして次のフロアには、プランターとか花とか野菜の種、袋に入った土とか肥料がお店みたいに綺麗に棚に並んでいる。サッシを開けてみると、プランターがベランダの端から端まで、ズラーッと並んでいる。

「小松菜は通年、収穫ができるようになったんです。お醤油と鰹だしのおつゆに小松菜と鶏のささみとナルト入れたお雑煮がお正月の定番なんです。メグの家と私の家と似たり寄ったりで、驚いたんです」って朱美さんが言うと、

「うちでもガーデニングやりましょうよ」って、ママがパパに向かってって声をかけたんだけど、パパ聞こえない振りして腰さすってた。

そして大きなミシンがある。

「あのミシンは、朱美ちゃんがやるの？」ってカナママが聞いた。

「フキンとか雑巾を一気にたくさん作りますし、ベッドが大きいんで、シーツとか、枕、掛け布団とかはメグに手伝ってもらって、作ってるんです。でも一番大変だったのは掛け布団の綿入れ、ゴン・チャが邪魔するし、もう綿だらけ。片付けに一日かかりました。

今は訪問診察用のリュック作ってます。百均のＡ４のボックスとパソコンがスムーズに入るのが欲しいって言われて」って笑ってるけど、ママたち真顔になって、

「あなたは凄い、凄い子ね」って褒めた。

奥には、ゲストルームがあった。トイレも洗面台もある。シングルベッドが五つも並んでいる。くっつければ大人七人は行けそう。将棋に囲碁セット。テレビにはテレビゲームもセットされている。

「将棋・囲碁セットは父がメグとやりたがるんです。テレビゲームはうちの姪やここに住んでる子供が使いたがるんで」って朱美さん。

ゲストルームには十畳くらいのバルコニーもついている。

「でも、これだけ広いとお掃除が大変ね」って言ったら、

「やはり動物がいますから拭き掃除は月に一度、二人でしてますけど、あとはルンバに任せきりで。最近は拭き掃除もしてくれるものもあるんです。ゴンなんて、乗って遊んでます」

「フローリングも素敵ねえ」って言ったら、

「木材じゃないとゴン・チャが滑りますから。これもメグの親友の会社が開発した安くて丈夫なフローリングで、取り換えも簡単にできるんです。木材に工夫して、特許も取ったんですよ」

「カーテンは嫌いなの？　全部ブラインドね」

「カーテンはゴンにやられちゃうんです。前のマンションでは、よじ登ってビリビリにされちゃたんです。もう何枚もやられたんです。ブラインドだと切られないから。ちょっと下ろしてみますね。薄いでしょ、軽いんですよ、紐引っ張ってみてください。開閉も楽でしょ。

これもフローリングと同じ素材で、遮光性もあって、お掃除も百円ショップのマイクロファイバーの掃除用手袋で綺麗になるんです。これより、薄くて、軽いのを開発してて、もうすぐ売り出すんですよ。これまで、あまり宣伝してませんでしたけど、新しいのはテレビでも可愛い子使って、ドーンと宣伝するんですって。良かったら、猫のハルちゃん用に買ってあげてください」

「それに家具が全くないのね」ってママたち。確かに全室、棚も作り付け。出っ張ったものがない。

「メグはとにかく、机以外は箪笥とかモノを置くのが嫌いなんです。スペースを狭めたくないっていうんです。だから、全部、作り付けの壁面収納。あるといえば、さっきのクローゼット中の下着入れのプラスチックのボックスぐらいで。

メグは整理整頓魔なんです、私もどちらかと言えば、そっちになってきて」

「あなたは幸せね」

「本当に」って朱美さん頭を下げて、

「どうぞ、私たちをよろしくお願いします。メグは両親早く亡くして、親が欲しいみたいです。久松のおじちゃん、おばちゃん、私の両親を本当の親みたいに慕っています。きっと、お母さん、お父さんたちのことも、大好きだと思います。今日お会いして私も大好きになりましたから。親と言うには少しお若過ぎてごめんなさい」

「あなたは本当にメグ先生が好きなのね」って言ったら、

「どうしたらいいんでしょうね」って朱美さん答えた。

ママたち、二人で朱美さんハグして、頭を撫でた。

帰りにはタクシー呼んでくれて、ゴン・チャ、保護犬たちもお見送りしてくれた。メグ先生たちは、チャチャ連れて、病院周り少し走るんだって。二人ともスタイルいいわけだ。

どうしても証拠が欲しいの

その数週間後の水曜日、七時過ぎに一人で久松に来た朱美さんはもう一杯どころか、数杯飲んでるみたい。

「つまんない。メグ、今日、学会なの。裕司君と行っちゃった。朝からずっといないの。帰りは十時頃なんだって。こういう日に限って子供たちもいい子で、グースカ寝てる。飲んでなよって言われてもうちにはノンアルしかない。

英美と彩んところ行って、ん、あと、どこだ？　ホントのお酒飲ましてもらった。でも、やっぱし、〆はここじゃなきゃ」

そしたらウルウルし出して、

「おじちゃん、おばちゃん、私ってそんなにダメ？　あいつ、もてるの。誰かと結婚しちゃうのかな」

「朱美ちゃんはダメじゃないし、朱美ちゃん以外に誰がいるって言うのよ。先生も十分分かってるし、あんなに可愛がってもらってるじゃないのよ。でもメグ先生がもてるのはしょうがないよ。男も惚れるもん」

おじちゃん、そんなこと言うから、朱美さんうなだれちゃった。

「私、いつもやきもち焼くんだ。悔しくて悪口言っても、メグ、笑って、全然、相手にしてくれない。でも怒らせたら、多分怖い。どこに怒るスイッチあるのか、未だに分かんない。怒ったことないんだもん。あやー、カナー、私、奴隷みたい？　ストーカーみたい？」って聞く。

あたしたちが答える前に、

「メグの何が悪いの？　何にもしてないじゃない。私、奴隷なんかじゃないわ。ストーカーよ」

「何、言ってんの。いつも一緒じゃないのよ。ストーカーって言うのは後ろからそっとつける人でしょうよ」っておばちゃん。

「何よ！　みんなひどいの。人間のお医者さんに行けばいいのに、調子悪くなるとまずメグに診てもらうの。それ見ただけで、私頭に来る。他の女の人に触ったりしたら、タダじゃ置かないからねって今にも言いそうになる。ここはね、動物病院なのよ！」

「朱美ちゃんだってもてるでしょうに」って、おじちゃん言ったら、

「私が男の人と話してても全然気にしないし。そんなことばかりしてたら、メグ、きっとどこか行っちゃう。

ねえ、メグ、結婚してくれないの。子供もいらないって言うのよ。

それ、うちの両親に話したら、怒っちゃって、しばらく来なくなった。でも、姉に子供ができて、朱美のところはしょうがないな、あれだけの動物の子がいるんじゃって。むしろ来るのずっと我慢してたみたいなの。

だいたい、両親もメグが好きで、息子のように思ってる。父なんて囲碁と将棋教えたくせに勝てなくなって、高校の時なんか、泊まって行けなんて言い出したのよ。大学時代には、いつも来る度にちょっと知恵貸してくれって自分の部屋に連れてっちゃう。

母なんて、高校の時からうちの息子にしちゃいましょうとか言ってたのよ。メグだって、大学生になってから、平気でうちで留守番までして。まるで家族なのよ。

私は、大学出てから、ずーっと一緒に暮らしてるのよ。それでもメグ、娘さんをくださいでもなけりゃ、結婚のケの字も言ってくれないのよ」。話がごちゃごちゃに入り組んできた。

おばちゃんが小さい声でおじちゃんに、

「危ないよお」って言ったら、おじちゃん、先生にこっそりメールした。そしたら十時までやっててくれないかって、返事が来た。

おばちゃんは、「あやちゃん、カナちゃんはもう帰って」って言うけど、あたしたち、家に電話して、オッケーもらった。

それからも朱美さん、今にも眠りそうなのに「こんなに好きなのに」とか「私だけのものにしたい」とか、「会いたい」とか。

「毎日一緒にいるのに」なんて言ったら怒られそうで。おばちゃん、おじちゃんは、小さい子をなだめるように「そうかい、そうかい」って言ってる。あたしたちも何か、かわいそうになってきちゃって……。

メグ先生、十時ちょっと前に久松に入ってきて、

「ごめん、おじちゃん、おばちゃん。なんだ、あやもカナもいてくれたのか、ありがとう。こんな遅くまで。幾ら?」

「日本酒二合だけ、何にも食ってねえよ」って。

「悪かったね」って、おじちゃんに三千円渡した。

「多いよいつも」

「いいんだ、ごめんな」

うとうとしている朱美さんに、

「お前、何してる?　ご迷惑じゃないか」って強めに言ったら、朱美さん、目を半開きにして、

「何で放っておくのよ。寂しかったんだから。もう耐えられない、みんなあなたのこと好きじゃない。私は何なの?　あなた結婚なんかしなくてもって言うけど、私はね、結婚してほしい。子供なんていらない、ゴン・チャがいるし、シェルターの子たちもいるし。何でそんなに私と結婚するのが嫌なの?」って先生の胸を叩いている。

「財産狙いだとも思ってるの?」

「バカなことを言うんじゃない!」って聞いたこともない大きな声でメグ先生。

「ああ、みんなごめん。朱美、帰ってお茶漬け食べよ。お粥にしてやろうか?　何も食べないのはダメだよ。俺が作るから。ゴン・チャも待ってる」

それからあたしとカナに二千円ずつ渡してきて、タクシーで帰ってってって。

そしたら朱美さん、「おんぶ」って、先生の首に手を回した。「お風呂にも入れてよ」なんて言ってる。そんな朱美さんを軽々、背負って、

「みんな本当にごめんね」って、メグ先生、帰っていった。

翌日の木曜日、メグ先生と朱美さん話し合った。

「まず言っておくけど、俺は死ぬまで、朱美と一緒にいたい。それだけは忘れないでほしい。朱美は子供欲しいんだろ？　お父さん、お母さんも期待してるよな。

でも、結婚とか子供の存在が、相手を縛るような気がして。結婚しているからとか子供がいるからって嫌いになられても我慢されるの嫌なんだ」

「私がメグを嫌いになるなんて、ありえない」

「ごめん、ちょっとごまかした。俺、人間の子を育てる自信がない、というか怖いんだ。子供は絶対欲しくない。結婚すれば、期待を裏切っちゃうと思って。どうしても、結婚には踏み切れないでいる。俺は強くなんてない、弱虫なんだよ。

動物が飼えなかったから、小学校の間、毎朝、隣の家の犬を散歩させてもらってたんだ。黒い柴犬でね、ペロって言った。小さな男の子に買ってあげたらしいんだけど。その男の子も可愛くて、お兄ちゃんって、なついてくれて。

ごく普通の恵まれた家庭だったのに、俺が高校入ってすぐ、その子が中学一年になった途端、

急にぐれだして。家は悪そうなやつらのたまり場みたいになった。外でタバコはポイ捨てするわ、無免許でバイク乗り回すわ、カツアゲ、万引きまで。何度も補導された。

お父さんがいくら叱っても反抗するばかり。お母さんは甘くてね。ある時、凄い音がしたんで、隣に飛んでいった。そしたら、家の中でどんちゃん騒ぎ。タバコの煙もくもく。ビールの空き缶も転がってる。お母さんが部屋の隅で震えている。

俺が何してる?と怒鳴ったら、

『何だてめえ、人の家に勝手に入ってくんじゃねえよ。犬なら捨てたぜ。だからもう来るな』ってさ。

多勢に無勢でもあったけど怖かった。いや、怖いとは違うな。なんか、驚き過ぎて、こうスーッと血の気が引いていく思いだった。多分、真っ青だったと思う。

お母さんを立たせて、外に連れ出すのが精いっぱいだった。お母さんは、玄関前の階段に座り込んだ。スマホ借りて、お父さんに連絡した。三十分もしないうちにタクシーで帰ってきた。

警察に連絡して、それから彼は連行されて、その後、少年院に送られた。連行間際に親に悪態ついて、俺にはこのチクリ野郎、覚えてろ、って。

ご両親、心配して静岡の少年院によく面接に行ってたみたいだ。でも、戻ってきたら、元の木阿弥。それでも庇うお母さんと、お父さんの喧嘩が聞こえるようになって、

『なんであんな非常識のことを放っておくんだ』

『それはあなたの常識でしょ』なんて言い争う声がはっきり聞こえた。

『この土地は、ババァの農家の親から借りて、お前は家を立てただけなんだろ？　みっともねえヤツ。幾ら稼えでるんだ、このぼんくら、お前が出て行けよ』って言う大声も響いてくる。

お父さんはそこそこの会社の課長さんなのに。お母さんはそんな暴言を止めようともしない。行って殴ってやろうと思ったけど、できないよね。俺の出る幕じゃない、しょせん他人の家のこと、なんてさ。

でも、お父さんもさすがに自尊心傷ついたんだろう、傷つかないはずはないよね。離婚して、出ていった。たまたま会った時、『いやあ、世話になったな』って言われた声が今でも聞こえてくるんだ。

その後、自殺されたと聞いた。俺はお父さんの無念さが分かるような気がした。お父さん、お母さんだって普通に育って、それなりの幸せな家庭を築き上げてきた。環境にも恵まれていたのに、何が不満で、彼がぐれたのかは分からない。あとで警察の人に聞いたら、そういうケースが増えていると教えてくれた。

俺でさえ血が引いた思いをしたのに、あれだけ息子を可愛がっていたのに、お父さんは最後のころは息子が恐ろしくなったんじゃないかって思った。本当に無念だったろうなって、今でも思うんだ。

俺は、とてもとても、子供なんて育てられないと思ったんだ。反抗期でさえ、きっと耐えられない。今まで朱美には言えなかった。

　なあ、朱美、俺たちまだ三十代半ばで、老後のことなんて想像できないかもしれないけど、獣医として限界が来たな、と思ったら、どこかもっと田舎に行って、二人だけでシェルターだけでもゆっくりやらないか。

　その前に後継者は決めて、ここは全て任せる。できたら、性格も穏やかで、でも芯はしっかりしてて、俺たちのことを理解してくれる出来上がった大人を養子にしたい。元央か裕司の子供がいいんだけどな。全く虫のいい話だけど。でも、こんなこと、元央や裕司には絶対言うなよ。他人の子は見てて可愛いんだけどさ。

　それに怒るだろうけど、俺、パイプカットしてるんだ」

「いつ？」

「朱美と初体験した次の週、教授のお供でアメリカに三週間行ったろ。その時に。でも、帰ってきても何も分からなかったろ？」

　朱美さん、うつむいて少し沈黙。しばらくして、

「だからなのか、避妊しなくても妊娠しないから。私、自分に問題があるかと思って産婦人科にも行ったのよ。でも問題なくて、メグに何かあるのかなと思ってたけど、メグっていつも元気で抱かれる時も凄いから、きっとタイミングなんだろうって、ずっと思ってた」

「そうなのか。ごめんな。じゃあ子供はいつかできると思ってたの？」

「いいのそんなの、私はメグがいれば。それに私たちにはゴン・チャがいるもん、子供なんていらない。ただ、どうしても結婚ていう証拠が欲しかったの。変かな」

「いや。ごめんな。ご両親にも正直に話して、結婚を許してもらう。でも、ホントに俺でいいのか？　結婚してくれるのか？」

朱美さん「いつまで待たせるの」ってメグ先生に飛びかかって滅茶苦茶キスした。メグ先生そのまま抱っこして、よしよしって頭を摩る。朱美さん先生の首に巻いた腕を解かないまま、

「私ね、子供なんてできなくてよかったって思ってたの。だって、子供にもやきもち焼くかもしれない」

「そんなことないだろ」

「でもそういう人もいるよ。ペットにさえ嫉妬する人もいるらしい。私きっとその口。だって英美の娘が小さい時は、私も可愛がったけど、英美が十六の時の子だけあって、もう大人。英美より美人。モデルなのよ。メグのこと私のパパなんて友達に紹介したり、メグを見る目がどんどん変わってる。最近は何となく警戒しちゃって」

「ばかだなあ、考え過ぎだよ。俺は光源氏か？」

「そうかしら」

「そうさ。なんで俺を信用しないの？」

「でも、周りがほっとかないんだもん」

「そんなことないよ俺なんて。それに、病院できてから、俺、いつも一緒にいるじゃない。学会は無理だけど、どこにも連れてくだろ。俺は朱美が本当に好きだよ」

「ホント?」

「ホント」

「でも学会にも女の人はいるでしょ?」

「そこまで言うなら、次から連れてく。おとなしくしてろよ。時間は長いぞ」

「うん、一緒にいたい。養子の話も分かった。でも、年取って田舎に行くのはダメ。あなたがここを離れるなんて信じられないもの。あなたがここを命がけで作っていることを知っているもん。二人でシェルターだけやって、いい飼い主さんを探してあげましょ。時々、医院を手伝う素敵な老先生になればいい。

でも、途中で私を絶対捨てたりしないでよ。何でも教えてね。メグのことを私より知ってる人がいたら許さないから。ねえ、愛してる?」

「うん」

「やっぱり愛してるって言わないんだから」って、もう一度キスした。

「今から朱美の実家に行こう。お父さん、お母さんに許しを貰う」

スクーターで朱美さんの実家へ。メグ先生、深々とお辞儀をして許しを請うた。何故、結婚しようとしなかったのか。パイプカットしていることも。そしたらお母さん、

「メグ君、インポなの？」って真剣に聞いてきた。

「母さん、やめてよ。凄いのよ、この人」って朱美さん言ったら、お父さんまでが、

「そうなのか。良かったなあ。チョン切ったと思った」って。知らないことは恐ろしい。

結婚式も二人はTシャツにジーンズ

後日談。恥ずかしかったからか、数日、久松に来なかった朱美さん、久松に来て、「この前はごめんなさい」ってニヤニヤしながら入ってきた。

「メグが結婚してくれるって。指輪はこれ。高校の時にお祭りの日に、私が勝手に買った三千円のペアの鉄のヤツ。やっと付けられる。嬉しくて。おもちゃと言っても、昔のはしっかりできてるわ。

メグ、覚えてなくて、というか気が付かなかったみたいで、これ、本物かって、メグでも分からないことがあるのよね。両親も泣いて喜んでくれたの。

でね、結婚式はここでしたい」

おじちゃんたち、驚いて、

「そりゃあ、まずいまずい、いけないよお。こんな汚いところでよお」って。

「でも移転前の最後のイベントになるのよ。それにあたしたちが一番好きなところよ。やらせてよ」って言われて、おじちゃん、おばちゃん、しぶしぶ頷いた。

「それからね、新店舗に移ったらお願いがあるの。うちの糠漬けの樽一個、預かってくれない？　実は樽三つ目になったの。私もメグもちょっと限界超えたなって。うちの昼のお結び定食も久松の定番にしてほしいの。

もちろん具は私が入れるし、毎日かき混ぜに来てもいい。糠の補充はメグがするって。その代わり料理教えて。ここが休みの土日とうちが休みの水木の夜ご飯は私が一人で作るものを食べるって、約束してくれたの。メグには手を出させないの。だから教えて。栄養つけてもらわないと」

「でも、家庭料理は朱美ちゃんが好きに作ればいいんだよ」

「ううん、基礎がなってないんだもん。私独自のはその後」

それから数日後、この日からこの日まで事情により院長は休診しますって告知した。

「どうしたんですか」って聞く飼い主さんたちに、メグ先生、

「実は結婚しますので」なんて答えたら、

「どなたと、どなたと？」って聞かれ、看護師長の琴美さんが休みで、ちょうど傍にいた朱美さんを紹介した。

「もう十年以上、一緒に暮らしてて、今更なんですが」って言ったら、

「そうだったの、いつも忙しそうにしてる綺麗な人がいると思ってたんだけど、そうなのあなたが」

「朱美と言います。いつも大変お世話になってます」って丁寧に頭を下げる。

「それにしても先生も隅に置けないわね。独身だと思って期待してた人も多いのよ。私もだけど」って、おばさんにからかわれた。

ご祝儀続々。患者のママたちはみんなメル友。結婚の話は瞬く間に広がった。彩さんたちは、メグ先生ちのリビングでお祝い返しに追われてた。

「お新香は真空パックしてと。これ、ホントに美味しいから。あなたたちも手伝って」。みんながつまみ食いして作ってたら、お新香足りなくなっちゃって、朱美さんに出してもらった。

「こっちの樽のは全部使っていいけど、もう一つのはあまり手を付けないで、そうじゃなきゃ、酸っぱいの当分食べられないよ。糠味噌分けるから、みんなも自宅で作ってよ」って言われちゃった。

結婚式に集ったのはいつものメンバーにバイト、カナとあたしの両親に中学の校長、中高の先生たちも。

三時開始、「ご祝儀禁止、普段着厳守。普段の夕食」って言われている。

「おじちゃん、おばちゃん、悪いけど今日はフル回転して。移転前だし、在庫使い切って。俺と朱美も注文取って運ぶから。あやも、カナも悪いな」。メグ先生、やっとエプロンを外した。

「あいよ」って、おじちゃん、おばちゃん、厨房に入っていく。

結婚式前までにお結びや、冷めても美味しいものは、既に配膳してあるけど、

「やっぱりみんな温かいモノも食いたいだろう」ってメグ先生。

みんなに聞こえたようで、失笑がそこかしこ。

「運んでやるから、今日ぐらいは、おとなしく、そこで座っていろ」と裕司さんに言われたら、

「何だよ、仲間外れにするなよ」「そんな、仲間外れにしないで」ってメグ先生と朱美さん、同時に。

「みんな来てくれたんだ。俺たちがもてなすのは当たり前だ」なんて言ってる。

「変なの。これ結婚式？　何であなたたち、Tシャツにジーパン？」と恵美さんが言って、琴美さんが「だから、あたしたちにも普段着で、式服禁止と言ったのか」

「だって、おじちゃん、おばちゃん手伝わなきゃ、大変だもん。それに、みんなに喜んでもらわなくちゃと思って。式服なんて汚したら、山崎君が儲けるだけだもん」なんて朱美さん、自分の結婚式っていうのに当事者意識なし。

「ああすみません、お父さん、お母さん、お姉さん」、お姉さんの娘の鈴ちゃんにも声かけて、

「元央、お前、気が利かんな、朱美のご両親が来たら、上座にって言っただろう！」

「バカ、そこが上座だ、なに緊張してんだ」と言われて、みんな大爆笑。

メグ先生、あれっ？あれっ？て、周り見回して、

「いや、すまん」と謝った。

真っ赤になったメグ先生と朱美さんの左の薬指には鉄の指輪がどんより光ってる。

午前中に二人でスクーターで婚姻届けを出してきただけ。ウェディングケーキも何もない。結婚式が始まるまで、二人とも料理の下ごしらえを手伝ってたんだから、感謝の気持ちはそれだけでみんなに伝わる。

それに元央さんがどこから借りてきたのか、神父の格好して、夫婦の誓いなんてさせた。まず最初に挨拶に立った朱美さん。

「私の願いがようやくかないました」ってウルウルして、ご両親や仲間に丁寧に挨拶してるのに、メグ先生は、

「皆様、本日は誠にありがとうございます。今後ともよろしくお願い致します」で終わり。

「なんか言えよ」って裕司さんが大きな声で言ったら、

「だって、毎日のように会ってるじゃん。いまさら、なんか言ったら、お前ら困るだろ?」って。

でも配慮しなきゃいけない相手はわきまえてる。朱美さんのことで心配かけたご両親に。

「ああ、お父さんたちはお久しぶりです。ご心配おかけしました。近くにいるのになかなかご挨拶に行けなくて」って言ったら、朱美さんのお母さんが、

「何、言ってるのよ、私たち二週間に一度は来てるじゃないの」って言ったら、また、みんな大爆笑。

「本日は鈴ちゃんともお泊りしてくださいね、いっぱいお話ししましょうね」と言ったら、今度は朱美さんのお父さんが、

「いいのか？　今夜は初夜だろ？　まさか違うのか？」なんて冗談で言ってるのに、メグ先生、

「申し訳ありません、大学二年の時に」って真面目に答えたら、お父さんが、

「そんなことは知っておる。良くやった」って。

まるで漫才中継。みんな笑いが止まらない。披露宴というよりも、まるで大宴会。朱美さん真っ赤になってる。

みんな雑談に夢中。話したい人が話せばいいスタイル。

校長先生は「真野、真野、良かったなあ」って酔っぱらってる。

朱美さんの高校時代の女性教師は「私のことは知らないでしょうけど千葉君、あなた優秀で有名だったのよ。私は朱美さんに絶対離しちゃダメよって言ってたのよ。でもあなた勉強ができただけじゃなかったのね。とっても素敵ね。タイムマシンがあるなら、私、千葉君と禁断の恋がしたかった」って言ったら、

「私も」。女性陣がみんな「私もだから」って騒ぎ出した。そしたら、

「イテテテ」ってメグ先生、声上げた。朱美さんがお尻つねってる。

「俺が悪いの？」って言ったらみんな大爆笑。そしたら裕司さんが、

「そうだちょっと鍵貸せ。ギター持ってくる。アンプもあったよな。元央、手を貸せ。カラオケ

大会やろうぜ」って。

メグ先生大変。一時間半は伴奏させられ、でも、この人、プロなの？　上手いの。何でも弾ける。朱美さんとハーモニーまでつけてる。久松のおばちゃんが歌う「新妻に捧げる歌」って昔の歌、すごくよかったな。

それもようやく落ち着いて、英美さんが春巻き食べながら、

「新婚旅行はどこ行くの？」って聞いたら、

「ううん、どこにも行かない」って朱美さん言ったら、メグ先生に批難の嵐。

「違うの違うの、回転寿司だけには連れてってもらうの。だって行ったことないんだもん。それにゴン・チャもいるし、保護している子もいるし、みんなでゆっくり遊ぶの」

スタッフたちが、私たちが面倒見るからって言うのだけど、

「これまで、メグを追いかけて、いろんなところへ行ったの。この間、思い出してたら、国内あっちこっち北海道から沖縄まで行ってるの。海外もドイツ、オーストラリア、長くて二週間だったけど、会社まで休んで追いかけていったの。

浮気なんかする人じゃないと分かっていても、傍にいないと落ち着かないの。だからもう法的にもしっかりしたって実感したいの。この近くでゆっくりしたいの。パソコンショップとか、古着屋さんにも行きたい。いい革ジャン見つけて、預かってもらってるの。メグのに似てるヤツ。それに病院の裏のちょっとした高台でゆっくりお握り食べたい。お休みの日はスクーターに乗せ

てもらって、いろんなところゆっくり散策してるの。あなたたちも知らないところ、いっぱい知ってる。

ただ一つのお願いは、ちょっとの間だけ、マンションの住人さんたちは邪魔しないでね、高橋先生も診察お願いね。思い切り甘えるの」って真っ赤になって言う。

「あっ、それからこの鉄の指輪、みんな恥ずかしがるけど、仕事中はポケットにしまうから。でも、私たちにはかけがえのないない指輪なの。お金で買えないもの、なんちゃって」

「メグー、俺たち知らねえからな。こんなに朱美に惚れさせやがって。だけどな、俺たちも愛してるぜ」って元央さん、泥酔寸前。

裕司さんの奥さんが「キスもしないの？」って聞いたら、キスキスキスの大合唱。

朱美さんメグ先生に飛びついた、後ろ向いてしようにも、後ろにも人いて、結局、メグ先生、キスしたままその場でぐるりと一回り。みんな拍手喝さい。

式の最後には、ケーキ代わりに大文字焼に生クリームとフルーツを乗せたもの。おじちゃん、おばちゃん、そして、あたしたち頑張ったんだから。

「ギターとアンプ持って、お前ら先に帰れ。ゴン・チャ、シェルターに連れてっておけ。餌と散歩は俺たちがするから。片付けも俺たちが手伝う。もう、今日は、家から一歩も出るな。分かったな」って裕司さんが言ってお開き。

あたしたちへとへとだったけど、ビックリしたのは、ホントに出席者がみんな後片付け手伝ってくれたの。多分、こんな結婚式、二度と味わえない。

裕司さんの言葉に甘えて、メグ先生たちゴン・チャをシェルターに連れていって、再び玄関前。

「お姫様抱っこしようか」

「うん。力持ちね」

「朱美ぐらい何でもない」

「私をずっと守ってくれる？」

「ああ」

玄関入って、朱美さんが、

「椅子に座ろ、顔をゆっくり見たい」

「分かった」ってメグ先生。

朱美さん、メグ先生の膝に乗って、ぽろぽろ涙流しながら、

「このおでこも、ほっぺも、お耳も、鼻も、目も、口も、目が見えなくなっても、メグだって分かる」って手で一つ一つのパーツをなぞっていく。

「いろいろわがまま言ってごめんね」

「朱美は何もわがままじゃないよ。俺の方がわがままで、ごめんな。もう、安心した？」

「どうかな、一時間でも一人でいられるかなあ」

「遠征の多いスポーツ選手の奥さんにはなれないいな。でもね、朱美が会社に行く時、行ってらっ

しゃいって言った後、すぐにでもスクーターで追いたくなった。でも、大学病院に行かなきゃって、諦めたんだ。見送った後、すぐに寂しくなった」

「ホント？」

「嘘ついてどうする。心から愛してる」

「いつも一緒にいてくれる？」

「可能な限り。でもそのうちウザくなるよ」

「それは絶対ないの。わたし病気なの。メグ病」

「藪医者の俺じゃ治せないな」

「メグは世界一の獣医さん、でも私の病気は人を診るお医者さんでも治せない」

「じゃあ治さない。死ぬ病気じゃないから」

「うん。二人でお風呂ゆっくり入って一緒に寝ようね」

「いっぱい抱くよ」

「うん。いつもより溶かしてちょうだい」

やっぱりメグ先生、名医なんだ　でもチャチャの病気には

ほんの数日のメグ先生たちのハネムーンが終わった。いつもの毎日が始まる。「奥さん奥さん」って、みんなからかって朱美さんに話しかける。

「もう止めて」って、朱美さんは言う。

ある日、車にひかれて片足がぶらぶらになった猫を、真っ青になった飼い主さんが車で連れてきた。飼い主のママさん、半狂乱。シャツは血だらけ。ネコも首がだらんと下がっている。

「この子を先にする」と言って、後輩獣医の高橋さん、琴美さん、朱美さんも補助に入った。

「ネコの名前は？」

「玉です」

「よし、玉、頑張ろうぜ」

後で久松に来た高橋さんが、新しいアルバイトの獣医大生の卵ちゃんたちに話すことを、あたしとカナ、聞いていた。

「腫瘍摘出手術でも驚いたけど、今度は複雑骨折だろ？　飼い主さんに、『最悪、切断します。そうならないように、頑張りますが、それでもいいですか？　手術料は高くつきます。でも死なせません。死なせたら、僕が責任負います』とまで言う。驚いたよ。僕にはそこまで言う自信は

まだない。

　猫ママが『命だけはお願いします』って言ったら『お母さん待合室で待ってもらって』って言って、朱美さんが肩を抱いて連れてく。あの二人、息もぴったりなんだ。僕が麻酔をしてスタンバイ・オッケーって言ったら、

『玉よ、生きろよ。何でこんな事に』って言って。『車には気をつけろよ。俺が必ず治してやる』って、話しかけながら、朱美さんが毛を剃って琴美さんが傷口消毒して、先生は皮膚を綺麗に切ってく。折れた骨をボルトと細いワイヤーで見事に素早く紡いでいく。酸素とか、輸血とかの指示は的確、メグ先生の実力をまざまざと見たよ。時間にして三十分だぜ。

　どれだけ手術の経験積んでるんだろうな。学生時代や研修医時代の話は担当教授から聞いてたけど、東大卒の獣医で畜産動物からペットまでこなせる奴は、後にも先にも出てこないって言ってた」

　高橋先生はシドニー大学から東大の大学院で獣医学を学んだ人。担当教授の紹介でここで研修を積んでる。お父さんはオーストラリアで開業している。もうすぐ帰る日が近づいている。

『これなら、歩けるようになるかな』って、縫合して。お母さんを呼び、寝てる猫を前に、いろいろ説明した。

『びっこになるかも知れませんけど、切断せずに済みました。まだ、玉ちゃん若いから、長く生きてくれます。でも、少し入院が必要です。手術料は八万円。入院費用は治療や薬代で一日三千

円かかります。よろしいですか？』って、そんなに安く？って僕は驚いたよ。『長くて二週間はかかります。その間は僕らが責任を持って診ます。お支払いは分割でもかまいません。金利はいりません』。

『いえ、一括でお支払いします。ありがとうございました』って飼い主さん、泣いていた。

『明日には目覚めます。来てやってください。できれば毎日、来てください。この子がお母さんに捨てられたわけじゃないって分かりますから』って、動物の気持ちも忘れないんだ。看護師見習いの由利ちゃんが猫ちゃんに付きっきりで面倒見て、二週間も経たず、なんとか歩けるようになった。あの猫、お前も見たよな」

「『見た目は普通に歩けるようになっていますが、ジャンプ力まで戻るかは自信ありません。ごめんなさい。トイレは時々、失敗するかもしれないけど、長い目で見てください。何かあれば、遠慮なく電話ください。ペットタクシーでお迎えにも行きます』って丁寧過ぎますよ。僕は何だか泣けてきました」って、卵ちゃんも感動してる。

「手術料だって格安だし、入院費、薬代なんて相場の半分以下。それなのに、病院は赤字になったことはないって彩さんが言ってたけど、やっぱり、信頼されているからなんだろうな。

患者さんはひっきりなしだし、定期健診も年二回の人が殆ど。狂犬病のワクチンの時なんて、ドッグランがいっぱいになるくらい。出す薬も北村さんと連絡を密にとってるし、毎日、日替わりで薬剤師さんも来てくれる。薬剤師のいる動物病院なんてない」って高橋先生。

「僕も、ああなれるのかな」って卵ちゃん言ったら、高橋先生も、

「僕の目標なんだ。だけど、北村さんとか、柳田さんみたいな仲間が欲しいな。あの二人、メグ先生になんであんなに献身的なんだろうな。薬剤師の派遣は症例を細かく会社に連絡することで、患者さんごとの薬を用意することを目指しているんだって、北村さんが言ってた。俺もあんな仲間が欲しいよ」


設備が足りない小さな医院からの手術依頼もたくさん来る。その度にペットタクシーの真澄さん夫婦が飛んでいく。手術には、依頼してきた獣医さんを必ず一緒に呼び寄せる。それまでの診断を聞いて、手術にも立ち会ってもらう。依頼してきた獣医さんにも納得してもらわないと困るんだって。


メグ先生は獣医師会には入らなかった。料亭で偉ぶる人とはどうしても馬が合わない。ある時、「政治には興味はないかね」なんていきなり聞かれたらしい。獣医師会から議員が必要だって。

「政策を叶えるために何年かかりますか？　その間に派閥抗争やら、政治だけの駆け引きになってしまう。そんな世界は嫌です。官僚にお話を聞いてもらった方が話が通じますが、政治家にそれが伝わると、変に利用されたり、時間がかかり過ぎます。僕らは目の前のことに追われてます。僕らは僕らで市井の中で最善を尽くすしかないんです。それに僕は組織になじまない人間かも知れません」

「そんなことないだろ、高校までずっと生徒会長だったんだろ？　リーダーシップのある証拠

だよ」

「いや、ここは実社会です。学校みたいな揺り籠じゃありませんから。僕にそんな力があるとは思えません」ってお断りしたらしい。

だけど、獣医師会なんて入らなくても、メグ先生の獣医師網は凄く広くて、絆が強い。学会、と言ってるのは、そうした仲間たち、有志たちの勉強会のことだって、後で聞いた。難病や、野生動物、爬虫類、小型動物など専門家の話を聞くんだって。メグ先生、そんなところの病院にも勉強に行く。

ある保護団体からは、一緒にデモ行進に行ってほしいと頼まれたけどそれもきっぱり断った。

「行進して、愛護活動が進みますか？　そりゃテレビに出れば、あの女優さんも手伝ってるのかと人の印象には残るかも知れないけど、宗教みたいな団体もあるし、アレルギーがあって動物が好きでも触れない人も大勢います。動物を守る法整備は大事ですが、飼い主の負担になる動物税も進んで考えなければなりません。そう言った話し合いには積極的に参加したいと思います。

ただ、主張だけするデモは、僕は嫌いなんです。避妊・去勢手術ならいくらでも手伝います。ただ動物を可愛がってお世話する、それだけじゃだめですか？」って言ったら、

「小市民」とののしられたらしいけど、「僕はそうですよ」ってお引き取り頂いた。悪口言ったくせに、手術には連れてくるわ、少しシェルターで預かってよとか、酷い時は「ちょっと来て診て」とか、悪い人たちではないんだけど……。

でもメグ先生と朱美さん、スクーターで出かけていく。彩さんが「そんなの止めなよ」って言っても、「いいんだ。一匹でも救いたい」って。朱美さんも文句一つ言わない。

ある日、メグ先生がチャチャを抱き抱えて、朝の散歩から帰ってきた。用事があって、一緒に行けなかった朱美さんが、「どうしたの」って聞いたら、

「買い物行ってもらった真澄が来るから、荷物受け取って」とチャチャのお尻をお湯に浸したタオルで拭き出した。

「お漏らししちゃったの?」って朱美さん、最初は笑ってた。メグ先生がチャチャのお尻、乾かしてパウダーを軽く振ったところで、真澄さんが大きな包み持ってきた。

「チャチャ、大丈夫? ごめん、これから他の医院の救急が入っちゃって」と上がらずに帰って行った。メグ先生、後輩の高橋先生に電話して、

「今日はダブリ(同じ時間帯に二人の医者が診察)なかったよな。ちょっと診察頼む。何かあったら連絡して。自宅にいるから」と言うと、朱美さんに向き直った。

「最近、チャチャ、あまり歩かないとか、なんか震えてる?って言ってたけど、今日は、ウンコの上に、踏ん張り切れずに座り込んだ。実は変性性脊髄症という病気なんだ。伝染病じゃないから安心して。でも、あと長くて一年かな」って言ったら、朱美さん真っ青、震える声で、

「どんな病気なの? メグでも治せないの?」

「何もしてやれないんだ。藪医者でごめん。変性性脊髄症は、ゆっくりと進行する脊髄の病気な

んだ。痛みは伴わないって言われているけど、そんなの犬に聞かなきゃ分からない。こうやって後ろ肢の麻痺から始まって、徐々に前肢にも移行する。いずれ、モノを食うことも呼吸もできなくなることまでは分かっている。裕司と研究しているけど、原因はまだよく分かっていないし、治療法も今のところない。

若いならステロイド注射で一瞬、足が良くなっても、チャチャの歳では、心臓に負担がかかる。もう見守ってやるしかないんだ。すぐに垂れ流しになる。真澄には、おむつを買ってきてもらった。チャチャの体格から市販のLじゃきついから、LLを買ってきてもらった。英美のところには置いてないサイズだ。着けるの手伝ってくれるか」

でも、穿かせてみようと思っても、チャチャ腰砕けになってしまう。先生が、腰を持ち上げて、朱美さんが巻いた。

「やっぱりな、どうしてもフィットするものがないんだ。マジックテープがついた人間用の腰バンドも二本買ってきてもらった。これをおむつにくるくる巻いてフィットさせるしかない。あとで、もう一本をチャチャの腰回りに合わせて短くしてくれる？　交換した時、こっちのも短く。車いすに乗せれば、おむつ交換は楽になるから、さっき工房の遠藤さんに採寸してもらって、大急ぎで作ってってお願いしてきた。でも、一週間はかかる。

チャチャは、俺たちだけで看たい。排便させるには車いすに乗せて、紙敷いて、尻の穴を綿棒で刺激して出してやることになる。俺は、シェルターで経験あるけど、そんなに難しいことじゃない。でも、朱美の力じゃ、車いすに乗せるのは無理だ。一日二回、朝と晩に一緒にやろう。それから、チャチャが欲しがるものは何でも食べさせていい。おい、泣くなよ、チャチャが怯える。獣医の女房だろ？　いつものように笑って、可愛がってくれよ」

朱美さん腰を抜かしたように動けない。泣きながらチャチャを抱きしめてる。

メグ先生、ベッドルームからチャチャの大きなクッションをリビングに持ってきて、陽当たりのいい場所に置いて、チャチャを寝かせた。

「夜は、また寝室に行こうな。みんなで寝ような」って言ってると、ゴンがチャチャのクッションに乗り込んで添い寝した。

「まだ、這いずって、動けるから……」。メグ先生、しゃがみこんで、顔を覆って、嗚咽し始めた。

「チャー、ごめんな。健康でいさせてやれなかった。俺はお前のお陰で……」って言葉に詰まって、チャチャの足をさすってる。朱美さんが泣きながら、メグ先生の背中をさすってる。

チャチャは、ポカンと二人を見てる。おむつをしきりに鼻でつついてる。しばらく経って、

「チャチャ、おむつなんて嫌だよな、名誉にかかわるよな。ごめんな。名誉棄損で訴えてもいいからな。診察に行ってくるからな。みんなにも言わなきゃ」

一生懸命、切り替えて、切り替えて、メグ先生、自宅から出ていった。

一週間も経たないうち、工房の遠藤さんが、「チャチャ連れてきてください」と言って、ドッグランにスチール製なのに軽くて、がっしりしている車いすを出している。体を支える太い

チューブがX字で後ろ側の両端に架けられていて、タイヤは大きくて前輪が左右に曲がる。

メグ先生がチャチャを抱えて、朱美さんと来た。車いすの上から、チャチャをそっと乗せた。後ろ肢が地面に着かないように浮かせるようにゴムの輪っかに入れる。前肢はしっかり大地についている。

でも、チャチャ動かない。遠藤さんが腕を組み始めたころ、ドッグランに現れたゴンを見て、ゴンに向かってチャチャ歩き出した。徐々にスピード上げて。見ていたスタッフも抱き合って、拍手した。「チャチャ、いいぞ、すごいぞ」っていう声があちこちから上がる。

「良かった。実はもう一台作ってるんだ。それは家の中で使って。タイヤも室内用に換えてあるから」

「遠藤さん、ありがとう。請求書はきちんと出してよ。ねえ、遠藤さん、ここをもっと宣伝しようよ。良い職人さんいないの？　もっと作れないかな？　同じ病気の子も多いし、怪我で歩けなくなった子もいる。簡易の組み立て用のとか、猫用のも作りなよ。素材も考えてさ」

「メグ先生に相談しようと思ってたんだけど、F大からバイトで来てくれてる山田君が卒業したらここで働きたいって言ってくれてるんだ。彼の実家は板金加工やってて、彼もよく手伝ってたらしく、切削も溶接も上手い。市内なんだが、今度、一緒に彼の実家に行ってくれないか。ご両親に挨拶に行くんだ」

「分かった。行く」ってメグ先生。

その夜、裕司さんを呼んだ。

「仕事、順調のようだね。市販の大衆動物医薬シリーズなんて、お役所との折衝大変だっただろ？　ペットフードもなかなからしいじゃん。ゴン・チャも保護している子も試食に協力したんだからな、もっとサービスしろよな。業績も良く伸びてるね」

「さすが大株主、月次ベースもよくご覧になって、なんてな」って裕司さん。

「折り入って頼みがある、ちょっとこっちに来てくれるか？」。メグ先生、机の陰に隠れて見えなかったチャチャを見せた。

「やっぱり変性性脊髄症だ。ご覧の通り、おむつをしてるけど、大型犬にフィットするものがなかなかない。それにバカ高い。特にチャチャみたいに二十キロ以上になると、めったにフィットするものはない。

これが、犬種による標準体形だ。そして、これが売れ筋のおむつのサイズ。こうやって見比べると、十キロ以下の子たち向けが多い。多いということは大量生産が利くから、値段も安くなる。多少大きめでも、ビニールテープなんかで止めたりすれば、スポっと抜けることも防げる。だけど、中・大型犬になると、サイズはぶっきらぼうで、なかなかフィットするものはない。表記されてる目安で、本来なら入るはずのLサイズじゃチャチャにはきつくて、今つけてるのはLLだ。三十キロ以上の子たちは絶望的だ。体が大きくなるほど、おむつの遊びも出てくる。足回りの伸縮性がもっと必要だ。スポッと抜けないように、蒸れないメッシュ製の伸縮自在の腰べルトとかあるといいんだが。

中型犬以上のおむつを、もう少しサイズごとに作れないか？　色なんてカラフルにする必要はない。いかに実用的にするかだ。それに猫用のも別に考えてくれないか？　売れ筋は既存メーカーに任せておけばいい。いわゆるニッチ市場だが、上手く行けば価格設定権は握れる。かといって、今みたいにバカ高いものじゃ困る。

どうだろう。大手でも、下請けに作らせている。この辺にできる工場はないか？　おまえの会社にぶら下げられないか？　カネはお前のところに第三者割当増資で俺が出してもいい。チャチャが逝くまでには間に合わないかもしれないが、至急調べてくれないか？　お前の会社の商品ラインナップも増える」

「分かった。チャチャの体格表はあるか？　試作品をまず作ってもらう」

裕司さんの動物医薬会社は総勢二十人の開発主力でファブレス型。生産は他社に任せている。でも、特許とかいっぱい取ってて、最近も、それを生かしたフードが人気を博している。

もう一人のメグ先生の親友、元央さんの設計事務所も総勢十八人、設計専門でファブレス。実際の建設はゼネコンや工務店と提携している。元央さんの会社が設計した「犬・猫と暮らす生活シリーズ」は、お施主さんが自由設計もできて、一戸建てもマンションも話題になってる。

それに猫トイレとか、ペットの給餌器なんかもメグ先生と裕司さんが話し合ったのを設計して、メーカーに作ってもらっている。猫トイレは、メグ先生と、ああでもない、こうでもない、ってゴンを付き合わせて、話し合ってできた。特許も取った。

両社とも、全社員、大学院卒。「下手すりゃいつまでも会社に残って仕事してる」って元央さんも裕司さんも困って、完全フレックス勤務に変更した。時々、久松にも来るけど、みんなヘラヘラしているってイメージが強いんだけど、みんな博士様。若いから飲みっぷりもいい。暗い人はいない。

それから一カ月も経たないのに、裕司さん、サンプル持ってきた。メッシュのベルトと一緒に。チャチャ恥ずかしいだろうに、ドッグランで車いすの上に、スッポンポンで乗せられて（もともとすっぽんぽんか）、メグ先生がおむつつけ始めた。

「朱美、よく見てて。まず開いて、しっぽをこうやって出す。そしたら、左手を腰の下に入れて、ちんちんをカバーしてるか確認して、浮いた腰をチューブに戻して、左右に出てるおむつのベルトを背中まで持ってきて、ピッピッと止める。

うん、足回りも圧迫感ないな。多少遊びはあるけど、このメッシュベルト巻けば、ピッタリだ」

「今使ってるのは、すぐぶよぶよになっちゃうのにフィット感もある。車いすにチャチャ乗っけてさえもらえば、私でも交換できるわ」って大喜び。

「何回もやらせるのかわいそうだから、朱美は夜に挑戦しよう」

「チャチャ、気持ちいいね」って、ゴン抱きながら、朱美さんが言ったら、ドッグランを小走りし出した。ゴンも追跡。

「よく見つけたな」

「同じ県内、二つ隣の市に町工場があった。下請けいじめに遭ってたようだ。サンプル作りには真摯で、うちと契約してもいいって言ってくれた。でも、お前が言ってたことをするには、設備が古い。うちが出資することにして、設備を至急新しくしてもらう。それに、小さい子用も作ったらどうかな。サイズ別を細かく」

「分かった」

「だけど、もっと研究しなきゃならない。知り合いのペットシェルター紹介してくれ。いろんな体形の子がいるだろ？」

「分かった。でもあまり最初から無理すんなよ。工場の親父は納得したのか？」

「ああ。経営者はあなたのままですよって言ったら町工場の親父も喜んでる」

「カネは大丈夫か？」

「デカくなりそうなら、相談する」

「分かった、よろしく頼む。このおむつと、ここの工房の車いすを宣伝しようと思う。チャチャが出演するビデオを作る」

「そりゃ、面白いな。じゃあまた後で連絡する」

　朱美さんは、チャチャを車いすに乗せるのは無理だったけど、おむつ交換は一人でさっさとできるようになった。チャチャもウンチ出しやすいようだ。

メグ先生の高校時代の同級生の渡辺さんが、高校の映画部の顧問になっていて、ビデオのこと相談したら快諾してくれた。

「ナベさあ、部員の子たちはバイト扱いで金払えばいい？　お前にも礼をしなきゃならない」

「千葉を知ってる校長なら融通利いたんだけどな。今のは頭固くて、相談したら、部活でバイト料はいかがなもんかなんて渋るんだ。寄付という形ならいいって言うんだ。そのくせ、学校の宣伝になるから、撮ったのはうちの学校の映画部だって分かるようにしてくれだってさ」

「寄付は現物でもいいんだよな。お前も含めて、部員たちが欲しがってる機材を書き出してくれ。ここに撮影来る前に学校に送る。至急相談してくれ」

「やっぱ、千葉は頭いいな。一人日当五千円で十五人くらい来るから、七万五千円分でいいか？」

「いや、五十万まで買ってくれ。店を教えろ、俺が事情を話して、振り込んでおく。寄付とか機材に書いてもらうし、領収書もしっかりもらって、後で問題起きないように注意するから。もちろん、ビデオで学校宣伝してもいいよ。今日は久松で腹いっぱい飲んで食ってってくれ。撮影当日も終わったら生徒たちに久松でたらふく食わせてやって」

撮影当日、高校生たちは、「これが千葉先生に買ってもらったものです」って、ピカピカの機材を見せてきた。「そうか、今日はよろしくな」……。

ドッグランでスッポンポンで車いすに乗って、ゴンを追いかけて、走り回るチャチャ。車い

す工房の中の撮影、説明する遠藤さん。入社することが決まった山田君が車いす作っていると
ころも。

朱美さんがチャチャ呼んで、先生が車いすから降ろしてまた乗せて、その間に朱美さんがおむ
つをして、綿棒でお尻の穴を刺激してウンチをさせる方法も。チャチャの上にちょこんとゴンを
乗せて。そして、朱美さんが二匹にほっぺを寄せる後ろ姿が映されて、そしてチャチャがまた走
り出す。

出来上がったビデオにはナレーションが流れて、中・大型犬のおむつのサイズがあまりないこ
と、そして値段が高いこと、メグ動物医薬（北村さんの会社名）のおむつは、中・大型犬用のサ
イズが豊富で、従来のものより安く、足回りの圧迫感がなく、メッシュベルトを巻けば、すっぽ
抜けも少ないことなどが説明される。猫用のも開発中だということも。

車いすもセミオーダーであることを遠藤さんの奥さんが説明する。おむつ交換も楽にできるこ
とは朱美さんが実際に見せた。

そして、カメラは引いて、病院からショップ、シェルターに至る全容を映して、設計「メグ設
計事務所」と元央さんの会社の名前が流れる。最後にメグ動物病院と書かれた壁を映して、〇〇
高校映画部の名前を最後にフェイドアウト。

このビデオは病院と裕司さんと元央さんの会社のホームページにアップした。そしたら、いつ
の間にか、ユーチューブにも上げられていて、問い合わせがいっぱい来た。

工房には全国からも人が来る。おむつも順調で、多くのショップから注文がきた。英美さんのショップでも既存メーカーのものと一緒に並べている。大型犬の飼い主さんは、診察帰りに必ず買っていく。

電話注文には真澄さんの会社が配達してくれる。医薬品も含め、北村さんの会社は英美さんのショップを通じて、通販も始めた。そして簡易の車いすもラインナップに加えた。あの英美さんが、メグ先生が作ったソフトで、パソコンとにらめっこしている。「パソコンもできる。あたいって天才だったんだ」なんて言ってる。

「そうだ、各部署を撮って、ホームページに流そうか。英美なんて、出たがるんじゃないの？」ってメグ先生。

病院の中、シェルター、ドッグランでのトレーニング風景、洗濯屋さんの動物専用の洗濯機、トリマー室での風景、ペットタクシーの車は軽三台と、ワゴン車二台の装備を紹介して、ショップは手作り料理のケースなど。

追加でお願いしたビデオも、渡辺さんが編集してくれて、一本目と合体させて、物語みたいになった。

やっぱり、英美さん、モデルの娘さんと一緒に出たがって、マイク握って、ナビゲートして。山崎さんのクリーニング店で躓いて、

「アッイテッ、山崎！　こんなところにヒモが落ちてんぞ。何だ、ズボンのヒモかよ。ここカッ

トね。あたいと娘、綺麗に撮ってよ」って言ってるところ、娘さんが「私の日常はこの病院でのお手伝いです」なんて言うところも全部、渡辺さん切らずに入れたら、この美人親子、面白いって、ユーチューブで評判になった。確かに、映像で見ても、英美さん親子、やっぱり美人だわ。

ある日、町工場の町田さんが、裕司さんとやって来て、メグ先生に抱きつかんばかりにお礼を言っている。

「ご挨拶が遅れました、北村さんから、いろいろ、うかがいました。ありがとうございます。命の恩人です。北村さんのところの専門子会社工場になりました。でも、経営権はそのままでといってくれました。従業員も守れました。あなたのお陰です」って、メグ先生の手を握って離さない。

「儲けましょ。これからも、みんなでアイデア出し合いましょ。そうだ、裕司、今度、元央と遠藤さん、石井さんも呼んで、久松で鳩首会議しないか。工房の新入社員になる山田君の親父さんのところも板金工場やってる。とてもいい人だ。呼ぼうよ。みんなで、バカッ話しないか？　俺もたまには、ノンアルじゃなくてほんものの酒、飲むよ」ってメグ先生。

テレビなんか嫌だよ　でも押し切られちゃって

そしたら、ユーチューブの影響なのか、新聞、テレビから取材申し込みが殺到した。

「俺に取材？　嫌だよそんなの。俺も朱美だって、ビデオ、後ろ姿だったじゃん。俺たちはそんな表舞台に出なくてもいい。英美ならいいんじゃないか？」

「電話ばかりで、業務に支障が出るの！」。彩さん真っ赤になってる。

「嫌だよ」

「本気で取材対応、英美でいいって言ってるの？　それは悪いけど、私が絶対阻止する」

「じゃあ、お前が対応しろよ」

「メグ、あんた院長なんだよ」の言い合い。

ある日、彩さんが、

「何とかテレビの梅沢さんという方からお電話で～す。大学の先輩だって言ってるよ」

「えっ」と言ってメグ先生すぐに替わった。

「先輩？　ご無沙汰しちゃって。この前、お会いしたのはもう、三年前でしたか」

「ホームページ見たよ。あの美人のショップの親子、面白いな。娘は人気のモデルなんだってな」

「えっ、そうなの？」

「お前も相変わらずそういうことには疎いな。好感度が上がってユーチューブでも騒がれてるぞ」

「うちのペットショップの娘なんですよ」

「そうなんだってな。でな、単刀直入に言う。撮影させろ。取材もだ。打ち合わせに行く。今日、夜六時ならいいだろ？　久松も吸収したんだって？　うちのクルーが猫の診察かねて偵察に行ってきた」

「えっ？　誰だろう。参ったなあ、分かりました。それじゃ六時に」

「やけに素直じゃん。梅沢さんて誰？」って彩さん。

「経済を教えてもらった先輩。断れない」

「学部が違うじゃん。そう言えば元央も建築か。システムの先輩も工学か。せんぱーい、あなたは、どれだけ付き合いが広いの？」

「えっ、俺、友達少ないよ」

「なに言ってんだか」って彩さん笑ってる。

梅沢さん、東京から社旗つけたハイヤーで五時半には着いちゃった。おばちゃん、おじちゃんに「久しぶりですねえ。覚えてます？」なんて、なれなれしく話しかけてる。

「焼酎一杯、先にもらっとくかな。ここの餃子旨かったな。そうだ、ハイヤーの運転手にも一人前、運んでやってよ。いや、呼んでくるわ」なんて切り出す。

六時五分にもなってないのに、メグ先生と朱美さんが「遅れちゃって」と言って慌てて久松に入ってきた。

「ようよう、いつものカップル。おばちゃん、もう一杯くれる？」なんて言って、ペラペラ話し出す。なっ、なっ、という声ばかり聞こえてくる。

「いや、それは」「ちょっと、そこまでは」とか、メグ先生と朱美さんの声が聞こえる。

一時間くらい経った頃、

「まあ、任せろ、なっ、なっ。いけねえ、これから社に上がんなきゃならない。じゃあ、よろしくな」って、メグ先生が、

「アッ、ちょっと待って」というのに帰っちゃった。メグ先生と朱美さん、あっけに取られてる。それに二人とも何も食べてない。

「参ったなあ」って考え込んでる。「ご飯、残ってる？」って聞いて、朱美さんが頷くと、

「おばちゃん、ごめん、餃子三人前包んで。梅沢さんは払ったの？　えっ？　じゃぁその分は俺が。朱美払って」ってメグ先生、餃子ができると、また余計におカネ置いて、朱美さんの肩抱いて自宅に戻っていった。

「しょうがないよ。投資も教えてもらって、ちょっと俺とは考え方は違ったけど、本当に親切にしてもらったんだ。この病院の礎作った一人ともいえるし」。「そうね」……。

凄い取材クルーが来た。この前のビデオ撮影とは規模がまるで違う。車で、蔦が絡まるフェンスから撮り出して、地下駐車場に入って、エントランスに入るところまでも撮ってる。壁に貼ら

れたポップも舐め回すように撮ってる。

受付を通って、三つある診察室と手術室、レントゲン室、透析室、入院室まで次々、撮ってる。カメラマンからは広いな、なんて声が聞こえる。それからトリマー室、洗濯屋さん、車いす工房、保護犬猫たちがいるシェルター、ショップ、そして久松まで、次々に撮影していく。マイクを持った人たち、カメラを担いだ人たちがペアで分かれて、責任者たちや、バイトたちにいろいろインタビューしてる。ここは厳しいですかとか、聞いている。

みんないつものようにニコニコして率直に答えてる。「いや、全然余裕っす」って一人の地方出身のF大生が、「これ、全国放送っすか？　親父、お袋、こんないいところでバイトしてんだ。時々、休憩室に泊めてもらってるんだ」なんて犬、猫両手で抱き上げて笑わせてた。「休憩室？」聞きつけたスタッフが撮らせてよって付いていく。「掃除も僕らがしてんすよ」なんて言って連れていく。

梅沢さんは彩さんから、経理とか、患者さんの予約の仕組みや、スタッフのシフトなど時間割のもととなるシステムのことを熱心に聞いてる。他のクルーは待ってる患者さんのママたちにもいろいろ聞いている。

若くて綺麗なキャスターが五階の自宅のバルコニーでメグ先生にインタビューしている。終わった後、梅沢さんに「素敵な人ですね」って言ったら、「キャスターは絶対ダメ」なんて意味不明なことを言ってた。

四時間くらい経った頃、メグ先生が、「梅沢さん、もうこれくらいでいいですか？　動物たちも、ライトとか怖いんで」

「うん、分かった。それからここに来る前に、柳田と北村の会社にも寄ってきた。みんな頑張ってんな。俺には自慢の後輩たちだ。さっ、みんな帰るぞ、静かにしろよ」って、動物たちが怖がるほどの大きな声で。帰るんじゃなくて、久松にみんなで入っていった。

そしたら、メグ先生のスマホに、元央さん、裕司さん、それぞれから「もう終わったか？　俺たちも来られて驚いた」的なことが書いてあった。

テレビが来たなんて忘れてた頃、また梅沢さんから電話。

「事前チェックしてくれないか、と頼まれたみたいだけど、いや、任せますって断ってたわ」。

病院の電話は、予約制ということもあって、みんな録音されてて、彩さんは全部聞いている。

そしたら二週間後、メグ先生が手術中にまた電話があって、放映日を知らせてきた。来月の第一週目の日曜日の昼二時からだって、彩さんみんなに知らせている。

でもその時間帯はメグ先生、手術時間だから見ることはできない。最近は、よそのシェルターから去勢・避妊手術の依頼もさらに多くなって、それは戻ってきた元卯ちゃん、研修医になった道子さんと信夫さんに任せても、メグ先生には難しい手術が集中している。高橋先生はオーストラリアに戻っていってもういない。

テレビ見て、驚いたのは「若き獣医師の挑戦」なんてタイトルがつけられた一時間半のドキュメント番組になってる。あたしもカナも、久松で見た。最後に、おじちゃん、おばちゃん泣いていた。あたしたちも、ジーンとして、ハンカチで目をぬぐった。

さすがに、あたしたちも、メグ先生をよく知ってる先輩が作った番組で、あたしたちの知らなかったこと、あそうだったのかと、気づかされることも多かった。可愛い後輩を尊敬する気持ちが溢れてる。朱美さんのことも少しバラしてた。「やきもち焼き屋だけど、天使のような彼女が高校時代から支えている」って。いつ撮ったのか、いつものように手を繋いで顔を寄せ合って、笑って街を歩く二人の姿も。

すぐ、両親たちも、目を真っ赤にして久松に来た。パパたち熱燗二本とレバニラと白菜のお握り一つなんて頼んでる。ママたちも熱燗二本にギョーザ二人前お願いしますなんて言ってる。パパたち、

「男の友情を久しぶりに見たな」って、しみじみ話してた。

「あやの婿に欲しかった」。「いや、それはカナだろう」。なんてバカな話を。ママたちは、「朱美ちゃんは本当に幸せな子ね」なんて話してる。

朱美さんはメグ先生と元央さん、裕司さんが、ただ仲がいいだけではなく、関係がどれほど深いか改めて知った。朱美さんは学生時代、メグ先生となかなか会えないのに、二人には定期的に会ってるってこぼしてたから。大学時代から、今の病院の形を考えて、励まし合ってきたことが、二人のインタビューでよく分かる。でも、二人とも、メグがいたからって口を揃えて言って

いた。

でも、メグ先生は朱美さんが見てたビデオを通りがかりにチラッと見ただけで、何も言わなかったんだって。朱美さんが凄いのはメグ先生に、ビデオ見なよとか、内容のことを話さないこと。その時のメグ先生の感情を読み切ってる。

さよならゴン、チャチャ　またいつか

チャチャは毎朝、先生と朱美さんが車いすに乗せて、ドッグランの中を散歩する。でも、半年くらい経った頃、途中、突然、止まって、わんわん鳴き出した。帰っても、ご飯も食べないし、お水あげても戻して血が混じる。そんな日が三日も続いた。メグ先生、朱美さんに、

「もうこれ以上、苦しめられない。安楽死させていいな」って。朱美さん、泣きながら、

「分かった」って。

注射打ちながら、「ありがとう」って、チャチャに言って、メグ先生も少し泣いたらしい。それから、葬儀屋さんが来て、車の中で焼いてくれた。大きな骨壺、渡されて、メグ先生、

「できれば病院と提携してくださいませんか。計画書は後日、送ります」って。朱美さん、泣きながら、

「そうね、揺り籠から墓場まで」って。

メグ先生、突然、骨壺開けて、チャチャの小さい骨を二つ、ポケットから出した小さなロケット二つに入れて、一つを朱美さんに渡した。チャチャに「いつも一緒だよ」って言って。

骨壺を元通りにして、

「俺たちが死んだら俺たちの骨と混ぜて海に撒いてもらおう。俺たちなら、すぐ会える。指輪につけていつもポケットに入れておこう」って言ったら、朱美さん号泣した。

そしたら、チャチャが逝ってから二カ月もしないのに、ゴンも急によれよれになり出した。

「そりゃあ多分、人間でいえば、百歳はゆうに超えている。相棒亡くしたからな、励まし合うこともできない。これからお漏らしも多くなるし、夜鳴きも多くなる。もう、目も見えていないいんだ。歯も犬歯はとっくに抜けちゃったからな。でも、目は濁ってない。

どこを触っても痛みはないようだ。綺麗なお爺ちゃんだ。でも、女の子のような気がしてきたよな。痩せたなあ」

ニャーとも言わなかったゴンは、最近は、大きな声でニャーニャーと言いながら徘徊してる。

メグ先生、毎日ガーゼで、優しく体拭いている。よたよたして、トイレまでたどり着けない。

おむつもあるけど、もういいやって、チャチャの時と同じようにクッションを寝室からリビングに持って来て、周りにペットシートをたくさん敷いた。

「ウンコも、オシッコも好きなところでしちゃえ。夜は一緒に寝ような。おねしょしてもいいよ。でももうあまり出ないよな。飯もあまり食えないし」ってメグ先生、一生懸命ゴンに話しかけてる。勉強も本を読むのも、腹ばいになってゴンの横でしてる。

もう食事は自力では摂れない。メグ先生と朱美さん、老猫用のフードをふやかして、どろどろにして、注射器に入れて、赤ちゃんみたいに抱いてゴンの口に注射器で少しずつ入れている。お水も、細い注射器で飲ませている。

メグ先生、ある夜、元央さんと、裕司さんを呼んだ。

「そろそろ、お別れだ。ゴンもチャチャも可愛がってくれて、ありがとう」。二人とも、今にも泣きそうな顔をして、なかなか声が出ない。話そうとするメグ先生を手で制して、

「ちょっと待ってくれ」って元央さんが、裕司さんの肩を掴むと、二人とも、ゴンをさすりながら、しばらく、嗚咽が止まらなかった。ゴンは目をつぶったまま。息も浅い。

しばらく経ってメグ先生、話し出した。

「裕司さあ、注射器に入れるのはチャオチュールでもいいんだけど、老人のゴンの腹には負担が重い。食べられなくなった老猫用のジェル状のもの、緩いやつ、作らないか。

注射器でこうして食べさせることを知ってる人もあまりいない。数量は出ないかもしれないが、価格は高くてもいいんじゃないかな。注射器の代わりにスポイトにして一食ずつってのは作れないかな。消費期限も比較的長いの。逆に乳児用のスポイトミルクも検討してくれないか？それは太い形の。

それから、大きなペットシート、町田さんに相談して。大型犬用のペットシートなら、こうして何枚も敷く必要はなくなる。それから忘れてたんだけど、診察台のペットシートも頼んで、もう在庫が少なくなってる」

「元央さあ、ふと思ったんだけど、その大型のシートを囲む、大型犬用のシステムトイレ、設計しないか？　オスは後ろ足上げるから、三方は高い壁にしたやつ。その三方にもペットシートが貼れるヤツ。

うちとか、シェルターには、お前が設計段階から組み込みで作り付けてくれたけど、普通の家じゃ、そうもいかないと思うんだ。でも、大型犬を飼うようなお宅は経済的に余裕があると思うんだ。ペラペラのプラスチック製のじゃなくて、がっしりしたヤツ。インテリア風にすれば、不要になった時、家具としても使えるヤツ。協力工場に相談してみないか？

裕司のところの町田さんのところでできるなら頼めばいい。そう言えば、工房の山田君の実家は板金工場だ。一回聞いてみてよ。新規の住宅なら据え付けてもいいんじゃないか。どうかなこのアイデア」

二人とも、「分かった」と言いながら、ゴンを撫で続けている。

次の日の明け方、朱美さんが見つめる中、ゴンは先生の腕の中で息を静かに引き取った。その日の内に同じ葬儀屋さんに来てもらって家族葬、外の車で焼いてもらって、小さな骨壺を受け取った。チャチャの骨壺に比べたら五分の一ぐらいの小さなもの。

あの大きなリビングの本棚の一角に並べられて、仲良く遊んでいる写真も供えられた。知らせを受けて急いで来たカナママ、号泣した。

そしてゴンのロケットが一つずつ、チャチャのと同じようにメグ先生と朱美さんのポケットの中で、鉄の指輪と結ばれていつも入っている。

朱美さん、寝込んだ。でも、先生は何事もなかったように診察してる。でも、目は真っ赤。シェルターに、朱美さんが、ふらふら来て、この子とあの子、ゴン・チャの二代目にするって、首輪にカードつけて、十万握って、彩さんのところに行った。

あまりによたよたしてるんで、シェルター番のミネちゃんも驚いて、支えながらついていった。

「自分たちの子を作ればいいじゃない」って彩さんが言ったら、

「メグのヤツ、パイプカットまでしてる。誤解しないで、インポじゃないよ、凄いよ、夜は凄く可愛がってくれるんだから」って消え入りそうな声で、まるで夢遊病者みたいに言って、ミネちゃんに支えられて自宅に戻って行った。

後でメグ先生、シェルターに来て、

「おう、君たちがママのお気に入りか」ってシェルターで遊んでる犬と猫に聴診器当てて、もにゃもにゃしゃべりながら、診察している。

「ミネちゃん、ごめんな。明日には朱美、きちんとするから。謝罪させるね」って二匹を連れて自宅に上がっていく。二匹だけじゃなくて、ここの保護犬猫はよく躾けられてるし、みんな先生、朱美さんには懐いている。

「ほんとは、全部うちの子にしたいんだけど、そこは我慢して、いい飼い主さん探してあげなきゃ」って、メグ先生いつも言ってる。

ゴン・チャⅡは生まれて一年というのが、メグ先生の見立て。甘えたがり屋で、ベッドにもどんどん乗ってきちゃう。チャチャは、まだ「待て」が上手くできない。ゴンはチャチャに取っ組み合いばかり挑んでる。

「猫の方が強いのね。前の子たちは、奇跡みたいに仲良かったから、みんなそんなものだと思ってたけど、全然、個性が違うのね」

「喧嘩しないか朱美がハラハラして見てると、ゴン・チャにも伝わるよ。見ない見ない。そのうち、前の子たちみたいに仲良くなるよ。一緒にとんでもない、いたずらもするから。犬猫は愛してやれば結局、飼い主に似るんだよ。それに毎朝ドッグランに出してやれば、みんなとも遊ぶよ」

「チャチャなんて、そら豆の中身じゃなくて、皮ばかり食べたがるのよ」

「塩を水で洗い流してやれば、あげたって平気だよ。前のチャチャだって、キャベツバリバリ食べたし、ゴンもキュウリが好きだっただろ？　そら豆の皮なんて、偉いじゃんか。フードロスにも貢献してる」

「そら豆、これから、お塩入れないで茹でていい？」

「ああいいよ、茹でたのに塩をかければ同じだもん」

「ねえ、愛してる?」

メグ先生、お茶を噴き出した。

「何だよ、突然」

「だって、これまで二回しか言ってくれないし、一回目はあや、カナに聞かれちゃったし。もう一回は結婚式の夜。結婚したら、外国人みたいに毎日、いっぱい言ってくれるかなって思って」

「分かった、気が付いたら言う」

「何よ、それ」

「ごめん、愛してるよ」

「気持ちが入ってない」って朱美さん地団駄踏んだ。

「分かった、分かった。ごめんよ。じゃ、今夜、寝室でゆっくり、何回も言う。久松でスタミナラーメン食おうな」

「うん!」

乳飲み子の捨て犬捨て猫　朱美さんの淡い思い

ある日、メグ先生、保健所から相談があるって呼ばれて、朱美さんとスクーターで出かけた。

そしたら朱美さん、

「目もまだ開いてないじゃない！　どうしたのこの子たち、何匹？　犬猫同時に捨てるってどういうこと？　十匹もいるじゃない！　とりあえず、お湯とガーゼ持ってきて、汚れを取らなきゃ固まっちゃうっ」って叫んだら、保健所の人たち大慌て。

「メグ！　この子、息してない！」。メグ先生、逆さに振ったり、子犬の口と鼻、自分の口に入れて、何か吸い込んで、吐き出した。

「これで大丈夫だよ、羊水が絡まってたんだ。いい子だ、いい子だ、強い子だ」って、朱美さんに渡した。

「門の外に箱に入れられて捨てられてました。ここでは育てられません。何とか、してもらえませんか」って保健所の人言う。犬と猫五匹ずつ。朱美さん、ガーゼでみんなの目やにだらけの顔を拭いたり、お尻拭いたり。

「ねえ、メグ、私、赤ちゃんから育てたい、お願い」

「分かった」

真澄さん呼んだら、真澄さんも、

「みんな乳飲み子じゃない！　朱美、大丈夫なの？」

「うん、絶対、育てる」

この市の保護動物は完全殺処分ゼロ。

「例外だからと言って、老犬も老猫も絶対殺させない」っていうメグ先生の貢献大だ。

帰ったら病室の空いてるクレートにバスタオルとかシュレッダーの紙屑敷いて、犬猫の赤ちゃん全部入れて自宅に持っていく。それから、朱美さん恵美さん呼んで、

「パピー・トレーニングって授業一コマ作れないかな。シェルターの子たちは、やっぱり子犬の方が早くもらわれていく。だから、小さい内にできるだけ躾ける。飼い主さんの子犬も集めたら、どうかしら。子猫もできるかな？」

二人で北村さんが作った使い捨ての大きなスポイト状の容器に入ったミルク片手に子犬、子猫を抱きながら話してる。恵美さんも、

「それいいアイデアかもね。でも、この子たちでテストしてみようよ。トレーナーも、そろそろ増員しなきゃって思ってたし、ここの看板で自宅からお客さんのところへ行って教えてるトレーナーを呼び戻すわ」。裕司さんも時々来て、ミルクの配合を検証してる。恵美さんが、

「このミルクの容器、ちょっと持ちにくい」なんて要望出してたけど、みんなすくすく育ってる。でも一カ月後には離乳食になって、朱美さんの授乳期もあっという間に終了。今度はちょこ

まかちょこまか。でも、一番可愛い時期。

ペットショップが販売できる子犬・子猫は生後五十六日、約二カ月以降なのに、このシェルターは、生まれて三カ月になるまで譲渡しない。でも、やっぱり小さい子は貰い手が多い。首に巻いたリボンに、譲渡先のちっちゃいカードが次々について行く。メグ先生、里親さんに健康状態とか、マイクロチップのこと、ワクチンや、定期健診、飼育上の注意をして、「またな」って渡していく。

恵美さん朱美さんに、

「パピー教室なんて開く間もなかったね。でも、小さい時は、コロコロさせてた方がいいかもしれないね」って言ったら、朱美さん、

「恵美、最初から分かってたでしょ。私が人間の代わりにしちゃってたの。ごめんね。無理なこと言って。でも、楽しかったわ。でもメグの子が欲しいな。あっ、ダメダメ、そんなことメグに言わないでよ。

さっ、次の譲渡会頑張りましょう。あと、成犬二匹と、ニャンコ三匹か、あの子たちもきっとすぐ引き取られるわ。何回も見に来てる人いるから。別のシェルターからまた保護、頼まれているから。教室で何か困ったことない？」

「シェルターの成犬の子たちも、一緒にトレーニング教室で教えようかなって思ってる。朱美もメグもシェルターの子たちを休みに教えるんじゃ大変でしょ？」

「そんなこと何でもないわ。メグと一緒に手伝う」

「ホントに朱美は……」

あたしたちの卒業、パパたちの卒業　そしてスタート

あたしとカナ、卒業を迎えた。

「記念写真くらい撮っておきましょうよ」ってママたち。ママたちあたしたち以上にお洒落して、パパたちもパリッとしたスーツをまとってる。

「娘たちと同じグループで働けるとはな」ってパパが感慨深げに微笑んで言う。

大学の前で撮ったのはほんの数枚。病院の敷地入ったら、パシャパシャ撮り出した。

メグ先生と朱美さん自宅から出てきて、花束くれて。

「久松行こうよ、お父さん、お母さんたちも、おめでとうございます。今日は奢らせてくださいね」って、両親にも花束渡してくれる。

あたしたちは久松に就職が決まってる。実はパパは元央さんのメグ設計事務所、カナパパは裕司さんのメグ動物医薬のナンバー・ツーの専務になってる。

パパたち、ある日、メグ先生と元央さん、裕司さんに、お昼に高級割烹の個室に呼ばれて、

十五分前に行ったら、三人とも下座で、土下座のように頭を下げる。パパたち、「そんな、そんな」って、困ったらしい。メグ先生が話し出す。

「お父さんたちにお願いがあります。この二人の会社は全員が研究者や設計士ばかりで、経理は彩のところが面倒見てくれてますが、彩は意見する立場にありません。経理を含め社員に専門以外のスキルも持たせたい。何とか、お力添え頂けないでしょうか。

お二人が高給取りだということは重々承知しておりますが、両社とも定年はありません。自身でもう限界だと思った時が定年です、その辺もご考慮頂ければいいんですが。これから、二人が計画書をご提示します。二社の社員には営業も交渉の仕方も覚えてもらわなければなりません。そんなマルチな社員に育てたい。社員とそうした現場に一緒について行ってくれませんか？この二つの会社の社員には肩書はありません。一人一人が責任を持つということですが、専門バカが多くて。

実は僕は両社の大株主です。でも、経営に口を出したことはありません。この二人は実力者です。決算の流れも両者から、ご説明いたします。どうか相談に乗ってください。それから、二年後には二人の会社がうちの病院の裏に移転してきます。五階建ての共同ビルにして、最上階は住まいにするそうです。土地は僕が買ってました。売っていただいた農家さんには、しばらく畑を続けてもらってたんですが、高給な老人ホームに移られるそうで、タイミングも良かったんです。

土地は二人が買ってくれるそうです。いろいろな手続きもお手伝いしてやってくれませんか?」。元央さんと裕司さんが、「メグは値上がりする前の価格で土地を売ってくれるって言うんです。

会社の立ち上げから、メグがいなかったら、僕らの今はありません。僕らとしては、メグの動物病院と、マンションを合体させて、僕らが、その下に子会社としてぶら下がることを考えたんですが、メグがそれだけは止めようって言うんです」

「そりゃ、会社を成長させたのは、お前らの実力だからだ。融資した金は全部返してもらっている。だいたい、俺より年商は遥かにでかくなってるんだぜ。俺はお前たちと並列でいたい。すみません、大事な話なのに、僕は病院に戻らなければなりません。二人から、じっくり話を聞いてやってください。何卒、よろしくお願い申し上げます」と言って、帰っていった。

二社の決算内容を見た二人のパパは、

「株主集めれば、すぐにでも上場もできますよ」って。驚いたのは提示された年俸は経営者二人の役員報酬より多い。テレビの影響もあるんだよね、二人の話を聞いて、ビジョンや、メググループであることの強い意志に感じ入ったみたい。それに事情を聴いて、社員教育をしてほしいという願望もよく分かった。

実際、二社には証券会社から上場の話が来てた。カナパパは証券会社勤務だから、上場したほうが資金調達っていうの?　おカネの面でも有利ですよって。うちのパパも、やはり上場してると社会的信用度が違いますって裕司さんと元央さんを説得したんだけど、「いや、やめておきます」って二人とも首を縦に振らない。

「これまでのことを考えても、メグがいたから、無茶もできたんです。でも、知らない株主さんが増えて、いろいろ要求されたりするのは困るんです。僕らの会社は男女平等ですし、協力企業にも納得のいく合理的な支払環境を作っています。会社で使う自動車は全部電気自動車で環境にも気を使っています。それにメグに整理整頓を叩きこまれて、社内も綺麗にしてます。それが当たり前になっています。ＳＤＧｓやら、なんだかんだ言われるのは嫌なんです。社員もみんなマルチ化社員になりたいって願っています。そういう奴らしか採用しませんから。

カネの面ですが、開発費も委託生産費も賄える売上があって、従業員にも世間相場より高い給料払ってます。現預金も積み上がっています。カネはメグがいつでも貸してくれます。

それに、メグが僕らにも教えなかった資金運用について、合同運用してくれるって言ってくれてるんです。あいつは安全運転だから、大儲けはできないと言ってますが、着実に資金を増やしてきたことは、僕らが一番知ってます。それに、もともと、二つの会社も、メグのカネがもとですから。

僕らは会社を着実に成長させて、配当で大株主のメグに報いたい、それだけを励みにしているんです。経営のご助言を頂きたいのです。メグがお父さんたちなら絶対助けてくれるって、それは俺が保証するって推薦してくれました。どうぞ、この若造二人をご支援頂けませんか？」

話し合いは夕暮れまでかかった。彼らが希望することは単純明快だったけど、パパたちもマルチにならなければならない。でも、長いサラリーマン人生の経験を見込んでくれたのだ。パパたち、帰りに小料理屋に入った。

「俺、聞いてて鳥肌が立った。メグ先生にそんなに信頼されたのかって。それに、俺の会社生活はつまらなかったなって思った。いい会社に入って偉くなるんだなんて思ってたけど、彼らの発想はそこにない」ってパパ。

「俺もそう思った。昇進するたびに組織人間になって、大事なもの忘れていた気がする。だけど、あいつら、何かいいことないかな、アッ見つけた、みんなで頑張ろうぜ?って感じだよな。みんなで目的意識をどんどん高めて、モノにしていく連中だな。俺たち、そんな経験したか?役職がつくのは俺たちだけだぜ。俺は彼らのところへ行きたい。人生をやり直したい」

「俺もだ。メグ先生たちと仲間になりたい」

「女房たち、納得するかな」……。

「いいわよ。娘ももう社会人になるし、なんとかなるわよ。あなた、やりたいんでしょ。あなたの力は私が一番知ってる」って、どこかで聞いたようなことを性格双生児ママたちは言ったらしい。

会った翌日、「どうぞ、一緒に働かせてください」って元央さんと裕司さんに申し出た。

ママたちの就職　そして、みんなのメグプレイス

久松に入ったら、

「今日は卒業お祝いだから、僕らも、本モノのお酒、少し飲みます。乾杯しましょう」

パパが「メグ先生はもともと酒豪って聞きましたよ」

「あ、お父さん、お母さんたち、メグ、朱美って呼んでくださいね。あやとカナはダメだよ」だって。

「お酒は今も好きです。高いお酒はよく分かりませんが、ワンカップ大関なんて、冷蔵庫で冷やした奴なんて、平気で一気に五本くらい飲んでました。でも、学生時代、アルバイトで行ってたシェルターの老猫の最期を看取ることになって、初めてだったんで、酒を飲むのを忘れて。でも、医者は何があるか分からないから、深酒しちゃいけないって、思ったんです。

ノンアルに切り替えるには苦労したんですが、僕はワインが口に合わなくて、日本酒からまずワインに切り替えて、酒量減らして、ノンアルにたどり着いたってわけです。でも、たまに飲む本物の酒は本当に旨いです」

「でも、あなたたち、野菜も自分たちで作ったり、ほんとうに倹約的で質素ね」ってママが言ったら、

「いや、僕らとしては十分贅沢してると思ってますよ、なあ?」

「そうですよ。少量で高いもの食べてますよ。この間、メグがどうしても食べたいって買った、きゃらぶきの佃煮の瓶詰なんて二百グラムで千五百円もしたんです」。朱美さん真面目な顔で言うから、

「あなたたち、お金が貯まるわけね」ってカナママが笑った。

「さあさあ、何にします? 娘ちゃんたちも無理しない程度にね」

朱美さんが、メグ先生に、

「私たちは久しぶりに紹興酒の熱燗飲まない? 私気づいたの、ここのギョーザと合うのは紹興酒をちびりちびりって」

「そうするか」ってメグ先生が言ったら、両親たちもそれでって言う。

「お砂糖入れてもいいんだよ」ってメグ先生があたしたちに言う。

あたしもカナも紹興酒は初めて。でも、朱美さんが言うように、何ともいい組み合わせ。ザラメ入れて本当にちびりちびりなんだけど、それがまたいいの。でも、餃子一皿なんて、あっという間。そしたらおじちゃんが、

「これ試作品、新入社員さん、味見して」ってレバーの薄い唐揚げ出してくれた。メグ先生と朱美さん、

「ちょっと頂戴」って、一口入れたら「もう、これ旨い!」ってメグ先生大喜び。

「どうやって作るの」って朱美さん聞いたら、

「それは企業秘密だよ。家で出されたらたまんねえよ」っておじちゃん。

パパたちは元央さんや裕司さんの決断力、社員たちが素直であることを褒めちぎってる。メグ先生はそれを聞いて、嬉しそう。

「四カ月に一度くらいかな、ここで、あいつらと工房の遠藤さんや石井君のお父さん、おむつの町田さんもまぜて、鳩首会議をしてるんですよ。次からはお父さんたちも参加してください。

難しい話じゃないんです。ペットを飼ってるからこその、あるある話をするんです。でもそこから瓢箪から駒が出ることがあるんです。遠藤さんのアイデアが、元央の会社のフローリングのもとになってるんですよ。うちにも貼ってあるヤツですよ。スタッフ、バイトの子たち、飼い主さんたちも気づいたアイデアをメールでどんどん送ってきてくれて、毎回、山ほどになるんです。それを商品化できないかとか、話し合うんです。

いいアイデアには、一万円以内で欲しいモノを言ってもらってプレゼントしてるんですけど、特許取れたら、売上の数パーセント渡すんです。ご存じですよね、僕も両社から数パーセント貰ってます」って言ったら、朱美さんが、

「ねえ、私たちも参加したい。メグはどうしてそんなに男の人と固まるの？　家事を多くする女性の意見の方が役に立つのに。責任者の女性も入れるべきだわ」って、大学時代にメグ先生と裕司さんと元央さんの会議に入れてもらえなかったこともあるからなんだろう、やけに熱い。

「そうだな。そうしよう。それじゃあ、年三回、久松でしよう」ってメグ先生が言うと、自分で言ったくせに朱美さん、

「いいの？　私たちみんなおしゃべりよ。話まとまらなくなるんじゃないの？」なんて聞いてる。

「いいさ。まとめるのが俺の仕事だ」って、メグ先生、朱美さんの頭をポンポンした。

そしたらメグ先生、「もうご家族にお話ししても大丈夫ですよ」って言い出す。

「ああ、僕から言いますね。お母さんたち、娘ちゃんたち、実はお父さんたちの会社は二社とも、うちの病院の裏に移転してきます。五階建ての一つのビルに二社が左右に入ります。もちろん設計は元央です。元央と裕司の自宅も最上階に作るそうです。

病院の敷地と新会社をぐるっと回れる散歩コースも作ります。既にゼネコンに発注しました。一年後にはご一緒できます」。パパは、

「試作室も作るし、展示住宅も一棟建てるんだ。あっそうだ。元央さんが今度、シェルターの子たちを貸してくれって。あまり躾けられてない子たちが、家の中でどんな動きをするか知りたいって、この間、朝礼で言ってました」。カナパパは、

「ペットフードの試食も目と鼻の先でできる。薬剤師は俺が代わりに常駐するかななんて、裕司さんが言ってますよ」って嬉しそうに言う。

そしたらカナが、

「みんなのメグプレイスね」なんて上手いことを言う。

ママたちは黙って聞いている。そのうち、「熱燗追加ください！」なんてピッチが早い。「おい紹興酒じゃなくていいのか」ってパパ聞いてるのに、そしたら急に、

「あなたたちズルい！　帰ってくれれば、楽しそうに話してる。みんなメグ先生絡み、私たちだけが仲間外れ」って眉吊り上げている。

追加を運んできてくれたおばちゃんに、ママたちガバッと立ち上がって、

「私たちをここで働かせてください」って。おばちゃん、驚いて、

「あんたー」って、おじちゃんを呼んだ。

「奥さんたちがここで働きたいっていうんだけど」

「えぇー？　そんな奥様たちにとんでもないですよ」。そしたら朱美さんが、

「あら、おじちゃん。私だって奥様よ。いいじゃない。人手が足りないでしょ。料理人も二人じゃ大変。あや、カナはこれからが修行本番だし。それに、やっぱり信用できる人が一番。ずいぶん儲けてるって彩から聞いているわよ。お母さんたち、お握り、ホットドッグ、ハム・キューリサンドだけなら、うちに来て、時々練習して、ここと全く同じ味だよ」。実は朱美さん、ママたちから相談を受けていたらしい。もちろんメグ先生にも筒抜け。メグ先生も、

「いい話じゃない、そうしなよ、でも、あやも、カナも凄いライバル登場だな。この間、おじちゃん、おばちゃんの後を継ぐんだって言ってたじゃん」

「先生のおしゃべり！」って、あたしたち思わず叫んだ。

「おじちゃん！　土曜か日曜日、私とお母さんたちと、あや、カナに料理教室開いてくれない？　私も時々じゃなくて、決まった日に教えてもらえれば嬉しい、できれば、土曜日の午前中とか」

「俺にも教えて」

「あなたはいいの。だいたい休診日じゃないわよ。私は休ませてもらうけど、お昼は持ってくから、おとなしく待ってるの。ああ、おじちゃん、岡持ちってどこで買うの？」

「頼んでやろうか？」っておじちゃん言ったら、

「あたしたちの分も頼みます」ってママたち。そうなの。元央さんと裕司さんの会社は土日休みなの。

　おじちゃん、料理教室、土曜日の午前中で快諾してくれた。

「おじちゃん、上手くいったら、マンションの人たちにも広めていい？　それからお父さん、お母さんたち、出勤する時、犬猫ハルはシェルターで預かりますよ。お父さん、お母さんが出勤したら、あの子たちお留守番で可哀そうですから。お帰りになる時に連れて帰って頂ければいいですよ。ただ、普通一匹に付き一日二千円頂きますが、月二万でいいです」とメグ先生が言ったら、おじちゃんも、

「じゃあ、料理教室も、お一人、材料費込みで一回二千円ってことで」と言って、みんな大笑い。

　そしたら、メグ先生、

「お母さんたち、寂しい思いをさせて申し訳ありませんでした。今日は、あやとカナ、うちで預

かりますから、ご夫婦でごゆっくりしてください」っていうのを聞いて、あたしたち、万歳。両親、真っ赤になって、「それではそうさせて頂きます」なんて、素直に頷く。

その夜は楽しかったな。メグ先生のお家で、朱美さんのトレーニングウェア借りて、シェルターの子たちとも遊んで、ジョギング、メグ先生の日常の一端も経験できた。それにカラオケ大会、何曲歌ったかしら。先生と朱美さんの弾き語りもたっぷり聞けた。ゴン・チャもワウーなんて声出してた。

久松にはF大のスポーツ部の連中が、「おじちゃん、おばちゃん」ってぞろぞろ来る。そりゃそうだよ、食べ過ぎても学生にはおまけしてあげる。「あんたら動物病院の院長先生に感謝するんだよ。あたしらの自慢の息子なんだからね」って、おばちゃんしょっちゅう言ってる。料理は子供用、女性用、サイズ別にも応じる。

女の子たちなんて、ホットドッグとコーヒー持って、ドッグランのベンチに座って、ワンニャン教室とか、遊び回るゴン・チャⅡや保護犬・猫、預かりの子たちを眺めたり、一緒に遊んでる子もいる。

あたしとカナを見かけるたびに、「先輩！　いつもお世話になってます」って言ってくれる。ママたちは「お母さん」って男の子たちに呼びかけられると、デレェーッと対応している。男の子を持ったことないからね。

町でメグ先生と朱美さんを見かけると、手を振る学生が多い。「いっつも手を繋いでるんですね。カッコいい、なんか外国映画を見てるみたい」って後輩の女の子が言ってた。メグプレイスにある会社は、優秀なパートさんバイトさんがいつでも採れる人気ぶり。

男三人の絆

「今日はちょっと早いけど、二時間だけディーリングルームに籠らせて」ってメグ先生が言った夜、裕司さんと元央さんが、メグ先生に頼まれたものを携えて自宅を訪ねてきた。

「ごめん、今あそこに籠ってるの。もう一時間以内には出てくるから、ちょっと待ってて」と言って、朱美さん、お茶漬けを出した。

「ねえ、二人にちゃんと聞いておきたいんだけど、大学時代、あなたたち三人で、何、話してたの？　そもそも何で知り合ったの？」

二人が交互のように答える。

「何ってなア。俺たちみんな高校も、住んでた場所もばらばらだったけど、元央と俺はメグのこと知ってた。もちろん顔は見たことなかったけど、進学校の成績上位の奴はほとんどメグの名前は知っていた。全国模試でずっとほぼ満点、ダントツのトップだったから、東大に入って、どんな奴だと思って、探し出して会いに行ったんだ。そしたら、建築学科の元央も来てたんだ」

「俺たち、お噂はかねがねなんて言ったら、何か食いに行きませんかって誘ってくれた。そしたら、お二人とも、寮ですよね。うちに来ませんか?と、言うんだよ。行ったら、大学の近くの立派なマンションに住んでる。

君の家?って聞いたら、いや、借りてるって。でかいし、よく片付けられている。金持ちのボンボンかと思ったけど、聞くのは野暮で」

「レトルトのカレーもあるけど、どうしても食べてほしいものがあるって、でかい炊飯釜と、樽があるキッチン行って、これと同じお茶漬けを作ってくれた。何杯、食ったかな。大きめの茶碗で、四、五杯食ったよな」

「俺たち、地方出身でカネ持ってなかったから、メグの家によく行って、カレーとか、鍋も作ったよな。メグがいい材料買ってくれて、あいつ料理も上手いし、下手な店より旨かったな。

でも、あいつ、カネはあるのに、俺たちよりバイトして、授業終わったら、スクーターでドッグトレーナーとか、トリマーとか、シェルターのバイト、獣医の手伝いなんかで忙しいんだ。そのくせ、夜はしっかり勉強している」

「俺たちが女の子の話をしてても、ニヤニヤ聞いてるだけで。でも朱美を紹介されて、なるほどなって思ったよ」

「朱美、お前、やきもち焼き過ぎ。俺、そんなに信用されてないのかな、なんて、メグ時々言ってたぜ。夢中って素振りは見せないヤツだけど、男の俺たちから見ると、朱美のこと愛してるぜ、なあ」

「メグに女の子紹介しても意味ないって思ったし、あいつ、そんなことリクエストしたこと一度もなかったよ」

「大学一年の夏休み前、俺は獣医になるって、胸の内を明かしてくれた。それで、三十には病院を作る。お前たちに手伝ってほしいって。裕司は医薬希望だけど、動物医薬も研究しないか？元央には病院の設計を頼みたい。動物絡みの住宅のアイデアもあるって」

「二人は会社に入るんだろうけど、いずれ独立して、俺と大同団結しないか？　実は親の遺産で投資を始めて、一年で一億貯めた。何とか、二十五までに、十億にする。土地も、実家の町に目星をつけている。

　独立したら、俺の町へ来てもらうことになるけど、いい場所だ。どうだ。夢みたいな話か？俺も必死に勉強する。夢でもいいじゃん、実害はない。これから、月に一度、会わないか？と言われたのが会合の始まりだ」

「でも、それが三週間に一度、二週間に一度になっていった。俺たちも惹きこまれたんだ。あいつ初めから、この病院をイメージしてた。俺たちはメグの発想に驚かされたり、俺たちが何をすべきかとか、いや、違うな、俺たちも、好きでメグの方向性に沿っていった。

　開発の話も、設計の話も、嬉しそうに聞くんだ。これとこれを組み合わせたら、なんて話をしたなあ。それが俺たちの会社の製品のベースロードにもなってる」

「計画より遅れたが、あいつ、本当に十億貯めた。三年後開院するって。しかもその前に土地は手付金じゃなくて、完全に買ったって。元央が一番大変だったよな。カネは前払いしてもらったけど、独立して会社には頼れない。初めての設計責任者だったんだ。でもゼネコンとか工務店の付き合いはあったから良かったよな。

朱美はカネのこと何も知らなかっただろ？　心配するから話せないって言ってたんだぜ。これだけは胸にしまっとけよ。あいつ、投資で二回、短期の大勝負をかけた。その時、正直、恐いなって。でも、朱美だけは絶対に守るって言ってたんだぜ」

「メグは俺たちの会社に出資してくれて、カネも貸してくれた。俺たち、特許もいくつか取ったり、上場のお誘いが来るくらい、成長もしている。あいつのお陰だ。

でも、大株主だからと言って、口を挟むことは一切ない。むしろ、現場の強みでいろんなアイデアを出してくれる。それをネタに話し込む。今も、学生時代のままだよ」

「あんなに素直なやつはいない。誰の話も真剣に聞く。それをどんどん吸収して、自分でこなしていく。競争には興味ないけど、勉強はいつも一番。あいつは超越してんだ。飛んでるんだ。でも、あれほど考える奴はいない。俺たちが親友でいられるのも、あいつのキャラクターかな」

「もし、俺たちが女だったら、絶対にあいつの女になりたい。朱美が心配する気持ちは痛いほど分かる」って二人笑ってる。

「そんなところだよ」

朱美さん、それにしても、用意周到な人って思った。そして、やきもちが、信用されていないと思わせたことを後悔した。それに私を絶対守るなんて、部屋から引きずり出して、抱きしめたい。もうやきもちはやめる。でも、できそうにないな。あの人、うんと小さくして、ポケットに入れて歩きたい。異常だわ、私って、と思った。

ディーリングルームから出てきたメグ先生、

「悪い。お待たせ。今期は一千万にちょっと満たないけど、利益確定したから会社に振り込んどいた。あれ、新しいのできた？　大型犬用トイレの見本。見せて見せて」って、また三人の会合が始まった。

「この人の頭の中、どうなってんだろ。でも約束通り二時間で出てきたから許そう」なんて、朱美さん胸が高まるの抑えるのに懸命だった。

化けて出てきたら　そいつを抱くよ

休診の日、メグ先生と朱美さん、トリマー室を借りて、ゴン・チャⅡと保護犬・猫を洗いに行った。

「ねえ、何でここまで動物が好きなの？」

「朱美だって負けず劣らずじゃん。どうして、と聞かれても分からん。俺ね、朱美が健康で良かったと思ってる。アレルギーもないし、病気もしないし、動物にも平気で接してくれる。有難いと思ってる、じゃなくて、愛してる」

「いいわよ、無理して言わなくたって」、朱美さんくすっと笑った。

「俺、保健所通いしてただろ？　収容されてくる犬猫たちはみんな汚くてな。俺は片っ端から、洗ってやったよ。保健所に連れられてくる子たちはみんな怯えてる。死の臭いがするんだろうな。運良く、飼い主さんが迎えに来た犬は、捕まる前まではヤンチャだったのに、家に帰ったら、とてもおとなしくなって、散歩の時は飼い主さんにぴったりくっついて歩くって、後で偶然会った人に聞いた。

死の恐怖を味わってそうなったのかな、なんて動物心理学を研究している人に大学入ってからいろいろ聞いたよ。人間と同じで、動物も死の恐れが心に刻まれるらしい。でもね、ある時、太い鎖に繋がれて、散歩にも連れていかれずに、飼い主から暴行を受けている土佐犬を引き取りに行った。『そんなバカ、持ってってくれ』と言われて、連れていこうとすると、飼い主を振り返ってクンクン鳴いて、踏ん張って、なかなか行こうとしない。

死の恐れだって抱いていいのに、犬って奴はどんな飼い主にも忠誠心を持ってるいるんだなと思った。猫もそうだと思う。犬猫をいじめる人や捨てる人は、あまり彼らに話しかけない。でも、話せば分かるんだ。ぶったり、蹴ったりしなくても。座らせて、いけないと繰り返せば、そのうち分かる。猫も一緒だよ。何かできたら褒める。

引っ張り癖だって、ちょっと立ち止まって、待って、待ってと繰り返して、しゃがんで、頼むよ、って言えば分かる。名前をよく呼んでやれば、振り返りながら歩くようになる。いつも褒めてやるんだ。俺は、犬も猫も、人の言葉、理解してると思ってる。だって一万年以上も人と暮らしてるんだぜ。彼らがしゃべれないだけだよ。

犬、猫は、触りまくってやるんだ。子供のうちならなおさらいい。他の人にも、そうしてもらう。そうすると、犬・猫は肌身で人間を理解する。優しい気持ちで接してやれば、それも伝わる。馬も牛もイルカもモルモットも同じだ。

でも、初めて、マンションにゴン・チャ連れていった時は、朱美は苦労したよな。床にかばん置いたら、ゴンが中身全部出して潜り込んだり、チャチャがバッグのベルトくちゃくちゃになるまで噛んで。携帯もかじられて、お前、泣いちゃったよな。

俺も、実際に飼うのは初めてだったけど、蚊に刺されてフィラリアになったり、ウンコして周りに迷惑かけたり、外で飼うのは避けたくて、ペット可マンションを選んだんだ。

それに犬猫は本来、綺麗好きだと思うんだ。体も汚れる外では飼いたくないとずっと思ってた。それに、日常的に同じ場所にいたかった。

それでも、朱美はよくやられたよな。ちょっとの間と思って荷物を床に置くと、必ずゴン・チャにいたずらされて、よく口を手で塞いで叫んでたよな。物は絶対、下に置かないなんて、玄関のドアに張り紙したり。電気のコードも噛むから、上げなきゃならないって、二人で大工仕事したよね。でもそんな悩みは、元央がこのマンションで解決してくれた。

トイレもなかなか覚えなくて。よく失敗したけど、上手くできて褒めれば、一カ月もかからなかったろ？　今は、裕司が作った無臭のおしっこ、ウンチ誘導剤で、トイレをすぐ覚える子たちもいるし。保護の子たちもシェルターで自由にさせているけど、みんなトイレは失敗しない。ドッグランに放してても、もよおしたら部屋に戻ってするくらい。やっぱり、裕司は凄いよ。ゴン・チャを連れてきた時、朱美もいるし、これで十分幸せな生活じゃないか、と思った。ゴン・チャも日々、年々、可愛くなって、動物がこんなに心豊かにしてくれるものなのか、と実感したよ。朱美だってそうだったろ？」

擬人化というより、この人は人間と同じ生き物として動物を見てるんだと、朱美さんは思った。

「ねえほら、近くの公園行ったら、いろんな飼い主さんと友達になったじゃない。一緒に歩きましょうとか、持ってきた手作りのおやつをくれたり。楽しかったね。獣医の研修医ですなんて言ったら、即席の診察場なんて作ったわね。

でも、私、正直、とても嫌だったことがあるの。メグ、公園までの行き帰り、不燃物のゴミ置き場ばっかり見て、まだ使えそうなじゅうたんを捨ててる人なんて見たら、それくれませんかって平気で。洗って干せば、ゴン・チャのいいベッドになるって。

花屋さんが捨てようとしている花を吊り下げてたネットを見たら、あれで三方囲んで、シートを貼れば、チャチャが足を上げておしっこしても大丈夫だなんて言って、もらっちゃう。器用だから、すぐ作っちゃうのは凄いんだけど。

本とか、教科書まで、アッ懐かしいなって言って、拾って天日干しして、鼻くそほじりながら、嬉しそうに読んでた。拾うっていう行動が、しかもゴミ置き場からも持ってきちゃうというのが、なんか、嫌で、恥ずかしくて」

「そうだったの？　言えばよかったのに」

「でも言ったら、叱られると思って」

「俺ってそんなに怖いの？」

「ううん、怒ったことないし、どこでスイッチが入るか分からないから」

「何だよ、やっぱ恐れてるじゃん。俺、何でも話してるのに」

「ごめんね」

「何でも言えよ。あのね、俺がもの拾いを平気でするのは、ペット飼うにはそれなりにお金がかかるからだよ。でも、おカネがない人でも捨て犬・捨て猫を放っておけず、飼ってくれる人がいっぱいいる。ある時、長距離トラックの運転手さんが助手席に可愛い犬乗せているのを見て、声をかけたんだ。いつも一緒でいいですねって。

まだ二十歳そこそこくらいの若い人で、長距離運転中に、高速のパーキングエリアでその子を拾ったんだって。『おしっこも、ウンチも、駐めたところできちんとするし、いい子なんですよ。

でも、ペット用品って高いじゃないですか。全部は買ってやれないな、と思ってたら、運転してると、ゴミ置き場なんかに、この子に使えそうなものがよく捨ててあるんですよ』って聞いたんだ。いいアイデアだなあ、と思ってさ」

「そうだったの。でもね、ほら、あのゴン・チャのお風呂。ベビーバス見て、おっ、と言って、スクーター止めた時、私、悪い予感したの。だいいち、大きくてスクーターじゃ運べない。

そしたら、座席の下からロープ出して、『朱美悪い、お前の背中に括り付けさせてくれ。そうじゃないと、お前を乗せて行けなくなる』って。嫌とは言えずに、私、誰にも顔を見られないように、メグの背中にずっと顔うずめてたのよ。

それなのに、『買ったら幾らくらいするんだろうな、これは俺たちにとっては一生ものだ、いいもの見つけた、いいもの見つけた、今日、みんなで、お風呂にしような』なんて。よその人が聞いたら、ちょっと、いかれた夫婦に見られるようなこと、スクーターだから、聞こえないと思って、大声で言うんだもん。

でもね、帰って、お風呂にしたら、バスタブには二人でゆったり入れたし、あの子たちも温かいお湯に目をつぶってベビーバスにゆっくり浸かってるのを見たら、私がお風呂に割り込んだ時、あの子たち上せてたかもな、なんて思ったわ。

そのうち、私も、会社の行き帰りに、ゴミ置き場を覗くのが習慣になっちゃって、ぬいぐるみなんて見つけると、ゴン・チャのいいお土産になるなんて、そおーっと、持ってくるようになっちゃったのよ。今、真澄の車の後ろに敷いてある毛布も、私が粗大ゴミ置き場で見つけたものなの」

「そうなのか。嬉しいな。動物には新品よりも、人が使いこなしたものがいいことがあるんだよ。特に犬、猫は鼻がいいからね。使ってた人の人生、考えたりして」

「おお、スピリチュアル」

「実はさ、前のゴンの最期の時に添い寝してたら、ニャーじゃなくていつものオッオッオッて言い出して。それがパパ！　生きて！って聞こえたんだ」

朱美さん声を震わせながら、

「死んだ子たちが、虹の橋のたもとで待ってるってのも、信じる？」

「もちろん。俺もあいつらと一緒に朱美を待ってるよ。平均寿命から言ったら、朱美の方が長生きしなきゃならない。もし、朱美が先に逝ったら、浮気すっからな」

「よれよれでも、まだ、できるって言うなら、どうぞ。でも、絶対に化けて出てやる。絶対一人になんかさせない！」

「それなら、そいつを抱くよ、一時間も待てない。早く出て来いよ」

朱美さん、にやりと笑って、メグ先生の髪の毛引っ張って、ほっぺにチュッとした。

ちょい悪オヤジ復活　ホントに東大？

　みんなを乾かして、ドッグランに放して、ベンチに二人で腰かけた。二人ともびっしょり。

「三十分も座ってれば乾くわよ」なんて、朱美さん、それって、女性の発想なの？

「あれ？　清水さんじゃない？」

　向かいのベンチに、経済雑誌を作ってるロマンスグレーの今でも十分もてそうな清水さんが、なんか寂しそうに、ボーッと座っている。確か六十六歳。その世界では有名な人らしい。

　今は、若手に編集長を譲って、「自宅からリモートワークで最終確認するだけ」って言ってるけど、「それが一番大変じゃないの」ってメグ先生は思う。出社は月二回って聞いてる。

　でも、半年前に奥さん亡くされて、十五年も共に暮らした雑種犬のテル君も三カ月前に老衰で亡くした。メグ先生が最期を看取って、契約している葬儀屋さんがやっぱり車で火葬してくれた。

「寂しいだろうな、でも、声をかけるのは、おせっかいになるかも知れないし、その辺、難しいよね」

　そんなことを話してたら、首にブルーのリボンを付けた保護猫の通称ブルーが清水さんに近づいていく。ここの保護した子は、みんな色違いのリボンを巻いて、その色で名前を呼ばれている。新しい飼い主さんが、好きな名前を付けられるように。でも、多くの里親がだいたいみんな、リボンの色をそのまま名前に使ってる。そのままじゃなくても、例えばオレンジ色ならみかんとか。

清水さんが膝の上にブルーを乗せたのを見て、こっちから手を振った。そしたら、立ち上がって、こっちに向かってくるけど、足元がなんかふらふらしてる。急いで、こっちから駆け寄った。

「どうしました?」

「いやねえ、散歩も行かなくなったし、デスクワークばかりで、足腰が急に弱くなったんだ」

お酒の臭いもプーンとする。

「ごめん、臭うよな、朝から飲んじゃう時もあるんだ。正直、寂しくってな。仕事も酒抜きでは、やる気が起きなくて。でも、責任があるからね、意地で仕事すると、また、酒の悪循環……。この子、もらえないか? 猫を飼うのは初めてだけど、ここのドッグランで、女房とも猫には慣れたんだ」

「分かりました。いいですよ。ただ、五万円頂きますが」。「うん、知ってる」

「その前にご自宅に遊びに行ってもいいですか? 猫が住めるような環境をアドバイスしたいのですが」

朱美さんはメグ先生のこういう心使いと表現の仕方も好きなんだ。

「それはありがたいな、ちょっと汚れているけど、来てくれるか?」。清水さんだって、頭のいい人だ、そんなことは分かってるか。

「じゃあ、この子たち、一日、シェルターに戻してきますから。ゴン・チャもみんなと遊んでて」と言って。メグ先生と朱美さん、清水さんについていった。

清水さんの自宅は三階の三〇三号室。メグ先生と朱美さん一度ずつ、元央さんと一緒に点検でお邪魔したことがある。奥さんが元気な時は綺麗に片付けられていて、整理整頓魔のメグ先生は「綺麗に使って頂いて、ありがとうございます」と言った覚えがある。

ところが、ドアを開けた途端、むっとした臭いが。机の上のデスクトップパソコンの前には書類が乱雑に積み重ねられているし、空のお酒の紙パックも倒れてて、コップも曇ってる。隣の部屋には段ボール箱が何個も積み上げられていて、うっすらと埃がかぶってる。

「ちょっと空気を入れ替えましょうね」って、メグ先生、サッシを全開。

「清水さん、ちゃんと食べてます?」

「いやあ、酒飲むと、飯はいいかななんて思っちゃって」

「お腹減ってません?　朱美、お結びと味噌汁、持ってきて。それから掃除機と雑巾いっぱいとゴミ袋も」

「うん」って言って朱美さん出ていった。

「清水さん、まず食ってください。それから、ブルーを迎え入れるに当たって、少し整理しましょう。あの段ボールは何ですか？　まさか、お引っ越し？」

「いやいやそうじゃないんだ。死んだ女房の着るものとか、テルのペット用品を捨てようと思って。もうこの歳じゃ動物は飼えないかと思って。それにこの際、本も半分くらい整理しようとまとめたんだけど、市の収集はモノによって複雑で、また仕分けしなきゃならない。それで、あそこまでまとめて、力尽きた。そのうち、業者に頼むよ」

「ここは飼い主さんが万が一という時にも、ペットは僕らが面倒見ますし、新しい飼い主さんも見つけます。それは賃貸契約書にも書いてありますよ。

でもそれより、僕は人間の医者じゃないから、正しいかどうかは分かりませんが、清水さん、足が少しむくんでますね。赤ちゃんの足みたいで可愛いですけど。ちょっとしびれた感覚ありませんか？　僕も酒飲むとすぐむくむんですよ。

でも、極力抑えて、最近はノンアルにやっと慣れました。本物の酒飲んだ翌日には走ったり、ウォーキングします。清水さん、禁酒しましょうなんて、僕は言いません。急にやめようと思うと、むしろストレスになると思うんです。嫌いなお酒はありますか？」

「日本酒がダメだなあ。今はもっぱら焼酎のデカパックだよ」

「何本残ってます？」

「あと、四本、あそこに並んでるだけ」

「それなら、日本酒と交換しませんか？　どうしても飲みたくなったら、嫌いな日本酒飲んでください。嫌いな酒は多分、匂いをかいだだけで、あまり進まないと思います。僕もそうでしたから。まず、それから始めませんか?」

「うん、やってみる」

メグ先生、日本酒党の英美さんに電話して、

「ワンカップ、どんくらい持ってる?」って聞いて、「そんなに?」って驚いてたけど、「それなら、一柵、三〇三号室に持ってきて」って。

十五分も経たないうちに、朱美さんがお結びと味噌汁運んできた。

「まずは食ってください」。清水さん、まず味噌汁から一口。

「おー、五臓六腑に染み渡りますな。お結び、これは旨い」ってむしゃむしゃ。

「久松にもセットでありますからね」って朱美さん。

「多分、二週間、節酒すれば、むくみも良くなって、足腰もしっかりしますよ。一分でも腕回したり、足を伸ばしたり、十回でも腕立てとか、腹筋してください。ストレッチもいい加減なやり方でもいいんですよ。

毎朝、みんなドッグランに放してるのはご存じですよね、遊びに来て、ブルーと触れ合ってください。二週間かけてブルー姫のお迎えの準備しましょう。いいですか?」ってメグ先生。

「悪いな、頼むよ」

「さてと、清水さんは、机の上の仕事道具とか、書類、整理整頓してください。書類整理するに

は百円ショップの籠が便利ですよ。いらないものはこのゴミ袋に」と言って、朱美さんが持ってきた九十リットルのデカいやつを渡した。

そしたら、英美さんがお酒持ってやって来た。メグ先生が、

「焼酎四パックと交換してよ」って言ったら、

「丸儲け」なんて喜んでいる。

「これなら蓋がついてますから、一気に飲まなくてもいいですからね。余ったら冷蔵庫に」ってメグ先生、ワンカップの飲み方を説明。

英美さんと清水さんとはドッグランで何回も会ってるから、奥さんやテル君のお悔やみ言って。

「なになに、清水さん、越しちゃうの?」って聞いた。

「いや、女房の服とか捨てようと思って整理したんだけどさ」

それ聞いた英美さん、

「ちょっと待った。中、見ていい?」

「俺も本が見たい」って、メグ先生。

「そうだ、清水さん、ゴミは市の処理場に持っていけば、一気に片付きます。それに本は古本屋に出せば、少しでもおカネになります。車は用意しますし運んでもらいます。それでいいですか?」って聞いたら、

「本当か?　それは助かる」って。

英美さん、朱美さんと、もうさっそく、服の箱開いてる。メグ先生、真澄さんに車の用意頼んだら、掃除用品持って、さっそく来た。

「マイペット切らしてたから、彩も呼んできた」って。

女性陣揃って、服の箱開けちゃあ、

「これ貰っていいですか」、っていちいち聞くから、清水さんは、

「よきにはからえ」なんて、だんだん調子、取り戻してきた。彩さんが、

「下着以外、全部頂いていいですか。こんないいモノばっかり」なんて言っている。

「これチョッと地味だけど、母ならちょうどいいわ」とか、

「後で、ちゃんと仕分けしようよ。だってそれ、私も欲しいもん。でも恵美と琴美、由美に知らせなくていい？　山崎の母ちゃんも、遠藤さんの奥さんも怒るよ、知らせなかったら」

「後で騒ぐぜ、あいつたち。呼んどいたほうがいいよ」って英美さん。

「呼ぶか」って、間もなく勢ぞろい。

「着物も捨てちゃうの？　私、着物持ってない」とか、「それは中年向けよ」なんて、遠藤さんの奥さんの声も聞こえる。「競合したらクジね」とかみんな目の色が違う。

「奥さんおしゃれだったんですね。それにこんなにいっぱい買ってあげて、清水さんも一緒に歩くの楽しかったでしょ」なんて真澄さん言うから、清水さん、ウルウルしてきた。

「君たちが着てくれるなんて嬉しいなあ。うちは息子二人だからな。それにしても、君たちはマ

ンションの人たちの名前、よく覚えてるな」って清水さんが言ったら、一斉にメグ先生見て、

「ボスがね、うるさいんです」

メグ先生はそんなこと聞いちゃいない。こっちはこっちで、本が入った段ボール箱開けて、読み耽っちゃってる。朱美さんが小さい声で、

「見てよ、メグ、本に夢中になると、中学の時から鼻くそほじるの。やめてほしいんだけど、言えなくて。誰か言ってよ」と言ったら、女性陣、笑いこらえて、

「いいよ、言わなくたって、メグにあんな癖があっただなんて、みんなに言いふらして、メグには教えないでおこうよ。絶対ウケる」って彩さん。

「やだ、きたねえ奴、ホントだ、ほじくってるよお」って英美さん言って、みんな、真っ赤になって笑いをこらえている。

そんなことメグ先生は知らずに、清水さんが、「この本は……」とか解説してる時にも未だに指は鼻の中に。

「これは頂いてもいいですか」って聞いた時にようやく、鼻から指が離れた。それを見てた女性陣、身をよじって、フローリングをのたうち回り始めた。

一時間も経った頃、

「いけね、何しに来たんだか、分かんないじゃん。真澄、旦那も呼んで、資料とか、切り抜きとか残った段ボール積んで、市の清掃センターに持ってってって。古本屋には俺が連絡しといたから、

選別してくれる。さて、掃除しましょう」

清水さんはとっくに、机の上を、前、来た時みたいに、綺麗に整頓。でも清水さん愛煙家だから、壁もサッシも少し黄ばんでいる。彩さんが持ってきたマイペットでシュシュッとやりながら、みんなで黄ばみを落としていく。床もみるみる綺麗になっていく。

「清水さん見て、雑巾が真っ黄色、これが体に入ってるんですよ」なんて、今も時々吸ってる琴美さんが言う。そしたらメグ先生が、

「そんなに脅かすなよ。清水さん、禁煙するぞ、なんて思ったら、やっぱりストレスになりますからね。今、何ミリの吸ってます？　そんなきついの？　やっぱり異物には違いないですからね、体には負担かけます」

僕はタバコ吸わないけど、一ミリの長いやつに替えましょうよ。一ミリはなかなか煙が入ってこなくて、最初は本数増えるみたいですけど、吸うのに力がいるんですって。味も薄くて、そのうちまずくなって、友達にやめた奴がいます。

電子タバコって言うんですか、それに替えた奴もいます。部屋も汚れないって。酒とセットで挑戦しません？」

清水さんも元々、綺麗好き。タバコの黄ばみも月に一回は奥さんが拭いていたらしい。実はこのマンション、入居するには、綺麗好きがキーワードの一つにもなってる。大家のメグ先生と朱美さんが事前に書類審査する。

そりゃ、賃料格安だし、敷金、礼金もないんだから、大事に使ってもらわないと。それから
やっぱり人柄みたい。変人だったり、挨拶ができなかったり、みんなと仲良くできなさそうな人は受け入れない。そりゃここの持ち主だもん。そこは自分の意志をはっきりさせていいでしょ。

「ブルーが決まったら、ショップにキャットタワーとかグッズもフードもいっぱい置いてありますので、どうぞ、ご来店くださいませ。バイトに言えば組立もしますから」なんて、英美さん突然、ザアます言葉。みんながクスクス笑ってる。朝から始めた作業も、大人数だから、水ぶきから、マイペット処理まで、短時間で終わった。

黄ばんだカーテンは山崎さんのところにクリーニングに出そうとしたのだけど、

「カーテンはブルーがよじ登るかも知れないな。ブラインドかロールカーテンにしません?ロールカーテンはフローリングと同じ素材で、薄くて軽いのを友達が新商品で出したんです。替えるなら、裏の住宅展示場にもありますから、見てください」

「裏の会社は友達の会社なのか」

「ええ。動物医薬品の会社も友達がやってます。うちの薬剤師はあそこからの派遣です」

掃除も昼前には終わった。

清水さんが、一万円札十枚くらい出してきた。

「これだけのことを業者に頼んだら大変な額になるから」って。そしたら、朱美さんが、

「不用品の処理代だけ真澄に渡してください。これはブルーのための作業です。それなら、久松

でごちそうしてください。昼になると混むから、予約入れますね。真澄たちが帰ってきたら、行きましょう」

毎日、ドッグランで見る清水さんは、みるみる体調を回復しているみたい。

「酒が体に負担になってたんだなあ。タバコも本数減って体調良くなった気がする。腹も少し引っ込んだ。ジーンズ、買い替えたよ。もともとジーンズ派だったんだけど、腹が出てきつい。そしたら最近は、ストレッチ性のがあるんだね。全部それに替えた。ドッグランでブルーとも楽に遊べる」

しかし、さすが、ダンディ。ベルトじゃなくて、色鮮やかな伸縮性のある紐を一本、アクセントに巻いているのを見て、メグ先生、「それ、おしゃれですね」って、黄緑色のを一本貰って愛用してる。朱美さんも、後でピンク色のをこっそり貰いに行ってた。

掃除した二週間後、清水さんが診察室にブルーと一緒にいる。ブルーはもう避妊してある。メグ先生がブルー診察して、何にも問題がないことを告げる。清水さんは腕をぐるぐる回したり、屈伸を見せて、ストレッチも骨ポキポキ鳴らしながらも「少しできるようになった」と笑って見せる。

「ロールカーテンに替えたよ。カーテンレールも外してくれて、それに止めるのは突っ張り棒なんだな。社長さんが来てくれたよ。東大なんだってな。

まだ三日目だけど、酒やめてる。飲む気がしないんだ。タバコは本数ずいぶん減った。本当に、体調がこれほど良くなるとはな。社会人になってから、一日たりとも、飲まない日や吸わない日はなかったから。バカなことをしたよ。もっといろいろ勉強できたし、カネもたまったよな」

「今からでも全然遅くないですよ。飲まないことがストレスになってきたら、嫌いな日本酒をちびりちびりですよ。そうそう、水木以外なら、六時過ぎには僕らだいたい久松にいますから、ご一緒しましょうよ」

「ブルーもシェルターに遊びに来てもいいのよ、それから、どこかお泊りに出かける場合は、シェルターでお預かりしますから」って朱美さん。二人、声を揃えて「一日二千円頂きますが……」って。清水さんが、

「先生も東大出ですって？　私もそうなんですよ。文学を学びました」

「そうなんですか、大先輩ですね。朱美は早稲田の文学部なんですよ。これからもいろいろ教えてください」

「それにしても、失礼だけど、友達の社長もそうだけど、先生は東大の人種とは違いますな」

「ちょっと意味が分かりませんが」

「うーん、なんか、おっぴろげ、って感じがする。体もすごく鍛え上げている。奥さんもそうだけど、なんか、こうホッとする。この歳になるとね、病院に行くのも、何かあったらどうしようとか、行ったら行ったで嫌な思いで帰ってくる。東大出の医者なんか、権威オーラが出てて、同窓とは言え、こいつは優しくねえなあ、なんて思うこともある。

ここはいいなあ、なんか、僕たち飼い主の体にも希望を与えてくれる。先生と会うのが楽しみで。久松で仲いい二人を見ただけでも幸せな気分になる」

「あら、清水さん、この人も仲のいい人たちを見ると幸せな気分になるって言ってるんです。同類かしら」って朱美さん。

「先生、人間の医者でも行けたんじゃないの？」

「そんなのダメダメ、女の人のおっぱい触ったり、ましてや産婦人科なんて、命がいくつあっても足りません。なあ？」と朱美さんに振り向いたら、朱美さん真っ赤になって、あさっての方角見てた。

ブルーは清水さんにすっかり慣れて、リード付けて散歩にも行けるようになった。清水さん、それが自慢で、お洒落にジーパン穿きこなして、Tシャツの上にカッコいいジャケット羽織って、天気のいい日はドッグランの外まで遠征。

「それどこでお買いになりました」なんてメグ先生、聞いている。着るものに無頓着の先生には本当に珍しいこと。清水さん今じゃ朱美さんが見つけた古着屋の常連で、そこで買ってんだって。

「あの人の見る目は高い、いいモノを買ってくれる。チョイ悪オヤジだよね」って店長が言ったら、
メグ先生、ちょっと拗ねたふりして、

「俺たちいつも安いもんばっかりでごめんな」って言ったら、店長さん慌てて、

「いや、この間、朱美さんに買って頂いた革ジャンは一級品ですよ。薄くて軽くて温かい、形は似てるけど、先生の着ているものより断然いい。同じのでＸＬもある、ちょっと待っててくださいよ」

奥に行ったと思ったら、後ろからメグ先生の肩にかけて、

「オー、やっぱりガタイがいいから似合いますよ」

「メグ、カッコいい」って朱美さん。

「薄くて軽くて温かいなあ。朱美、こんなの買ったんだ」

「ほらねっ？　先生も買い換えない？　古いのはうちが引き取るから」

メグ先生、朱美さんに、

「買ってくれる？」って聞いたら、

「いいわよ。だってこの前、牛舎で滑ったでしょ。その時、あの革ジャン、ウンコついたのよ。山崎君に取ってもらったけど、まだ、少し臭ってるもん。ビニールで密閉して、クローゼットに入れてある」

店長それ聞いたら、「引き取りはちょっと」って。

「それ、早く言ってよお。でも、七万か、元は幾らするの？……ええー　そんなに？　うちの保護の子たちの三匹分より上だ。たけえなあ」って言ったら、五千円負けてくれた。

「お揃いの革ジャンで、スクーター乗ろうね」って朱美さん嬉しさ満開。

なんでも丁寧なんだ

でも、今はこれから夏に向かう季節、当面は着れない。この頃になると、かゆかゆに悩む子が多くなる。いつもは予約を入れてくる田淵さんが柴犬の小太郎を慌てて連れてきた。

「おっ小太郎どうした。ああ、痒いのか」

「もうかゆがって床に体をこすりつけるの。ここなんて禿げてきちゃった」

「ウーン、フケも多いな」。メグ先生、毛をかき分けて、

「この辺に赤いポチポチがあるね。それに、少しギョーザ耳になってる。耳もよく掻くでしょ。耳血腫と言うんだけど、小太郎、痒いよな。ねえ、田淵さん、人間は大丈夫？　部屋が綺麗に見えてもダニは見えないところにいっぱいいるから」

「あっ、それだ。息子は皮膚科に行って治ったところ」

「そうなの。じゃまず部屋掃除だね。でも、小太郎は可哀そうだから、サマーカットにしない？体中の毛を剃るんだ。涼しいし、ポチポチにも直接、薬を塗れる。毛はすぐに生え揃うから」

「うん、任せる」。内線電話取り上げて、由美さんに、

「手、空いてる？　良かった手伝って。田淵さんちの小太郎、サマーカットにする。無刺激・無添加のシャンプー用意しといて」

シャンプーしただけで、小太郎、痒みは少し治まったみたい。診察室に戻ってきて、メグ先生が、

「田淵さん、高い薬もあるけど、まずはオロナイン塗って、様子見ない？　耳にも綿棒に少し付けて。今、薬剤師も呼ぶね」

裕司さんのところから派遣されてる女性薬剤師さんが診察室に入ってきた。

「まずはオロナインで様子見ようと思うんだ、どうかな」

「じくじくしていないから、それで様子見ましょう。ちょっと、かさぶた、もらってもいいですか？　研究室に持っていきます。何かにかぶれたのかな」

「多分ダニだと思う。でも掻きむしってるところは、ちょっとグチャっとしてるな」。田淵さんに、実際、小太郎のポチポチに薄ーくオロナインを塗るところを見せて。

「毎日、温かいお湯で拭いて、塗り直してみて。たくさんじゃなくていいよ。なかなか治らなかったら、アレルギーの検査しようよ。大したことはないと思うんだ。

オロナインがダメならこの薬剤師さんがいい薬、安く調合してくれるよ。それでも動物用のは高くてね。綿棒はあるよね。オロナインは小さいのを受付に出しておく。それはタダでいいよ。サマーカット代と診察費で六千円かかるけどいい？　一週間も経ってよく治らなかったら、また来て」

「いつも、安くしてくれてありがとう。でも、人間の薬で大丈夫なの？」

「だって犬用に開発された薬は、予防注射とフィラリア薬くらいで、動物専用医薬品なんて二割もないよ。あとは人間の薬を犬の体重に換算して作ってるだけなんだよ。

元々、動物実験で作られた薬ばかりだもん。だけど人間用と同じ成分でも動物用として発売するには認可を改めて取らなきゃならないから、おカネがかかるんだよ。だから数も少ないし、その分、薬の値段も高くなるんだ。

お腹壊した時はビオフェルミンの粉になったやつを少し、耳かき一杯くらい、ご飯にかけてやればいいよ。だからわざわざ高いお金出して犬用を買うことはないよ。目がどんよりしてきたら人間の白内障用のカタリンKを少しね。

ただ、むやみに人間用のを使うと危ない。やっぱりそれなりの知識が必要でさ。そこは相談してね。

それに、この薬剤師さんところの動物薬は、いろいろ工夫して価格を抑えて、いろんなバリエーションをどんどん揃えてる。後でショップ見てって。分からないことは、電話でも、メールでも教えてくれる。ああ、新しいパンフレット渡してなかったね。それにも書いてあるから帰りに受付でもらってってって」

メグ先生、お昼に自宅に上がって朱美さんに、

「今日の午後の手術は、去勢・避妊手術だけだから、信夫と道子に任せる。四時まで、他の部署を一緒に回らないか？　バイトの子たちとも最近あまり話せてないから。午後はお時間あります

か、奥様」

「まあ、嬉しい。まずは、一時からのワンニャン教室から行きたい」

「オッケー」

「今日のお昼もお握りだけでいいの？」

「暑いから、冷たいお茶漬けにしてくれる？　イカある？　それサラダに乗せてほしいな」

「分かった」

「ジャガイモとニンジンも食いたいな。塩でゆでた。俺が洗おうか？」

「いいわよそんなの。みょうが少し刻もうか」

「じゃあ、後片付けは一緒にやろうね」

「今日は誰も来ないわね」

「うん、みんなで久松に行くって」

「この間、おじちゃんにレバニラがどうしても同じ味が出ないって言ったら、そりゃ同じ味出されたら困るよって言われちゃった」

「良かった、やっと気づいたか」

「何で言ってくれないの？」

「だって、どこでスイッチ入るか、分かんないもん」

「私のセリフ取らないでね」

「でも朱美が一生懸命考えてくれた料理は、何でも美味しいよ。西京焼きとか、煮つけとか。最近じゃあ、ぶり照り。俺、年取ったのかな、魚料理は久松にもないし、楽しみにしてんだ」

「愛してるって言わせたいの？」

「聞いてる分には、飽きない」

「まったく、悔しい。でも言いそう」

「言って」

「愛してます、ご主人様」

ワンニャン教室一日に二時間、三回も開くようになってる。

「恵美、凄い繁盛だなあ」

「パートも増やしたけど、バイトの子たちの中にも、筋のいい子がいるの。あっそれから、シェルターの子、この次の日曜日の譲渡会でゼロになるわ」。恵美さんシェルターの管理まで任された。

「朱美、他から連絡来てる？」

「ごめん、言い忘れてた。神奈川県の山里で猟犬が二匹もいるって。それから、保健所から、また、乳飲み子の猫三匹と、山内さんのシェルターからやっぱり子犬二匹、見てくれって」

「猟犬ってセッターかな。優秀じゃないと猟師の中には猟の途中で捨ててっちゃう人もいるって聞いたことがある。真澄にはお迎え頼んだの？」

「ううん。メグの了解得られたら、みんな向こうの人が連れてくるって」

「じゃぁ、オッケー出して、水曜日の十時がいいな」

それを聞いてた、ゴン亡くしてフラフラだった朱美さんを助けたミネちゃんが、

「子犬二匹、少し大きくなるまで、うちで預かっていいですか」って申し出てくれた。

「ミネちゃん、パートでワンニャン教室に入ってくれたんだね。恵美がトレーナーとしても筋がいい、って言ってたよ。お嫁に行っても、長く一緒に働いてくれたら嬉しい」ってメグ先生言ったら、恥ずかしそうにコクリと頷いた。

子猫は、彩さんと、やっぱりバイトの子が少し大きくなるまで、面倒見るって言ってくれた。

「診察してからだけど、二カ月程度見てくれれば、シェルターに移せるから」ってメグ先生、里親さんたちに言ってる。

洗濯屋の山崎夫妻は汗みどろになって働いてた。「いらっしゃい」なんて、二人の顔を見ずに。

「忙しい?」

「これはこれは奥様まで」なんて言う。

「革ジャンどうだった、少しなまして柔らかくしといたけど」

「あれ?　ウンコの臭いが取れないって」

「俺、そんなこと言ってないよ」

そしたら、朱美さん、

「シーッ！　だって、そうでも言わなきゃ、お揃いの着てくれないんだもん」

「そんなお前、もったいない」なんて、メグ先生と揉め出した。山崎さんが、

「何だか知らないけど、じゃ、あれ、俺がもらっていい？　取り行くわ」という一言で、その場は収まった。山崎さんが、

「ここのバイトの子たちはみんないい子だな。白衣もきちんと畳んで出すし、よろしくお願いしますって、一声かけて回収ボックスに入れてく。もう四人目だろ、F大卒業してもここで働き続けてんの。F大の就職課の人も有難いって、うちのお得意さんになってくれてる」

「最近はでかいコインランドリーとかできているけど影響ないか」ってメグ先生。

「いや、あんまり感じないな。やっぱりアイロンまできちっとやってるからかな」

「うんうん。俺たち、Tシャツもトレーナーも襟がしゃきっとしているのが好きだけど、ここのはいつも新品みたいにしてくれるよな。長持ちしてるよ。革ジャンは後で俺が持ってくるよ」で次へ。

工房では、遠藤さんと山田君が、ねじり鉢巻きで、切削したり、溶接したり。

「今、何台注文来てるの？」

「全国から毎月二十台ペース程度来る」

「採寸しなくていいの？」

「女房が簡単な型紙を作って、それを送ると、飼い主さんがそれに合わせて、体の大きさとか特

徴をかき込んで返送してくるんだ」

「へえー凄いなあ。型紙見せて……これパソコンでもできるようにすれば……今度の休みの日にでも、俺が作ってみるよ。できたら呼ぶよ。

山田君、作るの二人じゃ大変じゃないの?」

「いや、親父のところが倒産して、そしたら、親方が誘ってくれて。来月から来ます」

「従業員は?」

「もともと六人しかいませんでしたから。みんな近くの工場に紹介して、行きました。親父だけが失業するところでした」

「そうなの。でも、遠藤さんもやるねぇ。山田君、使わなくなった設備はどうするの? よかったら、メグ設計の元央に相談して。試作室で欲しいものがあるかも知れないから。いや、ちょっと待って」って電話してみる。

「すぐに見たいって。これから行きたいって言ってるけどいい?」

「じゃあ僕も電話してみます」で、見学会はとんとん拍子。

「ねえ、遠藤さんも行かないかって元央が言ってる。板金技術があれば、車いすももっと品質上げられるって。試作室にはまだ余裕があるから、機械入るようなら欲しいって。そうだ、機械あまったら工業高校、大学にも欲しいか聞いてみよう」ってメグ先生は次から次へアイデア出す。

山田君も、

「ありがとうございます。工場の建物・敷地は売って、楽になろうと話はしていたんですが、機械の廃棄にもカネがかかるって言ってましたから、親父喜びます」って、今にも泣きそうに言う。

由美さんのトリマー室には、新人が入っている。新人とはいっても、自宅でもやっているそうだ。でも、件数が少ないからと言って時間指定で来てくれてる。とても感じがいい人で、やっぱり美人の奥様。評判もいい。


「なあ、由美さあ、トリミングした子の写真撮らない？　ホームページにも載せなよ」

「あそこを少し飾って、その前で撮ろうかな」

「季節ごとに飾り替えてさ」

「うん、グッドアイデア。カメラ買おうかなあ」

「トリマー台、もう一つ必要？」

「うん、メグも朱美も飛び込みで来るからね」

「スペースはあるよな、カネはある？」

「由美ＣＥＯがいるのよ、バカにしないで、なんてね。うん、大丈夫。カメラは経費で落ちるよね」

「大丈夫だと思う。こんど、カットの仕方、もう少し教えて」

「上手く時間が合えばいいんだけどね」

「昼休みでもいいなら、お結び持ってくるから、朱美にも教えて」

「分かった。いい子が来たら、連絡する」

「うん、頼む」

「今後もよろしくお願いしますね。由美を支えてやってください」って、新人さんにメグご夫妻、深々と頭を下げて次へ。

ショップに行ったら、英美さんがバイトの子たちを叱ってる。メグ先生が、

「何、怒ってる？　そんなに怒ったら、お前も疲れるだろ、それに美人が台無しだ」って言ったら、

「申し訳ございません」なんてお客様用の言葉で英美さん頭を下げた。

「ごめん、言い過ぎた」ってバイトの子たちにも謝ってる。

「どうしたの？」って朱美さん聞いたら、

「何度言っても覚えてくれないんだもん」

「ふーーん」って、長く伸ばして、「そうなのか」ってメグ先生、英美さんを見つめた。

「ああ、ホントにごめん、あたいもなかなか覚えられなかったけど、あたいみたいな言い方でメグに怒られたことなかった」って、バイトの子たちにもう一度謝った。

「いいえ、私たちもバカで」「どうしようもなくバカなんです」って二人のバイトの子たちが言う。

「そう、バカバカ言うなよ。ここはバカは雇わない。君たちも俺たちの大事な仲間だよ。英美を助けてやってね。今の売れ筋は何？」

「先っぽが丸いブラシ。なんて言うんだっけ、ほら、先っぽがステンレスでギザギザが付いてて丸いやつ」

「お前も、いい加減に商品名覚えろよ。じゃあ、その位置をもっと前に持ってこよう。俺が運ぶよ」

「ダメダメそんなこと。メグ先生にそんなことさせられませんわ。ムフッ。ホラ行くよ」ってバイトの子たちと行っちゃった。朱美さん、ちゃっかり、メグ先生の手を握って歩いてく。

「今何時？」

「四時を過ぎたところ」

「手術終わったかな。琴美に話があるんだ。あいつだけ会社にしてやれてない。でも、病院と看護師を切り離すのはなかなか簡単じゃなくて。一緒に来る？　朱美がいた方が話しやすいかもしれない」

「うん、行く」

琴美さん休憩室でコーヒー飲んでる。休憩室には飲み物とかお菓子が置いてある。百均のばかりだけど、綺麗に並べられている。

「お疲れ、終わった？」

「うん、新人さんたちも上手になったし、全然疲れてないよ」

「琴美さあ、みんな周りは会社にしてるけど、率直に言って、どう？」

「会社にしてメグと別建てになるのは、仕事柄どうかな。新しい看護師さんも入っているし、バイトの子たちも卒業したら働きたいって言ってるけど、そういうの考えるとね、会社にするの面倒くさいかな」

「琴美、遠慮してない？　みんな独立採算で儲けてるし、有期雇いとは言え人も自由に雇ってるよ。もちろん、面接には私たちも立ち会わせてもらって、意見は言わせてもらうけど、うざくなったりしない？」って朱美さん。

「ううん、全然。意見はいつも一緒だし。それに朱美も知ってるでしょ？　私の給料は他の医院の倍あるのよ。毎年アップしてくれるし、しかも、仕事のローテーションはきっちり守ってくれてる。私だけ終身雇用。これ以上望むことなんて何もない。主人も満足してるし。

でも、その分、病院経営者のメグには負担かけてると思うの。朱美だって同じ看護師じゃない。トレーナーもやってる。他のところも手伝ってるのに病院の社員でもない。給料はメグから生活費貰ってるからいいっていうけど、本当はおかしな話よ。

もし何かあって経営がおかしくなったら、私がリストラの一番最初だと思ってるもん」

「リストラなんてしないよ。琴美がいなかったら大変だもん。終身雇用にしているのは一生付き合ってもらうつもりだからだよ。うんとばばあになったら、後継者は必要だけどさ。でも、何か、あったら必ず言ってな」ってメグ先生、念を入れた。

「あなたたち、そんなに周りに気を使って、疲れないの?」

「全然」ってメグ先生と朱美さん同時に。朱美さん、

「私のダーリンだよ。私はメグの寄生虫で上等、こんなにいい宿主はいないもん」

「そこまで言う?」って琴美さん。「ごっつあんです」って笑った。

なんと、子供が三人増えた

水曜日、保護を頼まれた子たちが来た。ドッグランで里親さんもみんなが揃った。問題は猟犬。とにかく大きい。三十キロ近くはある。でも、美しい。イングリッシュセッターと、ゴールデンリトリバー。とてもおとなしい。子犬や子猫の匂いを嗅いで、舐めてる。

「おとなしいから、猟犬に向かないって捨てられちゃったのかなあ? でも、こんないい子たち、飼い主さん探してるんじゃないの?」

「二カ月経っても音沙汰なしなんです。こんないい子たちがかわいそうで、飼い主募集したんですけど、やっぱり大きいって断られ続けて。何とか救ってやってください」と山里の保健所の女性職員は言って、名残り惜しそうに帰っていった。

「マイクロチップはつけてないや。でも、この子たち、去勢と避妊したばかりだ。まだ、手術痕が残ってる。歯から見ると二歳にもなってないよ」。お座り、伏せ、お手もできる。朱美さんが持ってきたフードも、「よし」というまで待ってる。

「やっぱりおかしいよ。こんなお利口な子たち。絶対捜されてる。さっきの人たちの携帯番号分かる？」

「先ほどはありがとうございました、今、大丈夫ですか？」。女性職員が、

「私、運転していませんから大丈夫です」って答えた。

「いや、避妊、去勢手術もされてて、躾も驚くほどいい。絶対飼い主さんは捜しているはずです。預かることは承知しましたが、譲渡は少し止めておきます。もう少し、情報拡散してくれますか？」

「分かりました」

「朱美、ちょっと診察するから付き合って。リード外していいよ。絶対ついてくる」。二匹、ホントにしっぽ振ってついていく。カメラでいろいろ診て、

「二匹ともお腹は綺麗だ。念のために血液調べるから採血する。ちょっとチクってするね」と言っても、メグ先生の顔を笑っているみたいに見上げてる。

「朱美さあ、ドッグランにゴン・チャ連れてきて」

喜び勇んだのはチャチャ。

「年上なんだから、落ち着きなさい」って朱美さんに叱られても、雌のセッターと雄のリトリバーに飛び掛からんばかりに、周りをぐるぐる、遊んでコール。

二匹はよしよし、って感じで、チャチャのお尻の匂い嗅いだり、首筋舐めたり。強気のゴンが参加しても、伏せして待ってくれる。チャチャには未だに強く当たるゴンが、ナーオなんて甘い声出して、二匹の間に入っていく。

「絶対飼い主が捜してる。きっと心配してる。二匹でシェルターは寂しいから、今日は自宅に連れていこ」

「うん」

「一応、お風呂入れようか。由美に風呂借りるって電話して。ゴン・チャもおいで、ついでにお風呂しよう」

「この子たち、シャワーにも慣れてる」

「飼い主さん、本当に大事にしてたのね」

「そうだな。保護されて時間経っているのに、それほど汚れてないし、爪もホラ、こんなに綺麗だ」

「チャチャの方が汚れてるみたいね」

「そりゃ、地毛の違いよ。失礼しちゃうよな、チャチャ」

チャチャはようやく落ち着いて、大きな年下の弟妹にぴったりくっついている。ゴンも、グルグル喉鳴らしている。

その二日後、山里の町役場の女性から電話がかかってきた。

「飼い主さんは猟の途中で、具合が悪くなって亡くなったそうです。一人暮らしだったようです。犬を保護した人はご遺体に気づかれなかったようで、ご遺体が発見されたのは、ワンちゃんたちを保護した数日後らしいです。警察の方が連絡くれました。事件ということではありませんって」

「分かりました。こちらでお預かりします。いや、この子たちは僕が飼います」

「まあ、本当にそれはありがたいです。スタッフもみんな喜びます」

「こちらに来る際は、是非とも寄ってくださいね」で電話は終わった。

「なあ、朱美……」ってメグ先生、話し出す前に、朱美さん、

「分かってる。これから一緒にこの子たちのクッション買いに行こ。でも、お相撲さんが座るような大きな座布団の方がいいかな。うん、作るわ。あとで綿抜きして入れ替えるから。とりあえず安いのでも買いに行こ。

この際、ゴン・チャャにも作って上げよっと。ユザワヤ行こ。名前は何にする？　雌は初めてね。夢子、仲間ね、ママを守ってね」なんてイングリッシュセッターに言ってる。

「夢子か、いい名前だ。なっ、次郎」って、メグ先生はゴールデンレトリバーの頭をさすってる。

「チャチャも誰かさんと違ってやきもち焼かずに偉いな」

「何よ、パパあんなこと言ってる。夢子、女の子はパパにベタベタしちゃ、いけないのよ」

「女の子は父親に懐くって裕司も元央も言ってたぜ」

「男の人は分かっちゃないのね、そのうち口もきいてくれなくなるわよ」

「朱美もそうだった？」

「私もお姉ちゃんも反抗期はなかったけど、凄いみたいよ」

「お父さんがあんなにいい人だからな。じゃあ俺も大丈夫、夢子、後でチューしような」

「それはダメよ」

「何だよ、ホントに子供にも嫉妬するのかよ」なんて、ジャブの応酬。そのうち二人とも笑い出していた。

「それにしても、二匹ともあと二、三キロでおさまりゃいいけど、三十キロ以上になるかも知れない。チャチャより十キロは重くなる。裕司と変性性脊髄症の研究進めなきゃ。足腰悪くされて、おむつなんてことになったら、俺の腰ももたないかもしれない」

「ずっと中腰だもんね。でも、前のゴン・チャチャも、新しい子たち喜んでくれてるかしら」

「そりゃ絶対。俺たちの子だもん。今、この辺にいて見てるよ」

散歩には次郎と夢子の間に、小さなハンモックみたいのをつるして、ゴンが入ってる。それをチャチャが俺についてこいとばかりに先導する。当然、新たな名物風景だ。F大の学生がよく写メ取らせてくださいって言ってくる。

「ねえ、猫一匹じゃゴンが不利。彩に預けてる雌猫の白い子、もらっていい？」

「うんそうだな。でも、五匹だ。もうこのくらいにしないと、切りがなくなる」

「ありがとう。生活費から五万出していい？」

「いちいち聞かなくてもいいよ」

「名前はユキにしようっと。ベビー椅子落ちてないかな。今度の粗大ゴミの日、探しに行こうよ」

「待って待って。お父さんがこの間、市で廃品回収して使えそうなのを修理して売るマーケットを出したって、言ってたじゃん。家具もあるって。きっとベビー椅子もあるよ」

「さすが、記憶男。すっかり私、忘れてた。真澄に車借りようよ。お揃いのがあるといいな」

彩さんに五万払って、ユキもらってきたら、ゴンが夢中。性格がどんどん丸くなる。一カ月も経つと、ユキはゴンについて回る。犬たちは、興味深そうにそれについて回る。

お騒がせ男

そしたら、どこから聞きつけてきたのか、また、テレビ局の梅沢さんから電話が。

「もう取材だけは」ってメグ先生が言おうとしたら、

「違うんだ。犬亡くして、お袋がどんどんぼけちゃって、認知も少し入ってるって医者に言われた。そしたら、お前らの写真とか、動画が流れてるのを見たんだ。俺が知ってる連中だと言ったら会いたいって。今度、お袋、連れてっていいか？」

「そう言うことなら、喜んで。奥さんも連れて、泊まりに来てください」

本当は休診日の水・木曜日がいいんだけど、梅沢さんも偉くなって、土日しかないという。

「家の中で自由にしててもらえばいいじゃない」って肝っ玉母さんの朱美さんは言う。「ゴン・チャ、夢・次郎・ユキなら大丈夫。ねえ、ユキ大丈夫だよね。きちんとエスコートできるよね」ってユキに話しかけてる。

「そうだよな、そうしよ」ってメグ先生。

土曜の朝早く、梅沢さんと奥さんが、お祖母ちゃんを連れてきた。とても上品なお祖母ちゃん。どう見ても、ボケ始めてるなんて見えない。

「ごゆっくりしていってくださいね。僕ら、仕事がありますけど、中はご自由に。奥のゲストルームにはクッションとかたくさんあるんで寛げると思います。ゴン・ユキ、チャ・夢・次郎おいで」と言ったら五匹揃って来た。

梅沢さん家族に伏せしてご挨拶、猫たちは皆さんの足にすりすり。どこかで見た風景、ってメグ先生も、朱美さんも思った。ただ、まだ、病室や待合室までには入れていない。

そしたら、「この子たちが噂の子ね」って、おばあちゃん涙流し出したからメグ先生も朱美さんも焦っちゃって。

「昼めしは、うちの定番でいいですか？　夜は久松に行きましょう。昼には一度戻りますが、冷蔵庫の中とか、ご自由に。それから、酒飲むようでしたら、その電話の内線で〝久松〟ってところを押せば、持ってきてくれますから。先輩、泊まりなんだから、飲んで。それじゃ、行ってきます」

昼、自宅に戻ると、梅沢さんと奥さんが、何かホッとしたようにビール飲んでた。

「お新香も少し貰っちゃったわ」って奥さんが言う。

「あれ？　お母さんは？」

「お昼寝。あの子たちが囲むように添い寝してくれてる。見てきて」。見に行ったら、チャチャなんか、お祖母ちゃんに、前足、握られて添い寝してる。

「良かった、あんなにリラックスしてるうちの子も珍しいですよ」

「お袋も、みるみる元気出てる。十一時ころまで、うち中をみんな連れて徘徊してて、そしたら、さあ、みんなでお昼寝、お昼寝、って言ってさ。動物の力はすげーなあ」。そしたら奥さんが、

「大きい子たちはとても無理だけど、チャチャはそれほど大きくない。どうかしら、チャチャを養子にくれないかしら」

メグ先生と朱美さん即座に、

「ダメです」って。

「ごめんなさい。あの子たちはみんな僕らの子供なんです。それだけはできません。許してくだ

さい。あっ、そうだ、シェルターに一年未満の子犬と子猫がいます。みんな、躾の途中ですが、人には懐いています。お母さん、起きてお食事されたら見に行きませんか？」。梅沢さんの奥さんも謝って、

「ごめんね。無神経なこと言って、後で見せてもらうわ」

そのうち、おばあちゃん起きてきて、

「ああ、お腹減った。でも、久しぶりに熟睡したわ。この子たち、とてもいい匂いね」ってユキを抱っこしながら、チャチャの頭さすってる。夢・次郎はおばあちゃん守るように横にぴったりお座り、ゴンは心配そうにユキを見上げている。

「お結びでいいですか？」と朱美さん聞くと、

「ええ、何でもいいの。とにかくお腹減っちゃって」って上品に笑う。梅沢さんの奥さんも手伝ってくれて、いつものセットとししゃもも焼いた。お握り一口、

「あら、美味しい、このお新香は？」メグ先生と朱美さんは何度も聞かれた言葉。嬉しそうに顔を見合わせている。代わりに梅沢さんが解説する。

「俺も大学院時代、ずいぶん作ってもらったんだ。おばあちゃんのをメグが引き継いで、今は朱美ちゃんが育ててる」。朱美さんが、

「あとで、少し、糠味噌お分けしますね」って言ったら、おばあちゃん、

「私漬けるわ。ボケ扱いにされたくありませんもん」。梅沢さんご夫妻、驚いた顔してた。食後

に梅沢さんが、

「メグたちが子犬、子猫がいるいいところを見せてくれる」って言ったら、

「朱美ちゃん、お片付けしましょ。早く行きたいわ。みんなちょっとここで待っててね」ってゴン・チャ、夢・次郎・ユキに言う。

「いや、この子たちがご案内しますよ。みんなで行きましょう」ってメグ先生。

ユキはまだお留守番。一階に下りたら、真っ先にゴンがシェルターに走り出したから、これにはメグ先生も朱美さんもびっくり。その後をでかい犬たちが追っていく。シェルターのミネちゃんが、「お待ちしてました」って、迎え入れてくれた。

子供から少年に移る時期の犬が二匹、夢子と次郎に甘えてる。ゴン・チャは、もう目もパッチリ、ユキと同い年の、乳飲み子から可愛い盛りになった二匹の子猫たちのところへ行って、ゴロンしてる。梅沢さん一家に、

「ミネちゃんが子犬を預かって、大きくしてくれたんです」って紹介したら、おばあちゃん、

「あなた、いい人ね、メグさんたちの力になってね」って、ミネちゃんの頭を優しく撫でた。ミネちゃん、ベソかいた。メグ先生が、

「お母さん、この子たちの誰か、お供にしませんか?」。おばあちゃん喜んだけど、

「でも、残った子たちが……」って言ったら、朱美さんが、

「ここは売れ残りゼロなんですよ。御安心して、相性のいい子を選んでください」

梅沢さんの奥さんが、

「娘が猫を飼いたいってずっと言ってるの。あなた、いいわよね」

「ここにいる子は犬、猫、みんな仲いいから、それが一番いいですよ。それにこの子たちはユキと同腹です」って朱美さん。

おばあちゃんは、ミネちゃんに、

「なんてお礼を言えば」なんて言ったら、ミネちゃん泣き出しちゃって、

「どうぞよろしくお願いします」って一生懸命、笑おうとした。

「選んだら、診察室に来てくださいね。僕らは用意があるんで先に行ってます。ミネちゃん、ご案内してね。ゴン・チャチャ、夢・次郎は呼びに来るまで、このままステイね、いてね、小さい子と遊んでやってて。梅沢さん、ちょっとこっちへ」

「先輩、一匹五万ずつ貰いますよ。犬も猫もまだ避妊してませんから、近くの病院で必ずやってくださいよ。猫は先輩と一緒で、一発やったら必ず妊娠しますからね。子供ウンと増やしたいなら別ですが、そうじゃないなら、避妊しないと病気にもなりやすいですからね。頼みますよ」

「分かった分かった」

診察室で、メグ先生が正面におばあちゃんを座らせて、

「お母さん、元気で長生きしてくれなきゃ困りますよ。この子たちにとっては、これから二十年はお母さんが何より頼りなんです。ワクチンも健康診断も定期的に行ってください。それからも

う少し経ったら、避妊手術させてください。それが健康にもいいんです」

「ここで、診てくださらないの？」

「でも、東京からだと遠いでしょ」

そしたら梅沢さんが、

「いや、娘と今度、連れてくる。ワクチンもするから年に一回は家族で泊めてくれ」

「この子たちにも再会できるし、うちの子たちも喜びます」って朱美さん、優しい。その夜はもう一泊、子犬、子猫も自宅に入れて、久松から出前取って、みんなで食べた。

翌朝、梅沢さん一家、ショップでペット用品、フード買い揃えて本当に嬉しそうに帰っていった。

「それにしてもすげぇ車だなあ」

「何、車欲しいの？」

「いや、真澄から借りればいいし、スクーターの方が朱美とくっついていられる」

「そんな、バカッ」って言って、朱美さんキスしてやろうと思ったのに、メグ先生、もう先に歩き出していた。「ったく」朱美さん小さく舌打ちした。

一カ月後、梅沢さんが娘さんと避妊・去勢手術に犬・猫、連れてきた。手術は信二さんが引っ越してきたお父さんの医院に手伝いに行ってる間で、道子さんに任せて、自宅でお茶した。

「お母さん、どうですか？」

「いや、驚いた。犬にウィルって名前つけてさ、毎日散歩行くし、あのボケかかってたババアが」って言ったら、娘さんが「言いつけてやるから」って。

「それよりメグ先生、あのお新香。私たち世代はお洒落気取ってピクルスとか食べてたけど、あれ食べて驚いた。パンの上に乗せて、マヨネーズつけたら美味しくて」

「そんな食べ方あるんだ。今度、試してみよう」

「お新香はおばあちゃんが作ったと思ってたら、違うわよ、メグ先生ところの朱美ちゃんから貰ったのって聞いて」

「うん、僕が祖母から受け継いだものなんだ。家内がそれを増やして、今、三樽目。一つはあそこの食堂に預かってもらって、定食で出してる」

「ここはいいなあ。みんな楽しそうに仕事してる。大学生のアルバイトも多いんですよね。でも、アルバイトに来るには遠過ぎるな。あそこF大ですよね。ねえ、お父さん、あそこ受験していい？　受かったら、こっちで下宿してここでバイトしたいなあ」

「えっ、あっ、まあ。でも、お前……」なんて梅沢さんどぎまぎしてる。これが娘を持つ、男親の気持ちか。朱美のお父さんには悪いことしたなってメグ先生、思った。

　そしたら、梅沢さんが、

「ほら、ここを撮影する前に偵察によこした女の子が、その後ずっと、動物を追ってるんだ。最近、老人ホームとか、小児病棟に慰問に行くセラピードッグとかキャットがいるんだって？」

「ええ、三カ月に一遍くらいかな、近くの老人ホームに呼ばれて、ユキはまだ無理だけど、四人の子たちを連れていってます」

「ホントか！　それ撮らせろ」

「もう、先輩、一度だけって約束したじゃないっすか」

「でも、ゴン・チャも代替わりしてるし、誰にも分からんって」

「この辺の人たちが見れば一発で分かるし、だいたい人を介在させないで慰問するなんてできませんよ」

「そんなことは分かってる。だから、朱美ちゃんが後ろ姿でとか、他のスタッフとかバイトの子でもいい。撮らせてくれ」

「やだよ、アッ、ごめんなさい、嫌ですよ。何か売名行為みたいで。そう言う人も実際いるんですから。あまり知られると、立小便もできない」

「おっ、お前やるのか」

「先輩じゃあるまいし、ものの喩えですよ」

「じゃあ、朱美にばらすぞ」

「何を？」

変にハウリングしてると思ったら、朱美さんがメグ先生の後ろに立ってた。

「いや、何でもない」って梅沢さんごまかしたのに、朱美さんが聞き逃すはずはない。

「先輩、何の話?」って、メグ先生も聞いている。

「いや、ほれ、なに、学生時代の話よ」

「だから、何ですか」って朱美さんの剣幕に、

「もうやめろよ」ってメグ先生が言ってるのに収まりそうにない。

梅沢さん、しぶしぶ話し始めた。

「経済学部に入ったばかりの子で、研究室が一緒になって、俺のところに来るメグ見て『誰ですか、誰ですか』って聞いて。この学部じゃないよ、獣医の卵だ。ひょんなことから知り合って、投資学を少し教えてる。俺より覚えが早いよって言ったんだ。

それから、メグが来る度、メグが俺にお握り渡して、俺が好き放題言ってることを、途中で質問入れたり、一生懸命メモ取ってるのを、ずーっと見てるんだ。なんか可哀そうになって、紹介だけしてやったんだ。

ほら、メグ、誰にもニコニコしてんだろ。『こんにちは、初めまして。梅沢さんにはお世話になってます。それじゃ先輩、また教えてください。連絡します』って、帰っていくのを追いかけてって。

ほら、他局だけど、今はニュースキャスターで有名なあの綺麗な子だよ。一時は完全にストーカー。周りも収めるのに大変だったんだ。それなのに、こいつ、ニコニコしながら全く相手しないから、彼女も逆にエスカレートして。『会わせてくれないなら、私、死にます』なんて、俺に

言うんだよ」

「なーんだ、小山さんですね。メグに会わせてもらって、諦めてもらいました」って朱美さん。

「何だ彼女のことか。家に押しかけてきたから、朱美に会わせて話をつけたというか、朱美が外で私が話すからって。彼女と何を話したかは知らないけれど。それから来なくなりましたよ」ってメグ先生もホッとしてる。

「今だから話すけど、私は中学校からメグがずっと好きで、体ももうメグの女なの。あなたとは歴史も、体も違うの、って言ったら、『長いからって、それが信頼関係に繋がってるとは限りません、私は何度でも抱いてもらって、あなたの匂いを消します』、なんて言うのよ。じゃあ、そうしなさいよ、って言ったの。

　でも、メグはあなたのことが嫌いだとしても、近寄るななんて言わない人よ。ずっと拒否されてることは、あなたも十分分かってるんじゃないの？　それに彼は、チャンスあらば、誰とでも寝る男じゃない。メグをバカにしないで、って言ったの。理解したかは分からないけど、それ以来、メグに近寄らなくなった」と朱美さん告白。

「そうだったのか。突然、彼女がいろんな男と遊び回るようになったのは、そのせいか。しかし、変なこと言ってすまん」

　梅沢さん謝ってるのに、朱美さん、

「梅沢さん、他に私が知らないこと、何かご存じですよね」なんて追及してる。メグ先生が、

「先輩、だからさあ、もう勘弁してよ。僕は何も隠してるものなんてありませんよ。朱美もやめろよ」

　さっきからブルブルして聞いてた娘さん、メグ先生のこの言葉を聞いて、鼻の中身まで盛大に噴き出して、笑いが止まらない。大人三人はみんな決まり悪くて。でも、みんな救われたみたい。

　夕方、麻酔から覚めた犬・猫と一緒に梅沢父娘、帰っていった。地下駐車場から出てきたところの久松の前まで見送りに出た二人に、

「メグ、さっきの話考えてくれよな。朱美ちゃん、ごめんな。でも、また泊めてくれよ。女房にもお袋にも叱られる」

「あたしにもよ」って、隣の娘さんにも言われてる。

「朱美ちゃん、今度、君が好きなウエストのリーフパイ持ってくるから。メグも頼むぞ」って例の凄い車から手を出して振りながら、大声で。

「メディアの人はしつこいよな。でも、あの人は昔から、一つのことに執拗に取り組む人だったよ。投資のことはよく教えてもらったんだ。新聞社とか海外の通信社にも受かったのに、何で、テレビにしたんだろうな、今まで聞かなかったな」

　朱美さんそんな話聞いてない。

「今度、おばあちゃまに叱ってもらう」なんてまだぷんぷんしてる。

「お前らしくないよ、そう怒るなよ、俺、何にも隠してないだろ？」

「ごめん。ねえ、今夜、いっぱい可愛がってね。あの子たち、ゲストルームで寝かせるから」

「うん、たくさんしようね。小山さんに、あんなこと言ってくれたんだね。ありがとう。残りの診察時間だ、行こう」

朱美さん、メグ先生に抱きついてキスした。あたしたちも、ママたちも、久松のおじちゃん、おばちゃんもお店からしっかり見ているのにも気づかず。あたしたちの方が目をそらしたら、みんなの目が合って、みんなでニヤニヤしちゃった。

身の丈に合わせて　高原電車になろうよ

それにしても、テレビというのはネタがなくなると、再放送するものなのか、それとも梅沢さんの戦略なのか。また、例のドキュメントが三十分足されたワイド版で前回切ったところまで放映された。

そこから取材がまた殺到。彩さんがいろいろ理由をつけて、丁重に断ってたけど、患者さんも増えるし、ワンニャン教室から始まって、全部署が大忙し。受付の彩さんが、

「メグー、朱美ー、せんぱーい」って毎日、叫んでる。各社のＣＥＯみんなが、人手が足りないって騒いでいる。ある夜。

「朱美。聞きたいことがあるんだ。ねえ、俺、会社に勤めたことない。みんなは、この機に会社大きくしたいみたいだけど、無理があると思うんだ。あまりに能力を超えたことをしているとしか思えない。俺の見方おかしい？」

「私だって会社の社長に直接、話聞いたことなんてないわよ。でも、毎年度のみんなの会社の業績も順調だけど、メグの仕事にぶら下がってるのは事実よ。メグはもっと自分の考え方きちんと伝えた方がいい」

「しかし、みんな独立した会社だし、最初の数年は計画通りにやってくれって頼んだけどさ。もう、そういう時期は過ぎたんじゃないかな」

「でもね、このマンションも挨拶できる人しかダメだとか、暗い人は嫌だって言ったり、どんな人に住んでほしいかって、それは私も同じだし、そのために管理会社も置いてない。自分のマンションだもの。むしろ意志がはっきりしてていいと思う。だからこのマンションはトラブルがない。みんな仲良くて、真面目に働く人ばかりで、こんないいマンションはないわよ。それと同じじゃないの？」

「でも独立した会社とは話は違う。俺は邪魔してるんじゃないのか」

「何言ってるの？」

「そうなのかな？　みんなの成長を抑えているんじゃないのかな」

「本当に何言ってるの？　ここはメグプレイスなのよ。あなたはみんなの会社のリーダーなのよ。そこら中のくだらない会社だと思わないで！

世界のどこにもない企業グループを作っているのよ。あなたはみんなを誘って、今ここにいるの。それだけは忘れないで。私はどんな時にもメグの味方よ。でも、そこまで言うなら、一度、みんなに話してみれば……」

それから一カ月経った頃、メグ先生が、みんなで一回集まろうということになって、休診日の前日の火曜日の六時半、久松に集合した。メグ先生が責任者の座る席の前に立って、朱美さんがちょっと後ろでうつむいて立っている。

「あのさあ、いろんな事が重なって、注目も集まって、それは嬉しいことだけど、勢いに任せて、膨張主義にはなりたくないんだ。いつまでも、今の状況が続くとは思わないで」

一言、一言ゆっくり、強く、話しかけてる。

「身の丈に合わせて、確実に成長しようよ。俺たちが認められたのは、丁寧さじゃなかったかな。その丁寧さが忙しくなると自分たち自身が愚鈍に思えてくる。でも、錯覚だよ。丁寧に、患者さん、お客様に向き合って、僕ら自身も心に余裕を持ってやらないと、いつか破綻する。

この機会を逃すな、稼ぎまくれと言う人もいるかもしれないけど、キャパ超えたら、少し、立ち止まって、体制立て直した方がいいんじゃないかな。少しずつ能力増やして、丁寧に対応して、確実に利益を積み重ねていかないか？

それを許してくれない、患者さんやお客様がいるかもしれないけど、いつか分かってもらえる。別のところに取られたら、それはそれでいいと思うんだ。俺たちより丁寧なところがあれば、その時は、そこに教えを請いに行ってもいいし、そのグループに入ってもいい。

でも、真面目に丁寧さを守っていれば、必ず戻って来てくれると俺は信じている。少し、考えてくれないか、今の俺たちの立ち位置を。ほら、よく調子こいて、どんどん大きくして、スタートラインを忘れて潰れる会社もあるだろ。

ここはそれぞれの会社だし、みんなの判断だし、こうしたいと言われたら文句は言えない。でもさ、俺はそんなつもりでみんなを誘ったわけじゃない。生活に困ってる人いるか？　手を挙げてくれ。それは俺の責任だし、謝るし、償う」

そしたら彩さんが、

「私がいけないの。ヒステリックになって。メグはみんなのこと思って、今もバイトたちの時間まで気にかけてくれているのに、ここにいるみんな約束に違反してる。

私もどこかで、もっともっと稼げるのに、時間割が緩い、なんて思い始めてたの。みんなが稼げるようにって、忙しいところに応援に行けっていう緊急一斉メールも、みんな忙しいんだからそれどころじゃないなんて、送らなかったの。そういうところがみんなに伝染しちゃって。本当にごめんなさい。連絡係の私が一番悪いの」

「違うよ、彩だけが悪いんじゃない」って恵美さんが。

「ワンニャン教室だって、どんどん会員集めて、回数増やして、トレーナー一人当たりの負担増やしたり。入会には簡単な診察が必要だから、病院に診察が集中して、先生たちや琴美に迷惑かけてるのに、メグ、何も言わないんだもん。

いい気になってごめん。それに、シェルターの子たち、ちょっとないがしろにしてた。メグと朱美が休みの日に、ゴン・チャ、夢・次郎・ユキ連れて、トレーニングしてくれてるのに。疲れた、今日は任せようなんて。家事もおろそかになって」

由美さんも、

「初診の患者さんの洗い、メグと朱美にばかりやらせて、儲かるトリミングばかりしてる」って謝った。

英美さんが、

「この間、注意されたのに、今日、また、バイトの子を叱っちゃった。メグ、本当にごめん。正直言うと由美と一緒に支店を出そうかなんて話してたの。でも、考えても、あたいら二人じゃどうしたらいいか分かんない。何もできやしないことは分かってるんだ。調子に乗り過ぎた。メグ、朱美ごめん。もっといろいろ教えてよ。お願いだから」って泣いてる。

工房の遠藤さんも、

「山田君のお父さんが来てくれて、調子に乗って、今、受注残が百台になってる。作ってくれたパソコンソフトでの注文が好評でさ。でも、簡易の組み立てのは作り方も甘くなってるかもしれない。何より、メグ先生の名誉にかかわることなのに、すまんかった」

真澄さんが、

「このあいだ、スピード違反したの。言わなくてごめん。絶対、交通ルールは守れって言われてたのに。それに人を増やすには、その人の人生もあるんだから、支払える金額の限界を考えなきゃいけないよって言われてたのに、どんどん人増やして、確かに大変だって最近気づいたの。最初のメグとの約束を破ってるの私たちばかり。メグ、何も言わないんだもん。だから、私たちいい気になってて」

「俺って、そんなにとっつきにくくなったの？　話しにくいの？　威張ってるの？　ちょっと前までは、どんな小さいことでも気軽に相談してくれたのに。

みんな会社の名前に、メグってつけてるけど、俺が怖いから？　そんなの取っちゃえよ」

洗濯屋の山崎さんが、

「俺たち、会社にもしてもらって、昔から考えれば、考えられない贅沢な生活してる。メグがいなかったら何もできなかった。メグ、これだけは分かってほしいのは、みんな恐くてメグってつけてるわけじゃないからな。やっぱ、俺たちバカなんだよ。力もねえのに、欲張った考えばかりが浮かんできて」

「本当の会社なら、首よね、私たちが完全に悪いの」って真澄さんが今にも泣きそうに言う。山崎さんが、

「メグの子会社にしてくれよ。ちゃんと見てくれよ」って言い出した。

「何言ってんだよ。みんなは立派じゃないか、ここまで来たじゃないか。まだ、十年にも満たないのに軌道に乗せて、生活も良くなったじゃないか。

だいたい潰れそうで騒いでるんじゃなくて、忙しくて騒いでんだろ？

ただ、俺は、そんなにどんどん先に走っていかないでくれって言ってるんだ。一歩一歩、のろまな俺に付き合ってくれないか？　昔は俺も足が速かったんだけどな。

子会社にするなんて嫌だよ。俺はお前たちと、いつまでも並列で、横並びでいたい。家族と思っちゃダメなのか、ずっと一緒にやりたい」。メグ先生、あなたっていう人は……。

いつの間にか、裕司さんも元央さんも、うちのパパたちも合流して、メグ先生の話を聞いている。裕司さんも、元央さんも、何だか泣きそうな顔してる。パパたちは神妙な顔して、うつむいている。

「一度、体制立て直さないか？　ただ、膨らせたものを急激に縮めると、お客様に迷惑をかける。その辺をみんなで解決しないか？

ただ、貧乏になれなんて言ってない。少しずつ、でも長く儲けようって言ってるだけなんだ。

みんなで高原電車になろうよ。高いところをゆっくり確実に走るんだ。案外そっちの方が難しいことかもしれないけどさ。楽しくやろうよ、みんなで幸せになろうよ。いけない？　俺の仲間でいてくれないか。これって俺のわがままか？

何で、みんなメソメソしてんだよ。おかしいだろ？　儲かってんだろ？

サッ、演説は終わり。中学校の朝礼以来だなこんな長広舌。あの頃は受けたのに、今日の演説は校長先生も渋い顔するだろうな。

お詫びを兼ねて、ご馳走するよ。腹減っただろ？　おばちゃん、俺、パイコー麺とギョウザ十個焼いて」

「私も」って朱美さん。朱美さん、メグ先生の左手、後ろからずっと握りしめてた。

みんな、いろいろ注文していく。あたしたち、久松社員の出番。ママたちに、あたし、「目を真っ赤にしている場合じゃないよ。あたしたちが配膳するから、厨房に回って。さあ仕事仕事」

メグ先生と朱美さんの周りに、みんな集まってる。どうしよう、ああしよう、こうしよう、って、みんなが話し出した。そう、ちょっと前までの雰囲気があっという間に戻ってくる。

メグ先生がお尻からメモ帳取り出して、みんなの現状を聞き出してる。

「この欲張り！」なんていうと笑いが起きる。

「こうすれば、少し落ち着くかなあ。でも、増やしたバイトも急に削るわけにはいかないよ。バイトさんには、シフト、ローテーションを緩くする代わりにバイト料が少し減るかもしれないって納得してもらって。こちらからクビ宣言はしないでよ。

それにしても、よくこんなにパンパンにしたねえ。お客様たちともよく話して、個別に連絡して、こちらの不調法を言って納得してもらってよ。納得してくれなかったら、お詫びの品持って俺も行くよ」

そうだ、ずっと前、真澄さんから聞いた、メグ先生が生徒会長の時、学校全体がほんわかしてた、って話を思い出した。話し合いは十時過ぎまでかかった。片付けは、みんなが手伝ってくれた。ホントに驚くの。金曜日から雰囲気がガラッと変わった、というより元に戻った。一カ月もしたら、お助け緊急一斉メールも復活。それまでの数カ月の忙しさに比べたら、売上の伸びは下がったらしいけど、利益は少し増えたって、みんな言ってる。バイトの人たちも誰も辞めてないし、「実害なんてありませんでしたよ」って言う。

車いす工房だけ、ちょっと納品が遅れて少し怒られたけど、メグ先生も一緒に謝りに行ったら、みんな許してくれた。

動物は競わせて、幸せなの？

そしたら、またまた来ましたお騒がせ男。梅沢さん一家が、犬のウィルと猫のピケの定期健診に、メグ先生ちに泊まりに。

朱美さんが開口一番、

「この前は失礼しました」って梅沢さんに言ったら、ウエストのリーフパイ出して、

「心配させてごめんな」って謝ってる。

「それにしても、お母さん、だいぶ陽に焼けましたね」って朱美さんが聞いたら、

「ウィルと毎日、五千歩は歩くの。あっ、朱美ちゃん、糠床見せて。何入れてるの？　タコ糸で野菜、結んでいるのかあ。いつ入れたか忘れるのはボケたからかなんて心配してたけど、朱美ちゃんだって、こうしてなきゃ忘れちゃうわよね。帰りに大きな樽、買っていこう。もう少し糠分けて。メグ先生、糠の作り方メールしてね。ベランダの野菜も見せて」。梅沢さんが、

「なんか、どんどん若返っていくようで、気持ち悪いよな」なんて言ったら、

「あなた！」って奥さんに叱られてた。

ウィルとピケは、ゴン・チャ、夢・次郎・ユキを最初忘れていたようで警戒してたけど、そのうち思い出したのか、みんなで遊び始めた。娘さんは慶応大学の文学部に入学したんだって。

「F大の東京本校にも受かったんだけど、父がF大なら、メグのところへ行くのかってうるさいの。東京本校だと言っても疑うの。せっかく希望の学部があったって言うのに、慶応にでも行ってろって。この人、ジャーナリズムの世界にいる人とは思えない。

ねえ、おじちゃん、夏休みはもうすぐ終わっちゃうけど、冬休みにバイトに来てもいい？」

「おじ、おじ、おじちゃんって、俺のこと？」

朱美さん噴き出した。

「お前だって同い年じゃないか」

「私たちも四捨五入したら四十よ。初老よ」なんて言ったら、おばあちゃんが、

「じゃ私は生きる屍かしら」なんて言うから、

「人生百年時代っていうけど、区分が曖昧になりましたよね」って、メグ先生フォロー。

「みんな昔より五歳から十歳、若返っているんですって。老人医療やってる友達の医者が言ってましたよ。

バイトいいよ。でも、おじちゃんはやめてね。それから、住むところは自分で探して。うちの仮眠室で良ければ、一泊二千円だけど、通しで何泊もするなら、一日千円でいいや。後で見るかい？　共同便所に共同シャワーだけど。お金が無くなって、食べ物に困ったら、朱美おばちゃんがお結び握ってくれるから」

「おばちゃん?!」って朱美さん、やられたって顔してる。

「ただ、なかなか重労働で、ウンコまみれになったりするよ」ってメグ先生は娘さんにバイト内容説明してる。

梅沢さん、また、老人ホームの話、蒸し返し始めた。そしたら、メグ先生、

「分かりました。日当はホームの心付けと同じ五千円頂きます。それから、三時間のドキュメント枠と内容も希望を叶えてくれるなら引き受けます。朱美、行こうぜ」

朱美さん、驚いて声が出ない。

「ただ、うちの子五人を勝手気ままにさせてるわけではありません。まず、僕たちが、おじい

ちゃん、おばあちゃんの話に乗ってあげなきゃなりません。犬とか猫の昔話が出たら、みんなを呼びます。

そこから、犬、猫の思い出話してもらったり、うちの子たちに触ってもらったり、ベッドにまで乗せたりしてくれて、満面の笑みを見せてくれたら、ほぼ仕事完了です。

うちの子たち、ゴン・ユキ以外はみんな大きいから、最初はびっくりされるんですよ。でも、犬三匹が一斉に伏せすると、拍手してくれる人もいるんです。そういうことを部屋ごとに繰り返します。時間的に限界があるので、小さな老人ホームにしてます。

だけど、次に行った時に、前来たことを覚えている人は少ないです。うちの子たちが数時間の幸福感を与えられたとしても、あの人たちはその日の夜には長い孤独に戻るんです。それでも、生きなきゃならんのですよ、先輩。

ディレクターの彼女にも言ってください。内容は、うちの子たちの働きぶりではなくて、ホームにいるお年寄りの話を中心に組み立ててほしいんです。それなら喜んで協力します。僕らがどのどいつだろうが関係ない。

うちの子たちはみんな健康で、人が好きで。でも、話の中心は犬猫よりも何倍も生きなきゃならない人間の方だと思います。むしろ、老人問題を取り上げてください。あまり中身が硬くならないように、うちの子を使ってくれるなら、それは協力します」

梅沢さんの娘さん拍手した。梅沢さん真っ赤になってた。

「分かった、分かった。悪かった。三時間枠は編成上、とてもできん。でも、今の話、うちの若いのにも伝えておく。いずれにせよ、動物ものも見直さなきゃならん時期だと思ってたんだ。視聴率のことばかり考えて無理言ったな」

「そりゃ、もう役員間近ですから」ってメグ先生。

「でもな、犬のフリスビー大会とか、やっぱりそれなりに視聴率が取れてな」

「動物を競わせて、動物は一番になって嬉しいんですかね。褒めて、撫でてくれるなら何番でも嬉しいと思いますよ。競馬だって、闘犬だって伝統や歴史があるんでしょうけど、飼い主が褒めてくれるから、走ったり、戦ったりするんじゃないですかね。

僕は動物を競わせて喜んでるのは人間のエゴとしか思えんのです。ドッグショーとかあるけど、飼い主にとって自分の子が一番可愛くて、それは人間でも同じでしょ。僕には子供いないから分かりませんけど」

「そうだな。考えさせられるよ。それにしても、朱美ちゃんが羨ましいよ。メグ、ずっと友達でいてくれよな。老後はここで、掃除のおじさんになる」

「バイト代、高そうだなあ」。朱美さんが、

「そういえば、五〇五号室の山井さんが、お掃除でもさせてくれないかって」

「何でまた。後で話そう」ってメグ先生。

診察に戻る途中、エレベータで久しぶりに清水さんに会った。ブルーもリード付けて、自慢げ

にこっちを見上げてる。

「完全に断酒できたよ。タバコもほれ、電子タバコだ。いろいろ試したけど、この使い捨てのが気に入った。自慢じゃないけど、家の中もピカピカだ。でも酒やめたら、便秘になるようになって」

「酒飲んでるとビチグソですもんね。僕もやめた時は一週間止まって、北村から動物用の弱い便秘薬貰いました。分けましょうか？　後でポストに入れときます。それより、どちらへ？」

「ムッフフ、デートだ」

「まあ」って朱美さん。

「いいなあ、若い人ですか？」ってメグ先生聞いた途端、ウッて言うほど、朱美さんから肘鉄くらわされたところで、エレベータのドアが開いた。

メグ先生たち、ボタン押し忘れて、地下駐車場までお付き合い。メグ先生、喘ぐように、

「行ってらっしゃいませ」って言うのが精いっぱい。

「ごめんね、入っちゃった？　強過ぎた？　でも、メグが悪いのよ。大丈夫？　メグが死んだら私も死ぬ！」って、朱美さんメグ先生のお腹さすってる。

「そんなこと言われたら、死ねないじゃんか。大丈夫だよ。でも、ちょっと入った」

悔しいだろうに　どうして耐えられる?

数日後の夕方の診察では問題が起こった。大学教授でテレビコメンテイターとしても有名な山県さんの愛犬ヒーちゃんだ。シュナウザー十七歳。半年前に連れてきた時にはもう慢性腎不全だった。腎臓は沈黙の臓器と言われ、なかなか病気に気が付かない。水をたくさん飲んだり、色の薄いおしっこをして、気づかれればいいけど、それもまれなんだって。

だから定期健診が必要なのに、山県さんが初めて連れてきた時は、歳もあって、もうよれよれで、他の病院でも断られたんだって。メグ先生が血液検査して、病気が分かったんだ。歳だから体に負担のないサプリ飲ませたり、透析もして。三日前にはメグ先生が、

「ヒーちゃんも苦しそうなので、入院させてくれませんか、延命措置に過ぎませんが」と断りも入れて、その間の治療もよく説明した。山県さん、承知しない。それだけヒーちゃんを愛してるんだろう。

でも、言わんこっちゃない、また、連れてきた。しかも全身震えている。メグ先生が、

「ヒーちゃん苦しんでいます。もう限界です。眠らせてあげませんか」って言ったら、

「透析までしたのにダメなのか。お前はやぶだな。もう頼まん、連れて帰る」って山県さん言い出した。

「いけません。さらに苦しみます」って、メグ先生、初めて見せるような恐い顔で必死に止めてるのに。

「高い金払わせといて、最後は殺させろか、とんでもない医者だな」。でも、地下駐車場で車に乗せようとした途端、血痰吐いて事切れた。山県さん診察室に戻ってきて、罵詈雑言。それでもメグ先生、「残念でした。申し訳ありませんでした」って深々と頭を下げた。

そしたら、数日後のテレビ放送で、何の脈絡もなくメグ先生の悪口、病院名は言わなかったけど、凄い勢いで言い出した。愛犬家とも知られている人だ。テレビ局が違う梅沢さんが、「とんでもないことを言いやがって」って、その局の番組編成の友人に抗議したら、「お前が肩入れし過ぎてるんじゃないか、うちは少し追ってみるよ」って言われた。

そのテレビ局の若い記者は何の知識もないのに、イチャモンつけるように電話でがなりたてるばかり。メグ先生、

「それではおいでになってください」と言って、ヒーちゃんが来てから慢性腎不全だと分かった検査結果と説明する風景、お腹の中など毎回の診察風景、山県さんとの会話、費用の内訳、透析風景、そして、最後の『眠らせてあげてください』という先生のお願いを振り切った現場風景を記録したビデオを渡して、

「どこかに評価してもらってください」と渡した。

メグ動物病院は患者さんのパパ・ママに了解を貰って、一匹ごとの診察風景と内容、会話など

を全てビデオに撮っている。定期診断のたびに、「一年前はこんなに小さかったのに」なんて飼い主さんに見せながら、また診察して、それを追加記録していく。

もし何か変わったことがあれば、体の中の変化をそれまでのビデオと比較しながら説明する。それは病院にとっても、裕司さんの医薬品会社にも貴重な資料になっている。ペットを亡くした飼い主さんが欲しいと言えば、ダビングして無料で進呈する。

履歴がしっかりしているから、病気の発見も早い。治療費も薬代も安く済む。

「山県のバカ、ビデオに撮ってることすっかり忘れやがって。そこまで丁寧に最善尽くしてやってんだよ。分かんないのか、山県にテレビ局の記者のバカヤローッ」て道子さん叫んだ。

「山県のヤツ、偉そうに時事問題なんかしゃべっている。誰がお前の言うコメントなんか信じるか」って信二さんもカンカン。みんな機嫌が悪い。メグ先生と朱美さんが一番悔しいはずなのに、何も言わずに、いつものように仕事してる。

でも、梅沢さんが、今度こそ、やってくれたの。メグ先生から同じビデオ貰って、メグ先生とは付き合いのない獣医学会の三人の偉い教授呼んで、

「これから初めてのビデオを見て頂きます。見たご感想を見ながらでもお聞かせください」って個室に入ってもらって、その様子を別のカメラと音声が拾う。もちろん、同意してもらってる。

ビデオを見ながら先生たち、

「慢性腎不全に気づいた検査、内臓エコーの解析も問題ない。むしろ、よく気づいたな」

「できる先生ですね」なんて話してる。

「もう一度、見せてくれる？　いや、見解も優れている。最期が近いことをわきまえた処方、飼い主さんへの説明も丁寧だな。透析設備も持ってるんだ。凄いな。でも、トータルの費用はこれだけ？　ずいぶん良心的だな。

この犬の年齢を考えれば最善の手を尽くしてる。最期まで獣医としては申し分ない、というか凄い人だな」

「こういう飼い主はよくいる。これ、どこの病院？　もしかしたら〇〇動物病院じゃないの？」

病院名はピーという音で消され、画面はニュースキャスターに切り替わった。

「先生たちとこの動物病院とは一切かかわりございません。また、お医者様と飼い主さんの姿や声は分からないようにお伝えしました」

騒動を起こしたのが山県で、どこの局で放送したなど言わずに、

「最近はこうした飼い主さんもいるようです。お気持ちは分かります。でも、どうぞ、獣医さんと会話を密にして、ワンちゃん、猫ちゃんの一生を温かく見守ってほしいものですね」で、一コマのニュースは終わった。十五分も。

さすが梅沢さん、ギッシリし過ぎるほど、中身の濃いニュースだった。例のテレビ局はその後、何も報道しない。

すると、ＳＮＳで山県大炎上。番組も降板になった。そして、メグ動物病院だとすぐばれた。

患者さんのママ、パパたちの応援投稿が凄まじい。またまた忙しくなりそうだったけど、みんなペースを乱さなかった。

三人の教授からも連絡貰って、メグ先生のネットワークまた増えた。三人の先生は、メグ先生の評判は前から聞いてたようだ。

組織に縛られない仕事なんてない

それから数日後のある夜、五〇五号室の山井さん夫婦が久松に来た。まだ、若い。二十代だろう。社会人になったばかりの頃からマンション入居希望してたんだけど、半年前、空きができて、メグ先生夫妻の審査にも受かって入居した。メグ先生が、

「お話は先日、家内から少し。ちょっとこちらの問題が起きてしまってごめんなさい。でも解決しましたので。どうされました?」って聞いたら、

「失業しました。貯金はまだ少しありますから、当分家賃は大丈夫です。でも再就職もなかなか難しくって。それにもう組織は嫌なんです。だけど家内のパート代だけでは行き詰まります。でも、このマンションからは出て行きたくありません。

ボーッと外を見てたら、先生と奥さんが、ドッグランの芝刈りとか、掃除などをしているのを

見ました。僕にやせてくれませんか？　少しでも家賃の足しにしたいんです」

「でも、どんな仕事も組織からは逃げられないよ。たった一人で成り立つ仕事なんてないよ。そこは理解しておいた方がいい。それにしても、山井さんもいい体してるね」

「ラグビーやってました」

「あれ？　あなた早稲田の？」って朱美さんが思い出した。

「そうです。商社に勤めたんですが、ちょっと失敗して」。朱美さんが、

「その商社、私も勤めてたのよ」って言ったら、

「朱美と縁が深そうですね。奥さんも健康？」とメグ先生。

「はい、マネージャーの一人でした」

「そうなの。本当に掃除でいいの？　掃除を生涯の仕事にできる？」

「はい。体を生かすことしかできませんから。あれこれ考えるのはもう……」

「分かった。僕らにちょっと考えさせてくれる？　でも、どんなことでもあれこれ考えることは必要だよ。考えなきゃ、上手にはかどらないよ」

「すいません。ちょっと自暴自棄になってました。何とか力を貸してくれませんか。お願いします」って若い二人が頭を下げる。

　自宅に戻ってから、

「院内外、マンションの共用部分、ドッグラン、フェンスの向こう側の外掃除もやってもらおう

か。バイトさんのローテーションから掃除を外せば、みんなに余裕が生まれるし、俺たちにも」

「うん。夏場は大きいプールをドッグランに置きたいって、メグ言ってたけど、時間と労力が足りないって言ってたでしょ。換毛期に〝お風呂の日〟って告知して、希望する飼い主さんたちの子も合わせて洗えればいいって言ってたじゃない。バイトさんの掃除のローテーションをそっちに振り向ければ。

大きなゴムプール置いてもらおうよ。それにフェンスの内側の周りに花も植えたい、そんなことも頼めばいいんじゃない？」

「うん、でも、週休二日としても、五日間、一日八時間労働とすると、うちだけじゃ、時間が余る。やっぱり、手取り一人月三十万は必要だろ？」

「裕司君と元央君のところは必要ないかな？」

「ちょっと電話してみる」。メグ先生が二人に話したら、

「そりゃ助かる。事務所掃除もトイレ掃除なんかも交代でやってるんだけど、時間がもったいなくてな」って。

「あいつらのところも、ぐるぐる回ってもらえば、なんとか行けるか。あっ久松があったじゃん、俺としたことが忘れてた。計画書作ろう。それからマンション各戸の掃除はどうかな。お勤めの人には必要じゃないか？　タバコ吸う人のうちの拭き掃除とかさ。短時間で安く。面白いなあ。考えるだけなら、いっぱい思い浮かんでくるよな」

メグ先生と朱美さん、また、ほっぺくっつけるように、パソコンで計画書、作り上げていく。

「今、何時？」

「十時半」

「未完成だけど、この計画書、持ってってあげようよ。安心するよ」

「行こ」

あらかじめ電話して、扉を開けたら山井さん夫婦、土下座して、「こんなに早く」って泣いてた。

「いろいろ考えたら、やってほしいことが次々に出てきて。マンションの掃除とそれから、裏の会社二社にも行ってくれる？　久松の掃除も。とりあえず未完成だけど、大枠の計画書書いてきた。

バイトさんが中心の会社を想定している。検討して。とりあえず明日、九時ちょっと前にドッグランに来てくれる？」。メグ先生と朱美さん手を繋いで帰っていった。

翌日、元央さんが大きなゴム製のプール持ってきた。

「もう夏も終わりだぜ。まあ、その分、安かったからいいけど、うちの会社でも簡易プール作るかな」

「アッ、その手があった。来年の夏までに、組立式で、秋には倉庫にしまえる奴、作ってよ。水はスプリンクラーから引っ張ってくればいいか。排水は外構に繋げればいいか。風呂にもしたい。庭付き一戸建て用のも売れるかもしれないぜ」って言ったら、元央さん、お尻のポケットから、メグ先生と同じメモ帳出して書いてる。

実は、あたしたちも同じメモ帳、お尻のポケットに入ってる。ていうか、メグプレイスで働く人たちはみんな持ってる。百均のヤツ。ママたちはボケ防止になるって、久松の仕事の順番とか料理の作り方なんか書いてる。

山井さん夫婦にまず空気を入れてもらって、水を入れたら、チャ・夢・次郎飛び込んだ。ゴンまで犬かきしてる。ユキは興味深そうにプールのへりに足をかけて見ている。元央さん、写メいっぱい撮って、会社に戻っていった。

「あいつ途中からしゃべらなくなったろ。はまると、いつもそうなんだ。元央、ビビッと来たみたいだ。いいの作ってくれるぞ」って朱美さんに話してる。

その後で、山井さん夫妻を病院裏の二社にも案内して、久松にも行って、いろいろみなさんの希望聞いて。メグ先生が、

「いつからやる?」って聞いたら、

「明日からでも」

「じゃあ、このプール片付けてくれる?　乾かしたら倉庫の棚の一番上にどこでもいい。三時間分の初仕事。振込先教えて。合同会社を作りなよ。税制上も個人経営よりいいし、費用も六、七万ですむ。二人とも共同社長になればいい。受付の彩が指導してくれる。ちょっと待って、電

話する……六時過ぎに久松でって。

とりあえず二百万貸すよ。無利子でいいし、余裕が出たら少しずつ返して。

ただ人を雇うには難しいかな。アルバイトとかパート集めて。その人たちの賃金と売上と予想と合わせて一応試算してあるのがこれ。悪いけど、立ち上がりの数年は決算見せてもらう。採用も立ち会わせてもらう。いいかい？」。山井さん夫婦、震えながら、

「本当にここまで、本当に」って言葉が続かない。

「奥さんのポンポンの子がいい後継者になるかもね。体がいいからって、無理しないでよ。でも、ネットで宣伝すれば需要はあるはずだし、俺も他の知り合いにも聞いてみる。

車はRVのいいやつ持ってるね。当面はうちの掃除用具使っていいし、倉庫も使っていい。上手く使って。仕事中は君んちのワンコ、シェルターに預けてもいいんだよ。ただ、決まりで一日二千円もらうけど」

そしたら、半年後にはF大のラグビー部員をバイトに雇って大忙し。付けた社名が「メグ・クリーンサービス」。就職課の職員の紹介でF大の校舎の一部の清掃も請け負った。掃除器具も揃えて、倉庫の一部を借りても、半年後には黒字化した。

「そんなに早くなくてもいいのに」っていうのに、借金も返してきた。

「もう、大丈夫です。計画書、ありがとうございます。周りの方たちからもいろいろお話うかがいました。僕らもメグプレイスの一員にしてください」。山井さん夫婦、メグ先生と朱美さんの

こと「兄さん、姉さん」って呼び始めた。
「おっ、もう一度言ってくれる？　さん付けだぜ、朱美」って、メグ先生、嬉しそうに笑った。
「一回バイト、パートさんにも全員一堂に会してもらおう。教育も大変だぜ。俺たちも協力する」ってメグ先生が言ったら、
山井さん「ボス……愛してます」って。「ん？」って朱美さん。

晩秋のデート

今日は水曜日、もうすっかり晩秋、時々寒いくらい。久松で仕込みをしていた私たちのところに、ジーンズ履いて、お揃いの革ジャンの下に色違いのTシャツ着たメグ先生と朱美さんが入ってきた。朱美さんが、

「うちの子たち、シェルターでハルたちと遊んでるけど、暇あったら、シェルターの子たちも、みんなドッグランに出してやってね」

「お出かけ？」ってママが聞いたら、

「昨日の夜、バスに乗りたいって突然。乗り継いで東の山の方に行きたいって言うの。あまり行ってないから。お握りは持ったんだけど、から揚げ作ってくれる？　骨付きチューリップの。

タッパーは持ってきた。ごめんなさい、仕込み時間なのに」

「十五分あればできるよ」っておじちゃん。

「たくさんじゃなくていいの」

「分かった、少しお待ちを奥様」

「今日はモノ落ちてても拾わないでよ」って朱美さん心配してる。

「うん。案外、東側にも緑が多いね。この市も案外広いんだ。ずいぶん行ったつもりだったけど、東側が甘かったね。小さい川もあるんだ。釣りしたことある？　俺やったことない」

「あのねえ、メグがやったことがないことは、私もやったことないの。メグがやったことは私もやってるの。アッ、シュノーケルはまだだ。今度教えてよ」

　あたしたちを見て、

「あれ？　みんな髪が黒い。染めるの止めたの？　なんか、つやつや」

「朱美がくれた豚毛ブラシ、やっぱり当たりだった。メグはやっぱり天才だね」って、ママたち。

「英美に言ったら、急いでポップ作るって。私たちの頭、後ろから撮らせてって、失礼だわよね」もうママたちもみんなを呼び捨てにしてる。

「ほい、できたよ」ってタッパーに入れたから揚げ、おじちゃん持ってきてくれた。

　そしたらメグ先生、

「おじちゃん、これだけメニューが増えると大変でしょ。学生たちもどんどん入ってきてさ。俺さ、ふと思ったんだけど、フェンス沿いのところに穴開けて、サンドイッチとかパン、コーヒーの売り場と調理場、別にしない？

学生はキャンパスに戻る子とか、手に持って、町に繰り出す子も多いじゃん。それに、あや、カナ親子がホットドッグとハム・キューリサンドの担当でしょ」

「そりゃありがてぇな」っておじちゃん。

「私たちが順番でパンコーナーに入ります。でも、中華も洋食も勉強続けさせてよ」って、あたし、おじちゃんに言った。

「そりゃ、当たり前田のクラッカーっても分かんねえか。オッケーに決まってるだろ。なんせ、跡取りなんだからよ」って言ってくれた。

「みんな乗り気？　それならショーケースは頼むから」

そしたら朱美さんが、

「ごめんね、メグせっかちで。ショーケースは頼んじゃったし、元央君が今度の土日に調理場も仕上げるって言ってるの」

「そりゃ手回しがいいな。よろしく頼みますわ。じゃあ土曜の料理教室は先生の自宅でいい？久しぶりに野菜も見たいし」って、おじちゃん以下、仕込みをしながら、新しい売り場について「バイトが何人必要になるかな」なんて、がやがや話し込み出した。「種類をもっと増やすには何がいい？」「中華・洋食メニューでパンに挟めるのは？」とか。

メグ先生と朱美さんまた今日のレジャーの話を二人で地図に◯付けて相談し始める。

「じゃ、今日は東を攻めるぞ」

「そうしよ。そんじゃ、みなさん行ってきます」って、手を繋いで出ていった。みんな、フーッて息吐き出して、

「もう四十近いのに、あや、カナより若く見える、まるで高校生のカップルね。あや、カナ、あんたたち、結婚は?」って痛いところを突いてくる。

実はあたしたち、パパたちの勤めてる会社に好きな人がいるの。痩せてて、ひ弱に見えるかもしれないけど、頭いいんだから。

「バスだとスクーターと見える景色が違うね。バスは背が高いから、道の奥の方までよく見える。あれっ? あれ、田淵さんと小太郎だ」

向こうもこっちに気づいて、手を振ってる。メグ先生が頭の毛を両手で逆立てた。田淵さんオーケーマーク出した。

「小太郎、よくなって良かったね。毛も生え揃ってる」

「うん、オロナインって凄いよな。でも、あれから来てないなあ」

途中のバス停でバス乗り換えて、一路、東の町へ……。

「見て見て、何か、レトロな商店街ね」

「あそこの高台、行ってみない? 一望できるよ。次の停留所で止まったら運転手さんに聞いて

みる。……二つ目のバス停だって」

降りたら、なだらかな坂が続いている。

「パンジー綺麗ね、誰が植えてるのかしら」

「これだけ長いと大変だな。凄い人はどこにもいるね」

「メグって、凄い人ってよく言うね。誰に対してもリスペクトする。私ね、中学の時から、そのこと学んだわ。メグって本当に凄い人」

「ん？　意味が分かりましぇーん」

「いいの」

「あっ、犬のウンコ。しょうがねえなあ」って、メグ先生、リュックからビニール袋出して拾った。

「ウンコと言えば、山崎、俺の古い革ジャン、あれからまたなめして、凄く柔らかくしたよ。やっぱ、プロは違うね。これの柔らかさにはかなわないけどさ。中古でも高かったもんな。でもこんないいもん、売っちゃう人もいるんだね」

「メグって、何かをきっかけにいろんなこと思い出すのね」

「そうかな、変？」

「そういうところも好きよ」

「ねえ、そんなにいつも好きとか愛してるとか言い飽きないの？」

「ぜーんぜーん。大声で言おうか？」

「あっ、分かった、分かった、やめましょうね」

「お腹すいたねえ」

高台の上に着いたら、また、そこが広い。大きなテーブルとベンチも何組か置いてある。

「今日は平日だからか、見事に誰もいないね。土日祝日は子供遊ばせるには、ちょうどいいんだろうな。犬禁止じゃないよな。近かったら、うちの子たち連れてこれたのにな。真澄、ここ知ってるのかな。バスだと時間かかるけど、スクーターとか車なら一時間かからない。いっそのことマイクロバスツアーなんてどう？　あいつら、マイクロバスの免許持ってんのかな」

「メグって、いつもみんなのこと考えてるんだね」

「だって、いろいろ考えるだけで楽しいし、それが実現したら、もっと楽しいだろ。そう思わない？」

二人で並んで、お握りとから揚げ広げて、アルコール消毒液を手にじゃぶじゃぶ付けて、乾かして、「それじゃ頂きます」って。

「私たち生涯に幾つお握り食べるんだろうね。でも、飽きたことなんてないよね。おばあちゃん天才ね」

「そんなこと考えたこともなかったな。計算しようか？」

「数学チャンピオン、ひけらかしちゃう？」

「やっぱりやめとく」

「嘘、もう答え出してるんでしょ？　教えてよ」

「だって、いつまで生きるか分からないじゃん。嫌だよ、死ぬことを前提に計算するなんて」

朱美さん、メグ先生の手を握った。

「俺たち、生涯で何回手を繋ぐんだろう」

「それも計算不能ね。でもお握りより多く結びたい」

「でも食べながらは、手は結べないね。アッ、これマヨネーズ入れたんだ」

「梅沢さんの娘さんがマヨ付けると美味しいって言ってたでしょ。ちょっと試したら新食感、美味しくない？」

「いや、いける。旨い。でも毎日だと飽きるな」

「そうね」

ボトルに入れた玄米茶飲みながら、

「あれが川？　しょぼいな。釣りはできそうもないね。でも、近くまで行ってみようよ」

少し先の藪の前、

「ここ抜けて行けるのかな？　ちょっと急だけど、朱美、大丈夫？」

「やめておこ。メグに怪我されたら大変だもん」

「女神のようだな」

「メグがそんなこと言うなんて」

「自分でも、言って恥ずかしかった」

それから、水飲み場で歯磨き。何か食べるたびに歯磨き。人が見ていないと、二人向き合って、あーんして、口の中を点検している。あたしとカナは見た。

「誰もいないから、坂の下まで、おんぶしてくれる?」

「いいよ、おいで。でも耳噛むなよ」。背中のリュック、お腹に回して、ひょいと朱美さん背負った。

「朱美が作ってくれたこのリュック、本当にいいよ」

朱美さん、メグ先生の頭に顔うずめて、

「私たち匂いも同じね。いい匂い。この匂いのもとを突き止めたのは、初めてお泊りした時。ずーっと聞けなかったの」

「どうして?」

「何か性的な感じがして」

「ねえ、抱いてほしかった?」

「とっても。メグは?」

「高校の時から、したくてしたくて。そりゃそりゃ凄く、我慢してたんだ。起ちそうなのをポケットに手を入れて抑えたり」

「男の子は大変ね」

「ねえ、最初、痛かった？」

「体に太い棒を入れられたような気がしたわ。入れられた時は物凄く痛かった。でも、嬉しさの方が勝ってた。それに、出血したら、メグ、一緒にシャワーに行ってくれて、あそこを綺麗に洗ってくれて、血がもう出てないか舐めてくれたり、キスまでしてくれて、私、すぐ二回目せがんじゃって」

「何回したかな」

「最後は二人疲れて寝ちゃったね。後で、こんなこともするんだってアメリカから買ってきた変な本、すぐ捨ててもらったけど、今はあそこに書いてあった以上のことしてるかもね。あそこの、お毛毛、二人で全部剃り合ってることなんて載ってないよね。二人だけの秘密ね」

「あそこだけでなくて、腋毛とか、すね毛とかも、最近、電気のヤツで脱毛してくれるじゃん。なんかつるつるしてて、俺、好きだな。水泳選手みたいになったみたい。ベビーパウダーも付きやすいし馴染むよ。朱美と抱き合う時も、ザラザラしない。

外国じゃ、女優さんが腋毛はやすの流行ってるみたいだけど、それを男女平等とかさ、そういう議論になるのは好きじゃないなあ。剃ろうが、生やそうが自由で、それをどう見るかも人の自由でいいんじゃないの？　犯罪犯しているわけじゃないし。でも俺は剃った方がいい。

俺、朱美が『こんなに好きなのに』って言って、あそこを大事に舐めてくれたり、玉をすっぽんすっぽんって吸うといつも行きそうになる。俺もキスだけで行かせようとそこら中にキスしちゃう。

でもね、お互い、体の全部を知ってる方が、老々介護になって、おむつ穿かせる時とか、恥ずかしくなくって、いいと思うんだな」

「私おむつ穿くの？」

「俺だって穿くかもしれないよ、でもお互い手伝おうね」

「うん、メグ大好き」

「こうしておんぶしていると、朱美のあそこと胸が背中に伝わってくる。お尻も支えてるようで触ってる。俺、朱美をおんぶするの好きなんだ」

「抱っこはさすがに外じゃできないもんね」

「坂の下まで行ったら、人がいなかったら、お姫様抱っこならしてもいいよ」

「あのね、私が一番好きなのは、メグを受け入れて、しばらく動かないで感じていること」

「じゃあ動かない」

「バカ、しばらくだけ」

「俺たち凄いこと話してるね」

「ほんとね。でも坂下りたら、お姫様抱っこはしてね。人がいなかったら、キスもしてね」

「口でいいんだよね」

「バカ」

坂道下りたら、「何だよ」。三枚川こちらっていう看板と工事中のお知らせが並んでた。

「気が付かなかったこっちも悪いけど、あの崖、下りなくてよかったなあ。朱美、やっぱり君はアテナなの？」

「そう、聖闘士メグを守る」

「こんなの今の若い子は知らないよな」

「今、実写版やってるらしいわよ」

「ほんと？　観たいな」

「人いないいんですけど」

「分かった……なんかしたくなってきちゃったな」

「お家帰ってからね。ねえ、私たちラブホテルも行ったことなかったわね」

「マンション借りててよかっただろ？」

「ホントね。ラブホって高いんでしょ？」

「知らないよ」

「よかった」

「アッ、やられた。誘導尋問か」

「バレたか」

「さっきの昭和レトロのお店があった商店街まで行こうよ。停留所二つ分」

「歩こうね。楽勝だね。毎日運動してるから、体、調子いいよね。やっぱり、お坊さんが言ったとおりね」

手を繋いで歩きながら、メグ先生が、

「シモシモメカヨメカンサヨって知ってる?」

「なになに、もう一回」

「だから、シモシモメカヨメカンサヨ」

「知らない」

「歌えば分かる、シモ・シモ・メカ・ヨ・メカ・ンサ・ヨ」

「カメさんだ!」朱美さん大笑いした。

「俺ね、小学生のころ、こんなことばかり、やってたんだ。でも全部スラスラ覚えてるのは、これだけかな」

「聞いたら、癖になりそう。全部、教えて」

二人で歌っていたら、

「お茶なくなっちゃったよ」

「私もあと少しだけ。あそこに、蔦が絡まってるレトロな喫茶店があるわよ。贅沢しちゃう?」

「しちゃう」

カウベル鳴らして店に入ると、中はアメリカのカントリーミュージックのビデオに出てきそうな雰囲気。

「犬、猫オッケーなんだ、いいなあ」ってメグ先生。

三組のお客さんがいた。席に座って、

「ヨーロピアンコーヒーって何だろうね」

「それ頼もうよ」

注文取りに来たマスターに頼んで、

「あとで、ボトルに水貰えますか」って聞いたら、

「メグ先生ですよね、お目にかかれて嬉しいです」って、小型のシープドッグもついてきた。そしたら、お客さんたち、みんな、「やっぱり？」って拍手まで。メグ先生と朱美さん立ち上がって、みなさんに会釈した。

そしたら、一人の女性が、

「千葉君！」って声をかけてきた。

「あれ？　新庄さん？　懐かしいなあ、この辺に住んでたの？」

「ううん、結婚してこっちに」

「こっちは朱美、家内です。新庄さん、高校の同級生なんだ」

「あなたたち、カッコいいわねえ。千葉君なんて全然変わってないのね。それから主人がお世話になりました」

「えっ？」

「今は私、渡辺って言うの」

「あっ、ナベと結婚したの？　こちらこそお世話になって。そんな噂あったかなあ。朱美、ビデオを作ってくれたナベの奥さんになってた。いや、全然知らなかった。ナベも何も言わなかったんだぜ」

「いいのいいの、そういう人だから。少し変わってるでしょ？　これ、うちの猫のココ」

「こんにちは、ココちゃん」って朱美さん前足を握って挨拶した。

「ちょっと目やにが出てるね」ってメグ先生が言ったら、

「子供の時から涙目で、クシュンクシュンするの」

「そうなの。そういう子もいるよ。ちょっと診ていい？」

リュックから、手袋がいっぱい入ったジップロック出して、簡単な検査キットや、小瓶に入れられた薬が整理されたA４のボックス出して、

「これ奥さんの手作りリュックね。ボックスとか仕切りとか小瓶は百均ね、ホントに今は便利だよね」って言いながら、手袋つけた。朱美さんが優しく抱いて、メグ先生が、

「ココちゃん、いいかい、いい子だな、ほーら、おっかけっこしよう」って、指を目の前で右に左に。いい子だね、いい子だねって頭撫でて、

「ちょっとおメメの中見るよ。あれ、ちょっと逆さまつげが目に入ってるね。少し切ってい

い?」小さなはさみで、ちょこっと切る。

「もうチクチクしないよ。偉いなあ、うん、大丈夫、大丈夫」って今度は下まぶたを優しく下げて、

「うん、見た限りでは、生まれながらに軽い鼻炎持ちかな。おメメ拭いてあげるよ」

小瓶に入った綺麗な水を、少しガーゼにつけて、優しく優しく拭いている。

「普通のお水でもいいんだ。ティッシュに含ませて毎日拭いてあげれば固まらないからね。それにしてもおとなしいね」……。

「これがヨーロピアンコーヒーって言うのか、美味しいねえ」

「豆はどこ産?」なんて話してたら、

「うちの子も診てくれませんか」ってマスターが。他のお客さんも、うちの子もっていうから、

「分かりました、順番に診ますからね。その前に、ちょっと、オシッコ行かせてくださいね」って言ったら、みんな笑った。その間、朱美さんが、

「高校は別だったんですけど、渡辺さんの学校で、メグ、どんな感じだったんですか?」

「そりゃ、もてたわよ。何しろ進学校でしょ、成績がいい人は注目されるし、千葉君、試験も最初から最後までずっとトップで。それにカッコいいから、もてたわよ。校内の水泳大会では背泳ぎで一番も取ったのよ。ピアノも歌も上手で、文化祭で歌って、何人もの子、泣かしたんだから。

もしかして、あなた、噂の彼女だった人？　土日は市の図書館行くって千葉君に聞いた女子たちがこっそり行ったら、千葉君が女の子と手を繋いで出てきたって騒いでたわ。それ、あなた？」

「そうです」って朱美さん真っ赤になって、恥ずかしそうに答えた。

「後で、千葉君と並んだ写真撮らせてね」って渡辺さん。

オシッコから戻ってきたメグ先生、

「じゃあ、順番に診ますね」って。まずは、手袋替えて、マスターのワンコから。

「歯から診て、七歳くらいですか？　そうか、そうか。綺麗にしてもらってるね」。さすっているうちに、ワンコ、横にごろん。

「僕以外にこんなことするの初めてですよ」ってマスター。

「これで友達だな。お腹触っていいかい？……問題なさそうですね。皆さん、あくまで、ここで診た限りですからね。なるべく定期的に、お近くの獣医さんに診せてあげてくださいね」って。

次はレトリバー。

「十二歳くらい？　よく散歩してもらってるね。爪が綺麗だ。でも、大きい子たちは足腰に気を付けてあげてくださいね。お家のフローリングで時々滑るようでしたら、安いペット用のマットがありますから敷いてあげてくださいね。ポンポンも大丈夫。

ただ、おメメがね、どうしても歳を取ってくると人間と同じで白内障になるんですよ。人間の白内障用のカタリンKって目薬が薬局で売ってます。それをほんの少し。だけど、これはきちんとした診断ではないですし、責任は持てません。飼い主さんが自己責任でということなら、ちょっとだけ、試す価値はあります」

次の子はポメちゃん。

「小さいな、可愛いな。チワワが入ってます？　そうでしょ。君のパパとママは苦労したんだよ」って言ったら、周りがクスクス。

「ゴムマリみたいだね。ちょっと食わせ過ぎですよ。今日ウンチしました？　便秘気味でしょ。ご飯に野菜を少し混ぜてあげるといいですよ。茹でたのを冷まして、うーんと細かく切ってフードに入れてあげてみてください。粉のビオフェルミンを耳かき一杯でもいいですけど、野菜に慣れさせておくといいですよ。ただ、玉ねぎは絶対にダメですよ」

お客さんたちに、

「みなさん、ありがとうございました」って、メグ先生嬉しそう。

「ただここでは、動物にちょっと詳しい人間の見立てで、キチンとした診察ではありませんからね、その辺のところは、ご理解くださいね。可愛い子たちに触らせてもらって幸せでした」

席に戻って、朱美さんと渡辺さんが楽しそうに話してるのを見て、スマホを取り出して、

「連絡先交換しようよ」って、メグ先生が言ったら、

「私たちはもう交換したから、大丈夫。主人とは繋がってるでしょ。それより写真撮らせて」っ

て渡辺さん。

朱美さん、嬉しそうにメグ先生の顎の下にすっぽり入っちゃった。

渡辺さんが、

「千葉君、腕を回して、もっとぎゅっと」って言ったら、メグ先生笑い出しちゃって、それを嬉しそうに見上げた朱美さんをパシャリ。

「あなたたち本当にお似合いね、これ友達に拡散しよっと」

「ちょっとそれは……」ってメグ先生。

朱美さんが

「私、高校の文化祭で歌った歌、聞いたことない」

「へっ？　そんな話してたの？　古い曲で知ってる人はあまりいないから」

「何人の子、泣かしたの？」

「そんなことあるわけないだろ」

「ううん、何人も泣いてた」って渡辺さん。

「どうしてそういうことするかなあ。マスター、そのピアノ貸してもらえますか？　歌ってよ」

「何だよ、そんなこと言われても困るよ」

「何でみんなに聞かせて、私が聞けないのよ」

マスターがピアノのカバー開けて、さあどうぞって言うし、お客さんまでが拍手するから、メグ先生引っ込みがつかなくなった。

「いや覚えてるかな。途中で笑わないでくださいね」

咳払いして、ピアノちょっと鳴らして、歌い始めた。

〝部屋の隅で見つけた　色褪せた写真　忘れたはずの恋の　思い出を誘う　夕焼け見つめて　二人で誓った　無邪気な約束覚えているよ　初めて交わした　甘い口づけに　潤んだあの瞳　胸に甦る／都会の空に憧れ　故郷を離れた　若かったのさ　あの頃　許して欲しい　明日は君に手紙を書こう　思いで溢れる写真を添えて　もしもお嫁に行っていないなら　も一度　この僕に会ってほしいんだ　もしもお嫁に行っていないなら　も一度　この僕に会ってほしいんだ〟……ゆっくりとしたバラード。ハイトーンの声が響く。皆さん大拍手。

「いや、上手いな。カントリー風でこの歌いいな。なんていう曲ですか？」ってマスター。

「ワイルドワンズの鳥塚しげきさんの『写真』っていう歌です」

でも朱美さん不機嫌。

「誰、想って歌ってんの？」

「へっ？」

「この歌、禁止ね」

「へっ？……歌えっていうから。俺が作った歌じゃないからね」

「選曲は誰なのよ」

「へっ？　俺じゃないよ。確か、バンドの連中だと思う」

「ふーん」

「朱美さんって面白いわね」って渡辺さん笑い出した。

「渡辺さんから高校時代のメグの話、いっぱい聞いたわ。もてたんですって？」

「そんなことないよね」

「ううん、もてた、もてた」

「ちょっと新庄さん、いや、渡辺さん。朱美を知らないだろうけど、やきもち……」と言おうとしたら、朱美さんが、

「私ね、メグの高校生活だけあまり知らないんです。文化祭にも来るなって」

「そうなの、それからねえ」なんて渡辺さん何か話し出しそうだから。

「あっ、次、行かなきゃ。新庄さんまたね。いや、渡辺さんだ、ごめん、ナベによろしく言っといてね。マスター、初めて飲んだコーヒー美味しかった。

だめだめ、お金はちゃんと受け取って。お釣り？　いいいい、取っておいて。コーヒー、ホントに旨かった。じゃ、みなさんもお元気で。水、ありがとう」って言って、朱美さんの手を掴んで店を出た。

お揃いのネックレス

「やめろよな。俺、何にもしてねえからな」

「ちょっとざわつく話もあったけど、もう正真正銘の奥さんだから許す」

「許すって、俺、勉学、朱美一筋だったんだから」

「順序逆ね」

「朱美一番、勉学二番、三時のおやつは文明堂」

「ふーん、じゃあ、里見さんって人は？」

「知らない知らないそんな人」

「そんなはずないでしょ。あなたが学級委員長で、里見さんは副委員長でしょ」

「あー思い出した」

「うーそよ。里見さんにも言い寄られたけど、相手にしなかったんだってね、偉い偉い。でも、歌、素敵だった。いい曲ね。もう一度歌って」

「外だから勘弁してよ。東は鬼門だな。俺は朱美にやきもち焼かそうなんて、思ったことも、やったことも一度もないよ。でもね、朱美が勝手にやきもち焼くのがちょっと嬉しいところもあるんだ」

「それは悔しい。もうやきもち焼かない」

「ホント?」

「メグ!　罠でしょ。本当に頭のいい人ね」

「どうしたら俺が嫌いになるの?」

「そんなこと絶対にありえない!　私なんか、歌だって『うれし涙』とかシェネルのばっかり歌ってるのに」って朱美さん本気で怒り出しちゃった。

「ごめんよ。朱美は俺の最大の理解者だよ。でも、逆らったことも、反論したこともない。おかしいよ、自分を殺してない?」

「そんなことない。メグの嫌なところなんて一つもないもん。私はメグの分身になりたいの。いけない?」

「ちょっと」と言って、メグ先生、朱美さんを引っ張って、路地の死角に入って、抱き寄せてキスした。

「バカッ」って小さな声で朱美さん。

「ごめん」って言って、さらにぎゅっと。

「機嫌、直った?」

「うん、メグからキスしてくれたから」

「あのね、俺は本当に幸せだと思ってる。中学生の時から俺だけ思ってくれていて。だから俺も安心して勉強に仕事に打ち込めてる。どこにも一緒に来てくれるから寂しくないし、俺は朱美なしには生きられない人間にされちゃった」

「私なんて振られても、そうだったんだから」

「そればっかり言うなよ」

「こんなに頭が良くて、仲間を守るあなたが好きでしょうがないの。尊敬してるの」

「俺ね、いろんな人と付き合って、失恋したり、その都度勉強していって、真実の愛……ってのも理解しているけど、俺は嫌だな。別れても付き合った人のこと、途中で思い出すのも嫌だな。

子供の頃の恋愛って、バカにするのも嫌だなって、朱美といてつくづく思うんだ。朱美は大事なこと教えてくれているんだ。尊敬している」

「私の見る目が良かったのよ。性格が合わないって別れちゃう人もいるし、体が合わないとかなんて言う人もいるの知ってる。でも私は何から何まであなたが好きなの」

「ありがとう。俺も朱美のこと全部好きだよ」

「も一度キスして」

「分かった」……。

それから、また、商店街をぶらぶら。

「あのさ、俺、最近、異常かもしれない。朱美の体が触りたくて。朱美はいつも俺のこと触ってくるから、それでいいかと思ってたんだけど、最近おかしいんだ。異常かな。二の腕とか、ぽよぽよしたとことか、触りたい」

「我慢してたの？」

「嫌がられたら恥ずかしいし」

「何にも異常じゃないわよ。そんなこと言ったら、私は何なの？　痴女？　元々スキンシップ進んでやらなかったことが異常だったのよ。胸とか、大事なところとか、私がメグの手を持って最初リードするなんて、もう慣れたけど、最初から自主的にしてほしかったな」

「そうなの？」

「そうよ。家で勉強してる時は一緒に椅子に座ろうか？　触って」

「うん」

「集中できるの？」

「そこは多分、大丈夫。でも朱美の体にメモしちゃうかもしれない」

「お風呂で落とせばいいからいいわよ。でも、あなた、恋愛小説とか読んだ方がいいわよ。妄想力高まるわよ。変な写真集より、よっぽどいいわよ」

「その種の本の読書量は朱美にかなわないからな」

「もっとくっついて歩いていい？」

「分かった」

「もっと年取ったら、もっとくっつく、いい？」

「うん、でも俺を絶対に捨てるなよ」

「アッ、また、私のセリフ取っちゃうんだから」

古本屋さんや、古着屋さんがあっても、地元の店があるからって二人入らない。古本屋さんと古着屋さん二つの店の看板猫は動物病院のシェルター上がりのムラサキにアカ、集客に役立ってるんだって。

宝石屋さんの前で立ち止って朱美さんが、

「結婚指輪はゴン・チャのロケット付けちゃってるからもう指には付けられないね」

「指輪欲しいの？」

「ううん、どっちにしろ、仕事中はつけられないもん。でも、ネックレスなら、つけていられる」

「俺、野球選手がやっているようなヤツはちょっとなあ。それにもともと、装飾品付けないから。朱美だけ買いなよ」

「違うの違うの。細くて、Tシャツの下に隠れるネックレスがあるの。お揃いのが欲しい。革ジャンもお揃いだし」

「高いんじゃないの？」

「ううん。ピンキリ。キリでいいの。誰に見せるわけじゃないし、お揃いの二人の秘密にしたい」

「じゃあ、入ろう。ちょっと恥ずかしいけど」

お店に入ると、綺麗な店員さんが、

「おめでとうございます。ご結婚ですね」って。朱美さん、

「いえいえ、もう十何年も一緒です」っていったら、

「まあ」って驚いてた。

「ネックレスはどこですか?」って聞く。メグ先生は宝石屋さんなんて初めてで、なんかもじもじしてる。朱美さんの革ジャンの袖つまんで、

「早く決めてよ」って小さい声で。

「もうちょっと待っててね」って朱美さんにたしなめられた。

「この人とペアで、細くて、丈夫で、Tシャツに隠れるくらいの長さで、一番安いものってどれですか?」って朱美さん単刀直入。

メグ先生、朱美さんにポケットの五万渡して、

「これしか持ってない。外で待っててもいい?」

「ダメ、ここで着けてくんだから、一緒にいなさい」って怒られてるの見て、店員さん、笑い出しちゃった。

結局、シルバーのにして、メグ先生、ひざまずかされて、朱美さんが着けて、今度は朱美さんの首に着けて、

「よろしくお願いします」なんて思わず言っちゃったんだろうな、真っ赤になってる。

店員さん拍手して、

「改めておめでとうございます」って言われて、

「いやあ、どうも」なんてしきりに頭をかいてた。〆て税込み四万円。メグ先生にはそれが高いのか、安いのか分からなかった。

でも、朱美さんはルンルン。ニコニコして、繋いだ手を大きく振って歩いてる。そしたら、

「あっ、アンパン！　白餡とウグイス餡もあるって書いてある」って、年季の入ったパン屋さんを見つけた。

「メグ、白餡とウグイス餡しか食べないよね」

「珍しいな。今はめったに売ってない」

「粒餡のアンパンなんて、牛乳と一緒に食べると美味しいのに」

「昔、おばあちゃんがお土産で買ってきてくれた粒餡の最中の皮が変な味がして。最中の皮を口の中で砕いてから、ウルトラマンのスペシウム光線って、シューって出したら、おばあちゃんに引っぱたかれて、ケツ叩かれて、あんなに怒られたことなかったな。黒餡も吐き出しちゃって。そのトラウマもあるのかな」

「悪い子だったのね。私もぶつかもしれない。

カウンターがあるから、ここでも食べられるのかな。……こんにちはー、すみません。こちら

でも食べられますか?……わっ、可愛いアンパン」って朱美さん。

大きさは食パンの四分の一くらいだけど、丸々してる。

「白餡とウグイス餡のを一つずつ、半分こに切ってくれますか?」って朱美さんが今度はメグ先生の手を引っ張って奥の席にいく。

「甘いもの久しぶりね」。でも、一口食べたら、

「あっ旨い! これゆずの香りがする」ってメグ先生、声出したら、奥さんがお茶出してくれた。

「このお茶も旨い。どこの緑茶ですか」なんて、メグ先生聞いてる。

「お客さん嬉しいわ」って、リュックにつるしてある空になりかけたボトルを見て、

「お茶、入れてあげましょうか」って言ってくれた。

「是非」朱美さん、嬉しそう。

「この大きさなら、幾つでも食べられそう。すいません、粒餡のも半分こにしてくれますか?」

「俺は無理だよ」

「いい子は好き嫌いしない!」

「分かったよ」……

「駄目よ! 今、目をつぶろうとしたでしょ」……

「あっ、旨い! あれ以来だ。これ、久松のパン売り場に出せないかな。一つ幾ら? 五十円? 子供でも買える。とにかくお土産で買っていこうよ。みんなの分だと、いくつ買えばいいんだ?

とりあえず黒、白、ウグイス四十個ずつ買ってこう」

「すいませーん、これ四十個ずつありますか？」って朱美さんが聞いたら、奥さん、

「まあ。袋に入れますから、ちょっとお待ちを」と言って、奥に戻っていった。

「あっ、さっきカネ、朱美に渡しちゃった。朱美カネ、大丈夫？」

「大丈夫よ。はい、五万円」

「いいよいいよ、持ってて。そのかわり、今日は全部出してよ。お釣りは貰わないでね」

「迷子にならないように、手は握ってるのよ」

ご主人も出てきて、丁寧に挨拶してくれた。メグ先生、名刺渡して、久松のこと話して、今度の土曜日に工事するとか、アンパンの配達はできるのかなんて聞いてる。

「あっ、お釣り」ってご主人。

「いいのいいの。後で連絡していいですか？」というところで切り上げた。

駅前の水飲み場でまた歯磨きして、バスを乗り継いで帰宅。

「自宅で食事の日だけど、今日は久松で食べない？　実はね、ご飯炊き忘れたこと思い出した」

「そうか。じゃ、そうしよう」

バスの一番後ろの席。

「ねえ、メグ。あんまりムキムキにならないでね。お腹も割れてるし筋肉だらけ。もう、今で十分。プロテインなんて飲まないでよ」

「でも、腹なんて出てきたら嫌だろ?」

「ぜんぜん平気よ。メグであることに変わりないし、少しはモテなくなるかなって」

「可愛いこと言うな」

「だって私だって、おっぱい下がってくるもん」

「大丈夫、俺が揉んだり、吸ったりするから」

「エッチ。でもそうしてね」

「大丈夫だよ。同い年じゃん。衰えていくのも一緒だし。それに俺、朱美の年取った顔、想像できる。綺麗だよ」

「そんなこと前も言ってくれたわね」

「俺は想像つく?」

「つかない。ずっと変わらないもん」

「そんなことないよ。見慣れてるからだよ。こんなに血管、浮いてきたり。禿げちゃうかもしれない。朱美のおっぱいが垂れてきたら、担いでやるよ」

「そんなに大きくないわよ」

「そうかな、でも形は好きだな、俺には最高で大切なおっぱい。いい形。朱美はコンパクトグラマー」

「ねえ、キスしていい?」

「バスの中じゃ無理だよ。お家帰ったらね」

「また私のセリフ取っちゃう。

昔、大学の時ね、同じクラスの子がラブホテル入るには、何か後ろめたいところがあるって言ってた」

「元央も裕司もそう言ってたなあ」

「私は幸運ね。メグの自宅だったから。初めて泊めて貰った時は親も察してくれて。今度いつ行くの、これ持ってってあげなさいとか」

「お母さんには焼かなかったの？」

「それはさすがに。でもホテル代とか使ったことなかったもんね。この前来た大学の同期の夫婦が、全部合わせたら何十万も使ったって、もったいないことしたって。どういう意味かしらね」

「夫婦になったら、いろいろ入用だからだよ」

「私はそういう苦労何もしてない。メグには感謝しかないの。働かせてばっかりで、ごめんね」

「ばかだなあ、朱美も働きづめじゃないか。そんなこと言うなよ。贅沢らしいことしてやってないよ俺。朱美は倹約家だと思うよ。何でも手作りしてるような気がする。豪華ホテルとか、旅行とか行きたくないの？」

「メグとなら行ってもいいけど。でも、あんなに広い自宅があって、あまりそういう欲求は湧かない。綺麗なところはスクーターで連れてってくれるし。映画も大画面テレビでメグと手を繋いでみる方が好き。すごいお家に住ませてくれているのよ」

「そこまで思ってくれると、嬉しいな」

「メグはホントに物欲がないね」

「だって、自分で言うのも変だけど、あんないい自宅があるし」

「パソコンとかどんどん買い替えていいのよ。スクーターも学生時代からのでしょ。新車にしてもいいのよ」

「パソコンは病院の経費でどんどん買い替えてるから大丈夫だよ。スクーターは欲しいかな、電動の」

「車は欲しくないの？　梅沢さんの見て、羨ましそうだったよ」

「雨の日はスクーターじゃ遠出できないし、朱美をどこにも連れてってやれない。朱美は欲しいの？」

「プレゼントしようと思ったけど、スクーターであなたの背中にくっついているの好きだし、車にしたら、子供たちも連れてくって言うでしょ？」

「多分」

「今日みたいに二人だけの時間が欲しいの」

「雨の日は相合傘で出かければいいもんな。車なら真澄に借りればいいし」

「うん。だけどスクーターだけ新しくしようよ」

「帰ったら、ネットで一緒に調べよう。色とか形は選んでいいよ。でも、無駄遣いじゃない?」

「今のバイクもう何年乗ってるの?　十五年以上よ。電動バイクにしようよ。この財務大臣に任せて。時々横領してるんだから」

「いいよ、どんどん横領しろよ。朱美は欲しいモノないの?」

「さっきネックレス買ってもらったし、でも、スクーターグッズが欲しい。メグがなんか拾っても、私の背中に縛り付けなくて済むようなグッズ」

「分かった。そうしようね。もう着くよ。久松、行こ」

愛している

そして久松。

「わっ、混んでるね。……あや母さん、ドッグランで遊んでるから、少し空いたら呼んで。これお土産。パンコーナーで出せないかと思って、みんなで味見して」

もう、本当のお母さんみたいに、あや母さん、カナ母さんって、メグ先生は呼ぶ。朱美さんも「父さんたちの分もあるから」なんて付け加えている。パパたちもあや父さん、カナ父さん、って呼ばれてる。面白いのは会社でもそう呼ばれてる。

おかげであたしたちも、みなさんに認知されたんだけど。裕司さんの会社も元央さんの会社も、みんな、さん付けで呼び合っている。メグ先生が、俺も「さん付け」て呼ばれたいって言っても、みんな無視している。

まあ、道子さんと信二さん、そしてあたしとカナ、久松のおじちゃん、おばちゃんが「メグ先生」って言ってるし、山井さんにも兄さんって呼んでもらってるからいいじゃない。因みにあたし、あやと彩が紛らわしいと言われて、「小あや」が定着しつつある。

メグ先生と朱美さんに気づいたら、ゴン・チャ、夢・次郎・ユキと保護犬猫、預かりの犬のハルと猫のハルが、二人に向かって走っていく。みんな一斉に飛びついてる。あまりの衝撃に、芝生の上に二人とも大の字。

「あっ、革ジャン脱ごうよ。ウンコがつくかもしれない」

「朱美だって、変な連想するじゃん」

「ほらっ、そこ！　なんて嘘よ」

「今日は嘘ばっかり」

「可愛い嘘でしょ」

「分かった分かった。ゴン、ユキいい子にしてた？　お留守番できたな。よしよししてやる」

「あっ、夢子、パパにキスしちゃダメ」

「お前だって、チャチャと次郎にペロペロされてるじゃん」

「もうみんな、分かった分かった。待って。伏せして。そうそういい子。あっ、夢子！　パパの上で伏せしちゃダメ！」

「夢子、愛してるよ」

「アッ、そんな気やすく」

「お前、やっぱり異常かも」

「そうよ『クレイジー・フォー・ユー』よ」

「懐かしいな、マドンナ」

「ああいうのが好きなんだ」

「そんなどんどん展開していくなよ。よーしみんな、ここで揃ってお座りしよう。そうそうよくできるね」。朱美さんが、

「いつの間にかカナの家の犬ハルが、一番年上になったわね」

「もう十二歳だもんな」

「でも、歯も綺麗ね」

「うん、ここに診察受けに来た日から、みんなに大事にされてるからなあ。スタイル良くなって、チョイ悪オヤジの清水さんみたいだな」

「ねえ、ゴンもユキも先代のゴンによく似てきた。チャチャも先代によく似ている。夢子と次

きた」

郎はもともといい子だし。昔、先代のゴン・チャ見て奇跡だと思ったけど、今またそう思えて
「そうだろ。飼い主に似るんだよ。俺たちいつまでも仲良くしような」

「大きな座布団、結局、五枚も作ったのに、みんな一枚の上に一緒にくっついて寝てる」

「今度の休みに、全部くっつけて一枚にしちゃえば」

「手伝ってくれる?」

「ああいいよ。でも作る時はシェルターに連れてこ。昔布団作った時、先代のゴン・チャにいたずらされて、家中綿だらけになっちゃったじゃん」

「懐かしいなあ。でき上がったら、山崎君に洗ってもらおうよ」

そんなこと話してたら、恵美さんが、マンションの上から何か言ってる。

「えっ、なーに?」って朱美さん。

「二人とも、最高! また、忙しくなっても知らないからね。ユーチューブに上げられてるよ」って叫んでる。

「何が?」

「喫茶店で診察したでしょ。おまけに、二人がくっついている写真までアップされてる。メグ、あたしたちにも歌って。あんたたち幾つ? 高校生のカップルみたい。そう見せつけないで!」

「えっ?」朱美さんスマホ取り出して、

「メグ、これって」

「渡辺さん、友達に送るって言ってたのに」

「今日会った喫茶店の仲間たちより、メグ先生、朱美さん大好き、また歌ってねって書いてある」

「全部、撮られてんの？」

「音声もばっちりみたい。ちょっと音大きくするよ。あっ、私の夫が歌ってる」

「えっ。音絞れよ」

二人ともスマホ画面をほっぺをくっつけて見てる。

「みんなで、合成したんだ。フー、やっちゃったな。……何から何までかよ。でも、最初の頃は、今も時々、公園で、即席診察なんてやって、名刺配って営業してんだよな。

俺もスタートライン忘れてたな。どこかで、スター気取りになってたかもしれない。こうして、どこでも、誰とでも、動物を、だよね」

「でも、この写真はくっつき過ぎね。どうせならキスしちゃえばよかったな」

そしたら、あや母さんが、

「そこでくっついてるふたーりー。もういいわよっ、空いたわよ」って声をかけてきた。

「預かり・保護犬たちは俺がシェルターに連れてく。朱美はうちの子たち自宅に連れてって。それじゃ久松でね」

「メグー！」振り返ったメグ先生に、ゴンとユキを抱いた朱美さん、ア・イ・シ・テ・ルって声を出さずに口パクで。

「俺も愛してる。夜いっぱいしような！　スタミナラーメン食おうな！」ってメグ先生、大声出しちゃった。

真っ赤になって、慌てて口を押さえて周りを見回してホッとして天を仰いだら、恵美さんがまだ見てて、笑って上の階から手を振っていた。

JASRAC 出 2303217-301

メグ動物病院(どうぶつびょういん)　―愛情物語(あいじょうものがたり)―

2023 年 9 月 22 日　第 1 刷発行

著　者　　後藤あや
発行人　　久保田貴幸

発行元　　株式会社 幻冬舎メディアコンサルティング
〒151-0051　東京都渋谷区千駄ヶ谷4-9-7
電話　03-5411-6440（編集）

発売元　　株式会社 幻冬舎
〒151-0051　東京都渋谷区千駄ヶ谷4-9-7
電話　03-5411-6222（営業）

印刷・製本　中央精版印刷株式会社
装　丁　　立石愛

検印廃止

Printed in Japan
ISBN 978-4-344-94555-5 C0093
幻冬舎メディアコンサルティングＨＰ
https://www.gentosha-mc.com/